SHENGMING ZHONG NAXIE
ROURUAN DE WEIJIE

生命中那些柔软的慰藉

邵世新 著

東北林業大學出版社
Northeast Forestry University Press
·哈尔滨·

举报电话：0451－82113295

图书在版编目（CIP）数据

生命中那些柔软的慰藉／邵世新著．—哈尔滨：东北林业大学出版社，2016.12（2024.8重印）

ISBN 978－7－5674－1012－1

Ⅰ．①生…　Ⅱ．①邵…　Ⅲ．①随笔—作品集—中国—当代　Ⅳ．①I267.1

中国版本图书馆 CIP 数据核字（2017）第015594号

责任编辑：赵　侠　刘　晓
封面设计：宗彦辉
出版发行：东北林业大学出版社
（哈尔滨市香坊区哈平六道街6号　邮编：150040）
印　　装：三河市天润建兴印务有限公司
开　　本：710 mm×1 000 mm　1/16
印　　张：16
字　　数：237千字
版　　次：2017年9月第1版
印　　次：2024年8月第3次印刷
定　　价：59.80元

如发现印装质量问题，请与出版社联系调换。（电话：0451－82113296　82191620）

序

邵世新，散文家，我的朋友和老乡，苏北赣榆人。他说话的口音，总是让我想起童年。也就是说，我们俩有着共同的原乡、相似的经历、一致的梦想和追求。我从北京调到江苏省连云港市工作时，因为文学的原因，很快便结识了他。那以后我重回高校，来到钱塘江畔。二十五年过去了，联系虽然时断时续，但他在我心目中执着勤奋、热情善良的形象，一直没有改变。

改变了的是我们生存其中的社会与时代。我们看见路从沙土路变成水泥路、沥青路，不仅变宽，也变高了，高到了田野之上，凌空飞架；房子从草房变成瓦房乃至楼房；田里除草用上了"除草剂"、收获用上了收割机。我们的乡村在城镇化，城镇在城市化。但文学依然是文学，正如邵世新的执着勤奋、热情善良，一如既往。现在，他把自己对于文学的守望和人生的思索，酿花成蜜，变成一篇篇隽永清新的散文，真诚地捧出来，这便是他的第一部作品集《生命中那些柔软的慰藉》。

收入《生命中那些柔软的慰藉》中的作品，凡五辑一百六十七篇，集中了邵世新在全国各大报刊发表和获奖的作品，是作家创作的阶段性成果。之所以这么说，是因为报刊作为传统媒介，其承载空间本身构成了一种标准。这个标准不以作家个人认识为价值尺度，而是以媒介审美角度与编辑判断水准为取舍标准，被认可的才会被发表，被发表的才能进入公众视野。所以在漫长的纸质媒介延续过程中，作家写作可能是个人化的，而是否在报刊发表，才是被认同的最终标准。正是因为这个原因，邵世新在散文创作领域，无疑已经渐成一家，因为他的散文在全国各大知名报刊广受欢迎，每被推举，并多次获奖。现在，纸质媒介受到了电子媒介无情的挑战，网络全面进入了百姓生活，博客成了大众言论的便捷平台，邵世新的散文更是受到网民青睐，粉丝众多，这或许正说明了他的散文进入了新的阶段，即兼顾纸质媒介与电子媒介特质的创作高峰期。从这个意义上来说，《生命中那些柔软的慰藉》的结集出版，或许还具有了回眸一望的色彩，不仅是作家回溯自己的创作成果，也使我们得以回望共同走过的社会与时代。

拜读邵世新《生命中那些柔软的慰藉》，我感到就像受到作家心灵的光照，温暖而又宁馨。作家在第一辑“生命中这样那样的风景”里，向我们展示了人生、生活、生命历程沿途的无限风光，其间有悲欢离合，有生死歌哭，有生命体悟，有生活感念，作家大多选择平凡百姓、弱势群体为抒写主人公，记录他们人性的善良与心灵的美好，读来令人内心柔软，时常鼻酸眼热。第二辑“有TA在，是一种多么温暖的力量”和第四辑“生命中那些柔软的慰藉”，则记录了在作家人生历程中感同身受的亲情、爱情和友情的力量，令我们再次扣问，问世间情为何物，直教人生死相许，作家的答案承接第一辑对生命的思考，认为亲情、爱情和友情不仅是柔软的慰藉，而且是一种力量，是一种温暖的力量，它会助推人生前进，让生命延续，令生活前行。第三辑“氤氲的茶香润心田”则抒写了对于世间百态、人生万象的认知与评判。这部分文章八面来风，风趣犀利，令人读后时常会心一笑，感觉到作家怨而不怒、哀而不伤的胸臆。第五辑“我和美食有个约会”，表达了作家对生活的热爱，诸多有关美食的回忆，记述美食其表，珍惜生活其里，既体现了生活情趣，也回溯了生命况味。

中国散文最为优良的传统是抒写作家的真实性情，邵世新《生命中那些柔软的慰藉》传承了这个传统；与此同时，作家的观察与体悟更趋细微，文字更加灵动，温婉与善良的情怀跃然纸上，颇得谢冰心、张爱玲、许地山、周作人文脉真传，令人读时不忍释卷，掩卷回味不已。

谨以为序。

李惊涛*

* 李惊涛：中国作家协会会员，中国计量大学人文社科学院中国文化研究中心主任。

目　录

第一辑　生命中这样那样的风景

第二辑　有TA在，是一种多么温暖的力量

第三辑　氤氲的茶香润心田

第四辑　生命中那些柔软的慰藉

第五辑　我和美食有个约会

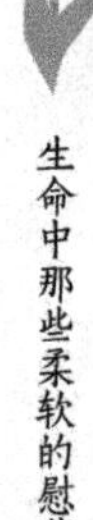

第一辑

生命中这样那样的风景

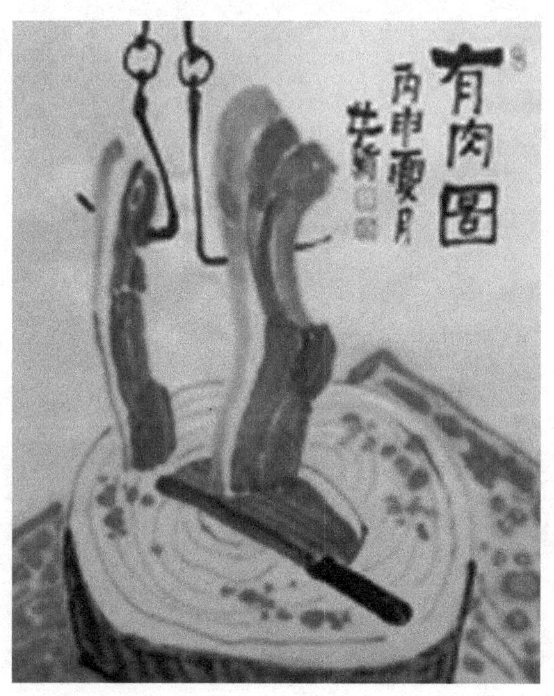

第一辑

生命中这样那样的风景

活着真好

一连三天，我都在揪心中度过。

一个不起眼的地方——四川汶川，因为一次地震，而震惊世界！目前已造成万余人死亡，六万人无音讯。现代科技的发达，让我们看到了很多现场的惨不忍睹的照片，慌乱奔跑的人群、受难者在生命最后真实的哀号，当然还有更多一排排整齐摆放的安静的尸体……

仿佛是一瞬间，像一粒火种，瞬间把神州点燃。QQ 群、各论坛及各种媒体纷纷报道议论此事。我们这些处于安全地带的人们，不得不庆幸，我们相安无事，我们不需要为这些突发的自然灾害而担忧，我们仍过着平静安稳的生活。只是那些躺在泥水里的刚才还鲜活的生命，如今已经再也无法与我们一起同享今天的阳光了。

从小到大，我只体味过母亲病逝。一个人死了，经过时间的冲洗，记忆也会褪色。

想起了重庆有个文友，不禁拨打了她的电话，还好，是通的。

她听到我的声音，立马就哭了。我一下子被她的情绪所感染，眼睛也湿润起来。记得她和我说过，明年要出一本诗集，到四十岁时要出一本散文集。因为她的无恙，真庆幸这些梦想仍存。

可那些亡灵中，也会出现未来的科学家、博士生，也会有相亲相爱的故事……

但这一切，因为突发的噩耗，一切却都不复存在了。

只有活着，才是一切的开始。

其实仔细想想，我们每个人真实鲜活地存在于这个世界上，有过那么多烦恼和痛苦，也经历过很多悲伤和郁闷的事情，有时还觉得活着挺累。

但我们可曾想过：当未知的灾难突然降临，自己的生命和健康没有安全保障的时候，面对死亡的威胁，一切功名利禄都将显得微不足道，一切琐碎的是是非非都可以抛之脑后。

此时我们所奢求的，仅仅是保障生命，拥有健康。

生命和健康，人生多么宝贵的财富啊！

而此时我们不是正在拥有，也正在享受这些宝贵财富吗？

想一想那些震后的亡灵，他们什么都失去了。

我的眼前浮现出了一片废墟。在那些废墟中间，有一朵花正在迎风盛开，我叫它关爱。

今天看到一个帖《天堂里没有地震》：

本来你该是最幸福快乐的
爸爸妈妈爱你
爷爷奶奶宠你
叔叔阿姨疼你
你就像春天里的花朵
等待夏天绽放
可是，因为一场地震
你长眠于地下
宝贝，我知道
当时你一定非常无助
宝贝，我不能想象
当时你的惊恐
如今，
当我看到你的照片
当我想起你的稚嫩
宝贝，我流泪了
我只希望，
宝贝，你一路走好
但愿

读后真是无言的感动。

真的不知说些什么才能告慰那些亡灵，想说的，却不知如何表达。

只是觉得，活着真好。

心灵的撞击

前天晚上，我参加了几位文友的聚会。他们不仅是我的好朋友，也是几位令我景仰的志愿者。就在汶川地震之后，他们自发地在县步行街进行筹款募捐，连续两天，筹得善款六万余元，全部汇至灾区红十字会。

地震之后，这恐怕是我们唯一能做到的对灾区人民的慰问了。是的，我们有钱的出钱，无钱的出力。下了岗怕什么？没有钱怕什么？可是我们有血！

一位文友讲述了在募捐中感人的故事。

活动刚开始，一位六十多岁的大妈推着破旧的三轮车来到捐款箱前说：“电视上看见那些在地震中死去的孩子，真的让人心疼，眼泪止不住往下掉。我和老伴家里也很困难，现在身上只有200元，你们不要嫌少。”

一位年轻的妈妈领着小乖也来捐助。小乖怀里抱着一只储钱罐。我们问：“你几岁了？”小乖答：“三岁了。”我们问：“捐钱干啥？”小乖说：“给灾区的小朋友买水喝。”我们又问：“全捐了吗？”小乖答：“是的。”此刻，我们已是泪流满面。

活动第一天中午都回家吃饭去了，两点到场的时候，见一白发老者蹒跚而来，捐上两千元又蹒跚离去。旁边的一位大姐告诉我们，老人不到一点就来了，坐在旁边等了一个多小时。第二天开始，我们中午不再回家，现场就餐。

第二天上午，一女青年将一沓钞票投进钱箱。问：“多少？”答：“一千元。”问：“留名吗？”答：“不用。”第三天下午，该女青年又来投进一叠钱转身离去。再看远去背影，衣着朴素。

忘不了的是一位老人，而且他是一位拾荒者。

用垢面形容那位老人一点也不为过。当他在捐款箱前走动的时候，我的文友把一只矿泉水的空瓶递给了他，并告诉他，到别处去吧，这里在募捐。老人的腋下夹着一只蛇皮袋子，他用左手往腋下重又掖了一下，然后从上衣口袋掏出了数枚零钱一一投入钱箱。

那一刻，我们脸红了。

老人放完钱，一声不响走开了。

几个人面面相觑，竟忘记了对老人道一声谢谢。

灾难无情，人间有爱。爱与希望并存，希望与爱同在！

一连几天，那一幕幕温馨的画面定格在我的记忆里，时常会跳出来，让我反思，给我反省，让我觉得我是在真实地活着，并且时时刻刻，感受着我的富有。

晶晶和爷爷

每天早上，我都会看到一个老人送晶晶来学校。我猜想，那老人一定是晶晶的爷爷吧。

老人留给我最深的印象是那口格格不入的方言，以及他身上的那套制服。说制服有点抬举了，其实就是邮电系统已淘汰了的第一批的工作服。

每天老人把晶晶送来，临走总要说一声：“老师，辛苦咧！”由于他是外地人，说这话时后音颇重，却让人感到是真正发自肺腑，没有一丁点的客套。每每这时，我就在接受他的感谢声中，体味一个老师备受人尊重的快乐。可以这样说，因为有了太多的理解与支持，让我在做起幼儿教育时更加入细入微。

晶晶是我们班上挺聪明的孩子，我们几个老师都很喜欢她。

记得有次画画，晶晶画了一片草原，然后把上空的太阳执拗地涂成了绿色。

我向她说：“用错颜料了。”

她小头一歪，一本正经地说：“老师，绿色的太阳凉快哦。”

我从不怀疑儿童的想象力。在他们幼小的世界里，小白兔是会说话的，狐狸是有思想的。而在我们所谓的成人世界里，谁能想象得出自己的顶空有一只绿太阳朗耀呢？

有次晶晶过生日，她小姑给她买了一只漂亮的文具盒。我怎么也想不到，晶晶在家里偷偷装了一文具盒草莓带给我吃。由于文具盒里有了水，以致后来生锈了。听了他爷爷的絮叨，真的好让我感动。

昨天上午，突然接到了晶晶爷爷的电话。原来早上来送晶晶时，晶晶不小心把脚伸到自行车车轱辘里了。还好，没有伤及骨头，仅是皮外伤。看来要在家休息几天了。

我听了也长嘘了口气，真的感到万幸。心里由衷希望晶晶早日康复，重返校园。

没想到今天上午，晶晶的爷爷出现在了幼儿园。

“我是被晶晶‘逼’来的，呵呵。”老人乐呵呵说道：“昨天忙乎到天黑才回的家。昨晚就催我过来呢，说老师说了小朋友要给灾区的小朋友献爱心。她妈妈告诉她，晚上老师都放学回家了。这不，一大早就催我过来。”

老人递来十元钱，接着又从上衣口袋里掏出十元。

“这个，也算我一份。我老家就是四川的。”

我不知道说些什么才好。眼角有些潮湿了。

“老师，辛苦咧。”临走，老人又说了一句。

我这才知道，那口乡音，就是四川话。

最大的感谢

那年母亲因患胆结石在市一四九医院做手术，那时我恰巧在市一家合资企业打工，晚上便抽闲到医院做陪护。

母亲刚做完手术那几天，我困、累不讲，把结石科里的几个女孩子可要给忙坏了。滴胆汁啦，换血浆啦，连我看了都过意不去。虽说是她们分内的工作，可毕竟才十八九岁的年龄，熬那一夜真是太辛苦了，何况还要不停地为各个病房忙碌着。面对她们，我的内心充满了深深的感激。

有天晚上我去医院，顺便在报刊亭里买了本《读者》。安顿好母亲后，我正欲翻阅，值班的女护士替母亲换完了吊瓶，瞥了一眼我手里的杂志，露出艳羡的神情。

我旋即明白了她的意思，便将那本杂志递到她的面前：“呶，你看吧，我早看完了……”

小护士果然很欣喜地接过《读者》，哼着小曲到护士值班室去了。

待小护士一走，几天来所有的疲惫似乎一下子袭了上来。

在我迷迷糊糊中，听耳边有人轻轻唤我：“醒醒，醒醒。”

我猛睁开眼睛，原来是小护士。她站在我的面前，一副羞涩的样子。

“真不好意思，你新买的书，却让我先看了……”

“哪里呢，我早就看完了……”我辩解道。

“还骗我！”小护士边说边翻开书页，“瞧，中间有两页，还是我刚刚裁开的呢……”

这下，轮到我不好意思起来：“应该的！应该的！你们为我们这样辛苦地服务，我真的不知怎么感谢才好呢！”

“这就是最大的感谢啊！”小护士扬了扬手里的杂志，意味深长地说。

五年过去，小护士那美丽的笑容，至今仍盘桓在我的记忆里……

生命阳光

这是早春的阳光，清新而迷人。

但它们不属于室内的这一群人：他们是在死亡线上挣扎的病人。他们被不幸击中，正被阳光一点一点忘却。

守护住院母亲的第一天，面对这一群病人，我的脑海突然冒出了这种略带“诗意”的怪念头来。

正如沙翁的那句名言：“幸福的家庭都是相似的，而不幸的家庭各有各的不幸。”彼此的家境、背景，彼此的苦痛真的不尽相同。不是么？26床的东海老太太因肾部结石，需做第二次手术；24床的连云港老太太肝部肿瘤，很难断定手术会不会成功；27床的小穆一个多月粒米未进，全靠挂吊瓶苟活……

阳光很好，但被病人及亲属们的忧伤所掩盖。

进了手术室，其实就是踏进了地狱之门。在这里，冥冥之中会产生出来一种对生命脆弱的恐惧！

然而，阳光实在很好！

27床的小穆滔滔不绝地打开了他的话匣子：“那一夜真是可怕，从晚上六点到次日凌晨，当时如果抢救不过来，我早已躺在太平间了……”也许是经历过一回死亡，他对生命看得通透。好几次，他开导过好几位不吃不睡的病人和亲属，不要忧伤，善待自己就是对病人的安慰。这话说得多好！

来自徐州农村的25床，家境贫寒，手术费已花掉了七千多元，同室的病人亲属送饭菜，总要给他带上一份……

在病室里，虽然病人们各有各的不幸，但相互之间的那份关爱却是最真挚的，他们打开水会为你捎上一壶，他们抽烟的时候会扔给你一根（虽然病区禁止抽烟），他们会为每一位走出这间抢救室的病人道以诚挚的祝福!

常常听说同学关系铁、战友关系铁，待过一个病室的“病友”们一定会嗤之以鼻：他们？他们算个啥？

毕竟是生命之交啊！若干年后，谁会忘记那相互温暖的一幕？

是的，他们被阳光黯淡了，但他们彼此何尝不是阳光？他们相互朗耀着，闪烁着人间温情……生命与阳光永远是等同起来的。有生命的地方，一定有阳光!

呵呵，生命的阳光是何等灿烂啊!

一盒彩色画笔

小时候，我非常喜爱画画。

新发的书本包上个封皮，就在上面画我没见过的老虎、瀑布什么的，常常惹得同学们眼羡。在班上，我是出了名的“画家”。课余有的同学央求着我画，有的还效仿着我画，但那画画的水平自然就低下得很，其结果是常常博得其他同学的哂笑。

但我只能画那种黑白相间的图画，因为我没有那种带颜色的画笔。

班里的王艳有。同学们大都知道她爸在青岛做生意，那盒十二支装的彩色画笔，是她爸从青岛带回来的。每天课间看到她伏在桌前不停地涂啊画啊的，我的心就非常为之心疼。多少次我都在设想，如果我的老虎涂上了黄色，大树涂上绿色，该是多么逼真和生动！可是我又不能和她讲话——因为那时候男女生在一起说话是要遭同学嘲笑的，更何况还要向她借彩色画笔呢？

有天放学，正值我打扫卫生，可王艳还伏在桌上做作业。

“别积极了，回家做吧，我要打扫了。”我讥讽了一句。

王艳抬起头望了我一眼，继而把她的作业簿递到我面前。

“你看我画的松树像吗？”

原来她在画画。

我接过她的本子，天呐！——这哪里是什么松树？乱七八糟的，乱稻草还差不多！我忍不住笑出声来。

王艳的脸“腾”地红了。少顷，她整理完书包，默默地走到教室门口。

“我画不好，不会画，桌肚里那盒画笔就送给你吧。”王艳说完，一闪不见了。

我一时愣了神。

怔怔地立在那里良久。

我在她的桌肚里，拿出了那盒彩色画笔，心突然变得好沉好沉，也感觉到了从未有过的虚空。

站在空旷的教室，手握令我梦寐以求、神魂颠倒的彩色画笔，不知为什么，渴望拥有的那种心情已荡然殆尽。

多少年后，当我踏上社会，经历了人生的百般滋味，再回首这段往事，我感觉自己曾经是那么的无知。我的自傲让我羞愧难当。虽说是无意中的伤害，可那种伤害，也许会在一个人的心灵上刻下永久的伤痕。每每想起，我的内心就充满了深深的自责。

一盒彩色画笔，记忆里一份永久的愧疚。

修车的老人

公园东头大药房门旁有块水泥台，不知道什么时候来了位老人摆起了修车摊。一只工具箱，一把遮阳伞，每日里修修整整的，挣点儿零花钱。老人也许是常年户外作业，皮肤早已是古铜色，那只遮阳伞对他来说，不过只是个摆设罢了。

每天黄昏散步的时候，我都会看到修车的地方集聚一群人。有一次我好奇地走过去一看，原来是下象棋的。老人修车之余，还喜欢下棋。也许是季节的缘故，出门纳凉的人尤多，久而久之，这地方竟形成了一个小小的棋场，好多高手都曾在这里下过。

我也是个棋谜，因为下棋的人太多，我就想找机会和老人博一盘。

机会终于来了。有一天我去图书馆查了点资料，回来的时候，也许是天意，刚好在公园东侧车胎扎了钉子，就把车子推到了老人修车的地方。

趁老人给车子补胎的空当儿，我们闲聊起来。原来老人是个退休干部呢，在家闲得慌，以前就爱捣弄机电，修车对他来说是雕虫小技。而且，他在修车的过程中，体味了一种再创造的快乐。他说，他修过的地方比没有修的地方更扎实。

只一会儿，车子修好了。老人收了我两块钱。刚好没事，我说，杀一盘？老人看了我一眼说，杀就杀。

第一盘老人输了，第二盘老人仍是输了。刚要下第三盘，有人来修车了。

等一下，下完了这盘再帮你修啊。老人很执拗。

我觉得老人很可爱。第三盘我有些于心不忍了，偷偷误走了一步。

老人看出来了。不行，你让我让得太难看，这盘不算，再来一盘。

我说，人家等修车呢。

老人权衡了一下。好，你等我，一会修好再和你好好下一盘。

我自然没有等老人修好车再战，不能误了他的正事。趁老人修车的空当儿，我悄悄离开了。路上我一直思忖，能把爱好和快乐融在一起，这是何等的智慧人生！

想起曾经看过的一个帖子，大意是说到一位教授家里吃饭，饭后，他八十的老母却过来洗碗。大家不解，教授一语惊天："是她自己要洗的，让她老人家洗碗，她会觉得她在我们心里，大家需要她，不能忽略她的存在。"果然，厨房里一会传来老人家哼的小曲。

人生的快乐莫过于做自己喜欢做的事，智慧的人生是学会找到自己的快乐。

有天散步又路过那里，老人看到我很高兴，喂，小老弟，那天你怎么偷偷跑走了啊？老人这么一说，我倒有些不好意思起来。

玉米妹妹

好多天，心里一直郁闷着。我不是一个多愁善感的人，我的郁闷来自玉米的 QQ 留言：她的妹妹永远永远地走了。

我和玉米相识于网络，是在一个论坛上认识的。她的文风俏皮、生动。我经常跟帖和发帖，就这样熟悉了。我知道玉米在徐州某局里上班，生活算比较优越的那种，而且业余时间笔耕不辍，常常能在一些选稿论坛里看到她的帖子"上墙"。

后来我断断续续知道，她有个妹妹也喜欢写作。有一次我在论坛上读到玉米妹写的一篇短文，感到很有意思。短文写她的一个同事——马大哈。印象里好像是她的同事车子钥匙丢了，砸锁，却砸了同事的车锁；和

人家讲价，本来是十块钱三个，让他最后讲到四块钱一个。我读了之后乐不可支，回帖建议她投《笑林》一类的期刊，她回帖连连致谢。

听玉米说，玉米妹身体状况一直不是很好，患的是乳腺癌，曾经化疗过。我和玉米说过，我曾经有一个朋友，得的是同一种病，现在人家早好了。玉米的回话支支吾吾，当时我也没往坏处去想。也许是治疗这种顽疾花费了不少的钱，玉米妹为了筹款治病，还在网上开了一家“淘宝小店”。其实我并没有担心玉米妹的这种病，我不知道其时已到了晚期。

日子就这样一天天过去，没想到玉米妹的病情也在一天天恶化。

忽有一天，玉米在网上遇到我说，她妹妹怕不行了。我一听有些揪心，于是建议她用安利的蛋白粉去调理。玉米告诉我，她妹妹一直在服用，可是不懂得用量。当晚我就问了张医生，把用量配方用短信发给了玉米妹，我得到的自然是致谢的话。

10 月 10 日，我忘不了这一天。我上网更新博客，玉米突然给我留言：甚远啊，我的妹妹永远地走了！谢谢你对她的帮助！

我不知说什么才能表达我内心的感受，来抚慰自己，去抚慰玉米。好像心里突然有一种痛。心，很空很空。

人生无常。每个人都有追求和理想，只是命运常常会捉弄人，不给那些更加热爱生活的人以光明，而是常常让他们在黑暗里去聆听岁月的风声。都说人生苦短，我所知道的玉米妹，她有理想，有自己的抱负。如果不是病魔缠身，走在人群里，她该是多少人艳羡的对象！

玉米妹永远地走了。我的手机里还有一条 9 月 14 日她发来的短信，就是我告诉她安利蛋白粉用量时她的回复：祝甚远大哥天天快乐，并祝安利事业红红火火，蒸蒸日上！

看着那条短信，我的泪流了下来。

那个号码我永远不会删掉，就永远留在我的手机里吧，当她一直活在我们的生活里。

老人的心

不知什么时候就得了肩周炎。先是膀子的地方疼，慢慢抬起来，只听骨头里面“啪啪”作响。去问医生，答曰：“久坐的缘故，无大碍，勤锻炼就好了。”然后提回大包小包的药。

于是乎，天天锻炼，天天喝苦药。几日过后，果然有了点效果，膀子好像没以前那么疼了。心中窃喜，看来听医生的话是对的。从此散步成了我的必修课。

一日散步于城南的河堤，看到靠近凉亭的东边搭起一个临时帐篷。帐篷外面挂了一块招牌：免费按摩。这让我心生好奇。

进去一瞧，原来是某家电玩设备厂在推销一种按摩器。因为免费，吸引来好多人。想我这肩周炎，按摩一下绝无坏处。等我坐定，才发觉身边大都是老头老太。

我将颈椎放进按摩器中间，按摩器就动了起来。我试着往一边移动一下，这个细微的动作让对面一位老太太看到了。

“小伙子，你是不是肩周炎啊?”老太太和我说话。

“是啊，不知道怎么得的，过来按摩一下。”我回答。

“我以前也有过，膀子都抬不起来了，花了好多钱全没用。后来一个朋友告诉我，没事你就摇胳膊。哪个膀子痛摇哪个，正五十下，反五十下，一个月包好。没想到，我抬不动的胳膊，现在好了。”老太太说完，把她的手臂绕过头，轻松地去摸另一边的耳朵。

“这个倒挺简单的，我以后也这样练。”我十分感激。想必老太太为此吃过不少苦。

“颈椎也不好受吧?”坐在一侧一位白净的老头插进话来。

“可不是吗，每天膀子酸酸的，颈椎好像落枕一样难受。”我回应。

“你用下巴写‘米’字，常练对你的肩周炎有好处。”老人说完，用下巴左右晃动起来。

忽然间，我感到一种温情的东西溢在心底，就像这正在拉的家常一般，唠着唠着，慢慢弥漫开来。

听了老人的话，看着这按摩器，我想我该远离它了。也许多年以后，我遇到肩周炎患者，我也会毫不犹豫地对他（她）说：“对，就这样，左摇五十下，右摇五十下。”

成　全

春节过后，如果不是为了件紧急的事需去市里一趟，我才不会迈出家门。都说春运车挤，果不其然。还好，由于我是始发站，还有座儿，可是车子一路上老是上人，瞧这车挤的，人好挂就挂起来了。

车内叫苦声一片。

有上车的，就有下车的，很多时候，其实人的一生就是来来往往的过程。

我倚在车窗口，翻阅一张随身携带的报纸。

突然一股清香沁人肺腑。我放下报纸，不知什么时候，靠近我座位旁边上来一个小伙子，大约二十多岁，手里捧着一束鲜花。

那束花我认得，是玫瑰花。哦，想起来了，情人节马上要到了，小伙子一定是在恋爱中。多么幸福的时光！年轻就是一种资本啊！车内好多人都在用羡慕的眼光观看。

车子经过一个站点，我的同位下了车，小伙子就坐在我的身旁了。

如果不是前面相隔两个座位的一位姑娘频频和这位小伙子说话，或许我们就这样到达终点。看得出来，那个女孩就是这束花的主人。

我莫名想起了一个词：青春在燃烧。

离市区还有好长一段距离。

我突然有了个想法，就和男孩子说："你让那个女孩子过来吧，我和她调个座位，你们坐在一起说话方便些。"

男孩子脸红了。嗫嚅着，只说了一声谢谢，立马兴奋地招呼那个女孩子过来。

我起身走过去。车子真的好挤。起身经过那个男孩子身旁的时候，闻到了那束花，的确好香。

春天里的温暖

最近，一直为创作而困惑。每日居于斗室，闭门造车。因为没有生活，每每写了，总是不甚满意。一直渴望能有一双慧眼，发现生活中的一些美好。

我家住四楼顶层，楼南是新辟的公园。有天上午，楼下突然传来了嘈杂的声音，我走到阳台一看，原来是附近的幼儿园老师带孩子到这公园踏青来了。

春天来了，是该让孩子们出来走走了。或许是孩子们在教室待得太久了，出了校门，有些兴奋，有些嘈杂，老师有些照应不过来。

孩子们在老师的口令下，队伍慢慢又整齐了许多。

突然，我看到队尾尾随了一个小孩。

所谓尾随，真的是一目了然，那个孩子穿着一件深色的小夹克，很惹眼，年龄有八九岁的样子。那个孩子我认识，有次我倒垃圾，那个孩子曾在一旁捡过塑料瓶子。因为近距离，看他那么小，我的心里当时还"咯噔"了一下："这么小的年纪就出来乞讨，他的家在哪里？父母或许有了某种变故？他为什么不去上学？……”

不得而知。

原本他该和小朋友们一起行走在这春天的公园里的。他的尾随，大概缘自儿童的天性吧。

如果事情到这里也就罢了，日后或许我会淡忘此事。可当我回房点了支烟，再次来到阳台的时候，我看到了另外一幕。

一位老师发现了尾随的孩子，走到了那个孩子身边，好像在和他交谈什么。她说完话后，所有的孩子全都停了下来。那位老师模样的人，又大声向学生们说了些什么，我看到大家全都雀跃起来。那个小男孩，被老师安排在了队伍中间。

不一会儿，队伍渐行渐远。

早春的阳光很好。

我突然发现，这个公园是那么美丽。

曾一直苦求于寻觅生活中最真实的美好，其实，很多时候，我们真的缺少一双发现的慧眼。

这个春天，因为那无意的一瞥，让我感到了从未有过的温暖。

该花的钱

居家过日子，都会精打细算。双职工相对好一点。尤其现在正面临金融危机，如果夫妻双双下岗，再加上物价上涨，花钱就得有个度。有个现象忒有意思，比如过年放鞭炮，明知随那一声轰响，一切化为灰烬，可是，一年到头，图个吉利，却是谁家也不会吝啬的。

前几天，有个朋友生病住院了，妻同我商量去看一看。由于他是我从小一起长大的朋友，去医院之前，我就买了一些牛奶、水果之类的。看病人，总不能空着手去。在医院门口，我又买了束鲜花，这样一来，总共花费了近两百元。

很多时候，花钱是靠感觉的。记得有个同学刚结婚的时候，那时彩电极为紧俏，而且价格不菲，他硬是买回来一台。后来，参加他婚礼的朋友，没有不竖大拇指的。可是居家过日子只有自己知道，因为那台彩电，他省吃俭用还了一年。照钱吃面，这是我们家乡的方言。意思是你有多少钱，吃什么样的东西，万不可为了虚荣，让自己尴尬。

楼下是公园，每逢周末，总有三口之家出来闲逛。每每遇到那些卖玩具的，就会看到孩子在玩具前号啕。做爸妈的先是说家里有，后来哄劝，最终拗不过，也就给孩子买了。这是儿童的天性，对于玩具的拥有，永远是个无底洞。想想，这钱该不该花呢？每次扔垃圾的时候，我就会发现有好多的儿童玩具遭受遗弃。

很多时候，我们发现，花钱买回来的只不过是一些垃圾。

人是讲面子的。出门走一个远房亲戚，也不会空着手去。送钱觉得不好意思，就变相买一些水果食品。结果是对方收了，临行，准备好一些土特产相送，也算皆大欢喜。

活人之间有往来，死人亦然。

清明刚过，依风俗，是要祭奠先祖的。这笔钱也是不能省掉的。前几天去老家上坟，同行的姐夫说，往南半里有座墓，是位军长的爸爸。那只墓碑立的，在这一方，是最好的。每年清明或春节前，他们都会开来好几辆轿车，鞭炮齐鸣，也算是光宗耀祖了。

我一直在想，有钱无钱，都是一种活法。金钱不能代表一切。

就在那日上坟回来等车的时候，妻子的面前走过来一个小女孩，有十一二岁，问妻能不能帮她一个忙，把她带到县城，回家后让她爸爸把钱给妻。她说是出来春游，钱包丢了，回家没有钱了。小女孩说完脸红了。我一看，真是个学生模样。而且她说的住的地方和我一个朋友住得很近。

于是，我们一同上了车。到县城下车的时候，小女孩一定要让妻和她一起去她家里拿钱。妻说，不用了，还请她有机会到我们家玩。我们坐在车上，好远，那个小女孩还向我们挥手呢。

人的一生要挣很多的钱，花钱的方式也不尽相同。

小时候，爸爸常说起花钱要花在刀刃上，一直想不通刀刃在哪，我现在知道了。

做沙发套的小刘

早上在电脑前阅帖，有人打来电话。一问，原来是做沙发套的那个女孩小刘要来我家改一下沙发套，问一下家里有没有人。说来也真不容易，一个沙发套让她来回跑了三四趟了，我们都过意不去了。

开开门，我是第一次看到小刘。听妻说过，小刘长得很甜。果然，她给我的感觉很温和。

进了门，小刘就直奔沙发，量沙发套的尺码。她告诉我，她是第一次做这种沙发套子。由于没有经验，扶手的地方做得别别扭扭，实在是抱歉了。她的解释里充满了歉意。

都是妻张罗的，我从没有插手。再一了解，弄了半天，小刘不是专业的，她的专业是做窗帘。妻误打误撞，她也应承下来了。

第一次做沙发座套能做成这个样子，也不简单了。我给了她肯定和鼓励。

这样的事情在生活中太普遍了，更多的时候可能是指责和抱怨。为了一单生意，硬揽下，结果却砸了锅。江湖上充满了骗术，可是我们彼此相互谦让，结果是大不同的。

小刘仔细量着沙发的尺码。我在一旁注意，她的鼻尖都沁出了汗珠！这样认真的态度，相信她做什么都会做得很好！

给别人一个小小的机会，心里会热乎乎的。

听她的口音不像我们本地的。一问，原来她是河南开封的。说起来，她的人生阅历很简单：高中毕业后，外出在一个服装厂打工，在那里认识了我的一个老乡，远嫁到我们赣榆已经四年了，有一个三岁的女儿，很可爱，现在他们在步行街租了一个门面房，她负责做窗帘，老公负责安装。小日子过得红红火火的。

离家这么多年了，我问小刘想家吗？谁知小刘爽快地答道："当然想家啦，下周就是母亲节了，我给妈妈寄了张贺卡。就是有点忙，不能回去看望。等到春节吧。"

我由衷产生了敬佩。问他老公姓啥，有机会来我家喝一杯，做个朋友。这样的人，我乐意交。

说到老公，小刘腼腆一笑，她说："老公也姓刘。"

倾听蛙鸣

乡下会友，夜半时分，主人出来相送，路过一片池塘，池塘里蛙声不断。这乡居的生活唤回了我许多童年的记忆。早些年读牛汉美文，他曾言人的耳朵是有记忆的，当时不以为然，现在的感受真是真切。

刚刚下过一场雨，空气越发显得清新。夏夜的天空显得高深，星星们眨着眼睛，这标志着明天又是一个好天气。突然想起了李白关于送别的诗："桃花潭水深千尺，不及汪伦送我情！"

一切是这样的祥和、宁静、悠远。这样美妙的夜晚，分别也是一种享受。此起彼伏的蛙声，更增加了诗意。

"你听，青蛙的叫声是'你好'！"友人说。

咦，果真如此呢，而且越听越像。我们不觉相视大笑。多少年前听到的蛙鸣，怎么不是这种叫法呢？

听得正酣，突然倏地戛然而止。一切是那么静谧，只有风，轻轻吹过耳际。

我与友人正疑惑间，有一只蛙率先高唱了起来。因为它的带动，池塘又喧响起来，青蛙一只比一只叫得响，像比赛似的。是的，真的称得上是池塘“交响乐”了。

这个美妙的夜晚，我第一次领略了什么是天籁之音。

被青蛙感染，我们也加入了其间。

“你好……”

“你好……”

幸好是在这个乡间，在池塘旁边，只有友人和我，否则一定会被人看成是疯子。

多少年没有这样开怀了，丢失的、遗忘的童真在这个夜晚重又拾回。

我永远记住了这池塘，这蛙鸣。当我走了好远回首的时候，友人依旧在这池塘旁向我张望。

“你好！你好！……”蛙鸣一直回旋在我的脑际，挥之不去，我想今生是永远抹不去了。

坐在楼梯上的老太太

下午回家，遭遇了一场突如其来的暴雨。一路小跑到楼下，只见楼道口处的楼梯上坐着一个老太太，身旁放着一只拐杖，那模样真像我故去的妈妈。

我刚搬来这里不久，不认识这个老太太。没待我搭言，老太太说话了：“好大的雨，都淋湿了哦。”

看来像要和我搭讪的意思。

“嗯，是啊，出门前好好的。”我随口应道。心里却感叹老太太的雅兴，一个人，这么悠闲地坐在这里赏雨。

“我刚才出门倒垃圾，风把门给关上了。”老太太侧身指着一楼的一间房子说。

“家里没有其他人了吗？”我问。

“都上班去了。”老太太回应道。原来是一个留守老太太。

我站在楼梯口，脚步却无法向楼上移动，我不想把老人一个人丢在这里，尽管我和她萍水相逢。

“我给你家孩子打个电话，让他们早点回家好吗？”我掏出手机，冲老太太说道。

“老了，记不住号码呢。”老太太边用手拢了拢头发，边摇了摇头。

怎么办？我的衣服全被淋湿了，想回家换一身干衣服。

“这样好不好，你到我家里去坐坐？”我伸出右手的食指往上指了指。其实，我突然发现，我的这个动作纯属多余，老太太的听力一直很好。

老太太听了，脸上露出了笑容，显然表示同意了。看来老太太坐在这里已经好长时间了。她站起身，拄起拐杖。我把手递给她，希望能挽着她上楼。

“几楼啊？”老太太问。

“哦，四楼。”我伸出手，把拇指隐藏。

老太太一听，立马把她握住我的手松开了，头摇得拨浪鼓似的：“太高了，上不去呢。”

怎么办？我一筹莫展。

老太太似乎看透了我的心思：“小伙子，赶紧回家换衣服去吧，估摸家里人也快回来了。”

我极不情愿地上楼了。

到了家，湿衣服没换，我就让儿子倒了杯茶水送到楼下。

我知道，妈妈要是活着，也该是这个年纪了。

温暖的听诊器

近来天气日渐变冷，早上醒来，头昏沉沉的，鼻子一半通气一半不通气。我知道，我感冒了。

自搬到了新的小区，这还是第一次生病。吃过早饭，有气无力，一点精神劲儿也没有，就想去医院挂瓶吊水，渴望早日康复。

小区外面就有一家小诊所，刚搬来的时候，我曾在里面买过体温计。

走进诊所，暖和极了。原来靠近办公桌旁，主人生了一只火炉，炉子上正烧着水。办公桌上放着一次性水杯。这个诊所想得真是周到。可能是天气的原因，来看病的人真的不少。放眼望去，诊所里来的“病号”，正一溜排开坐在椅子上挂吊瓶。

大夫正在给一个孩子看病，看到我，点了点头，示意我坐下来等候。

大夫把那个孩子的眼皮翻了翻，又询问了许多病症。抱小孩的那个妇女有问必答，配合得相当默契。那个孩子也不说话，很乖巧。

大夫边和妇女对话，边把挂在脖子上的听诊器拿到了自己的怀里。他对妇女说，冬天，让孩子勤活动，注意饮食，养成好习惯。大夫说了好一些有关健康的话。

妇女连连点头。

过了一会，大夫把听诊器从自己的怀里拿了出来，放在了孩子的前怀里……

我不知道那个做母亲的看到了心里是何种感受，反正这个细节挺让我感动。我站在那里愣愣的，心却早已温暖如春。

大夫这一切，做得那么自然。有这样的爱心，我相信他的医术一定也不错。毕竟医德和医术，一样令人敬重。

我永远也不会忘记，在一个寒冷的冬日，那个大夫的听诊器给我带来的温暖和感动。

排队的老人

早上真冷，一出门，寒气袭人。去小区广场晨练，发现广场东侧多了一个大棚。大棚的外面贴着一幅巨大而醒目的广告：2009 年冬季产品博览会。在大棚入口处，好多人排成了一条长龙。看来，博览会还没到营业时间。

大清早这么热闹啊，似乎没有人在乎寒冷的存在。我猜想展销的商品，一定物美价廉。

当我走近发现，排队的人群不像我远看得那么缜密。稀稀松松的，中间的部分有放砖头的，有放报纸的，还有放手套的。我立马感应出这是“占位”，估计这些占位的人，正在一旁的广场晨练呢。

出于好奇，我就问一个正在排队的大姨：“排队是干啥的?”

那位大姨见我问话，有些不好意思：“这里正在搞促销，早上到的人，能领到一斤大米。反正闲着也是闲着。”大姨说完，用手指了指身后，“你看看，都是些和俺一般大的没事做的人呢。”

大姨一说，我再细看，果不其然，排队的，果然都是些上了岁数的老太太老大爷。

在大棚门口，还有一张小广告，上面写着营业时间：早上 9：00 至晚上 7：00。

看完广告，我心里堵得慌。我没有看到博览会的截止日期。商家为了招徕顾客，用蝇头小利作为诱饵，恰好迎合了这些早上起来晨练的老人。

我出门的时候，刚好六点半。来到这里，不过十分钟，他们却早早就在这里了。一斤大米，让这些耄耋老人在寒风里排队，要等上几个小时。我心里真是有说不出的滋味。

发广告的小伙子

早上起来晨练，我打开门，吓了一跳。门口站着一个小伙子，正在试图把一张精美的纸片塞在我家门的把手上。小伙子猝不及防，显然也被我吓了一跳。他看到我，不自然地冲我笑了笑："叔叔，早上好。"

这个孩子十八九岁，和我儿子的年龄相仿。看到他手里拿着厚厚的一摞纸片，我明白他是发广告的。这么冷的天，起得这么早。

我突然有了和他攀谈的欲望。

"你好，到屋里来坐会吧。"我把门彻底推开了。

小伙子腼腆地说："不了，今天星期天，上午我要把它全部送完。明天还要上课呢。"说完，小伙子把手里的一摞广告单向我亮了一下。

果然是个学生。我长吁了口气，有些心疼，这么大的孩子，应该在学校用心读书才对。一定是家境的原因，才会出来跑这个"业务"。

"你上高中了吧？"我好奇地问。

"高二。"小伙子应道。

和我儿子同届。我没问是哪个学校的，怕伤了小伙子的自尊。而此时，我的儿子还在床上睡大觉呢……

"要送多少份啊？"我又问道。

"一千份，我差不多送一半了。"小伙子显然很兴奋。

我看到他手里厚厚的一摞广告，起码还要跑好多楼层。我就对他说："广告多给我一些吧。"

小伙子用异样的眼神看了看我，说："不行的。只能一家一份，上面

查出来，我就‘失业’了。”小伙子说完，大概忙着送广告，就冲我礼貌地说，“叔叔，我忙去了。”

小伙子向楼上去了，脚步声踩着楼梯“噔噔”的。我突然有些不好意思起来。我是在教孩子做啥啊?!

看着小伙子上楼的背影，那一瞬间，我突然有些嫉妒这个小伙子。每个人不同的家庭背景，造就了不同的人生。小伙子所经历和感受的，是别的孩子所体会不到的，也是无法体会的。相信他将来，一定会有一个丰富多彩的人生。

我怔怔地站在自家门前，第一次听到上楼的声音竟然是这么响，这么有力。

工会主席老金

过去的领导都挺实在，但有文化的不多，大都是大老粗，老金就是一位。

工会主席老金，小学文化。20 世纪 80 年代后期，流行“市场疲软”一词。在一次职工大会上，老金上台，慷慨陈词：“虽然我们的现状很棘手，但我们一定要坚持‘市场疲软’!”话毕，台下哗然。

同样是这位老金，有一年，我被安排接手一个会计工作，因为是计划经济，计划油紧张得要命。刚做了一个月，月底汇表，天啊，我多销售了三吨多油。在那个年月，这该是个事件了。老金开车从县里来到油库找我谈话。平时满脸笑容的老金，严肃起来也挺吓人：“你小子还小，就这么胡来，将来怎么办呢?”我心里没鬼，当然不服：“你们好好再查查账目，反正我没有胡来！……”果不其然，我一本本账目核对，终于查出是我接手的庞师傅教我做报表时，把他销的计划油混到我的报表里来了。我年少气盛，一大早骑车赶到公司，拿着报表往老金办公桌上一摔："你们简直是胡来!"老金丈二和尚摸不着头脑。后来经过核对，老金用手摸着我的头："爷们，怪我，全怪我……"

后来由于我喜欢写作，被抽到公司搞通讯报道，刚好和老金坐对面桌。老金其时已不属于受宠的那类人，工作上有了些情绪，平时我不太敢和他说话。倒是他这个老烟鬼，时不时扔过来一支"红塔山"："小邵，弄一根提提神。"我就是那时学会了抽烟。

后来单位解体了，我做过好多工种。总会莫名忆起过去的岁月。偶尔想起过去的单位，就会想起和老金工作的那些年月。他现在还抽烟吗？

老领导越来越像稀有动物了。效益好的单位，逢年过节还能组织人员去老领导家慰问一下。有次和一位工会的朋友聊天，他冒出了一句："啥啊，啥去看望领导？都离职那么多年了，单位还要养着。我们说是慰问，其实是看看他还在不在呢。"

我听了，说不清心里是啥滋味，好像有一点揪心。

我越发想念老金了，抽空我想去看看他。

第一次下棋

下象棋不是我的强项，但我喜欢。知道象飞田、马走日是在我七岁那年。那时候，我们全家随父亲从九里搬到海头。我一下子没有了昔日的伙伴，心里空落落的，每日晚饭后就在家门口溜达。

家门对面就是县造船厂职工宿舍区，总能看到一群人围观在那里，探头过去，原来是下棋的，就凑在那里看。看也看不懂，图个热闹罢了。

看久了，知道了有位姓霍的叔叔棋艺最高，他常赢。一般时候都是他在下棋，只换对手。对手其实不是一个人，是好多人。

我突然想学棋了。没有棋友来的时候，霍叔叔会用榨菜瓶子泡一缸子茶水在那里等候。我凑上去问棋子的走法，霍叔叔就告诉我象飞田，马走日，卒子勇往直前……

回家琢磨，没有象棋，我偷偷撕了二哥的作业本画了棋盘，用剪刀剪了小纸片依次写出车、马、炮，一个人演练。自己杀自己没兴趣，也下不了手。等二哥放学缠他，二哥不懂象棋，我怎么教他也教不会，笨死了！如果他要骑马打仗，马腿早别断数条了。

还是看霍叔叔下棋过瘾。

有天下午，霍叔叔又泡好一杯茶，大约心情极好，看到棋友没到，便招呼我。

“小爷们，咱爷俩杀一盘！”态度很和蔼。那一刻，我真的有些受宠若惊了。

我忙不迭地把棋子一个个摆好，末了，又将偏字的棋子摆正。

霍叔叔呷了口茶，让我先走。

我架起中炮，然后，跳马，出车。

“对，对对，这几步走得还行。”霍叔叔称赞道，“切切记住，走棋不要只考虑眼前的一着，要为下一步棋打算。”

那盘棋的结果可想而知，但霍叔叔的那句话，二十余年一直没忘。

回家的路

昏昏欲睡中，突然感觉车子停住了。有人直喊堵车了，我探出头一看，果然是。

临近年关了，满车都是回家的人。几个农民工特别醒目，因为人多没有座位，几个大包堵在车里的过道中间，他们坐在上面。一听说堵车了，他们纷纷议论起来。从他们的议论声中，我得知前方有一座桥，桥上一辆小货车与一辆轿车擦了一下，因为赔偿原因，双方僵持不下。

等了快两个小时，天快黑了。农民工中有个年龄大一点的，从怀里掏出一只手机，让一个二十多岁的小伙子，对着一张纸上的电话号码打。从那个小伙子的电话中，我知道他在搬救兵——让家里的人来接他们，因为他们下了这辆车之后就没有别的车了。

这样一个电话打毕，可急坏了我前座的一个孩子，在那里坐立不安。我问明缘由，原来这孩子在县初中上学，周末坐车回家，每次回家家里人都会在站点等他。天气特别冷，小孩子急得却是满脸通红。我掏出手机，让他和接他的人通了一个电话。小孩子很礼貌，打完电话连连致谢。我微笑地摇了摇头。

车厢里尽是叫骂声，等待让人焦躁不安。

正在大家束手无策之即，这时，司机告诉了大家一个好消息。由于110没来，纠葛无法解决，司机联系了桥对方的一辆大巴士，因为是往返跑，和我们对掉一下乘客，双方都不耽搁时间。司机话一出口，满车人炸了营，几乎是跑着过去的，跑得快的有座，赶紧给自己家里人占个座。

我在拥挤的人流中下了车，环顾了一下四周，发现不远处的村镇已经灯火通明。

我早已忘却了旅程的焦灼。站在这个陌生的路边，想象一下家的温馨，竟没有一丝的冷意。多么温暖的灯火，不仅可以指明方向，更多时候，可以引领我们找到回家的路。

回家的路，无论多么遥远，对于游子来讲，都不是距离。

——只为了那里有一双双守望的眼睛。

邻　　居

新搬来的邻居家里，有一辆电动三轮车，平时孩子的爷爷用它往返接送两个孙子上学，两个孙子十岁左右的样子。

后来和邻居聊天，他们比我搬来不过早一个月。我刚搬来的时候，家里还有一些鸡零狗碎的杂物。往返出没，孩子的爷爷在楼下看到了，就对我说，抽空骑我的车，一两趟就拉过来了。

这句话让人听了心生暖意。我告诉老人，这是最后一趟，不用麻烦了。老人听了有些遗憾，嘴里不停地念叨："早知道用车拉回来就省事多了。"老人一念叨，我倒有些不好意思起来，仿佛白白辜负了老人的一片好心似的。

要过年了，楼道被打扫得很干净。开始，我以为是小区的物管人员所为。有一天下午回家，看到老人正用扫帚仔细清扫楼道。老人看到我，好像在掩饰什么似的："没事，运动运动。"我心里明了，老人之所以这样做，无非是让亲邻之间更融洽，更和谐。

第二天早上起床后，我第一件事就是用拖把把楼道拖了个干干净净。

俗话说远亲不如近邻。记得以前的邻居，某一天陡然在门上悬了一只小镜子。让人很不舒服。后来，一层三户，全都悬起了"照妖镜"，最后弄得彼此无话可说。

昨天出门，刚好遇到了老人带两个孙子外出归来。两个孩子坐在三轮车上，手里拿着一包糖块，脸上笑不可支。老人看到我，把车子停了下来："嘿嘿，放假了，我带他们两个小子逛街呢。"老人说完，又加了一句，"对了，如果用车，说一声！"话音刚落，车子已驶出好远。

多么幸福的一家人，幸福得让人眼红。

其实，我在努力缔结一个同盟，使我们邻里亲如一家，这是我的出发点。可是，从邻居那里说开去，他们何尝不是如此？两好结一好，或许，这就是幸福生活的真谛。

冰上的童年

童年没有走远，闭上眼睛就是昨天。

当西北风吹起来，雪花飘落下来的时候，家东边的池塘也就冻实了心。一般情况下，大人们是不允许我们这些小孩子去河边玩耍的。乍寒时分，用脚小心翼翼在河边尝试，一不小心鞋子就湿了，回家的结果，一顿“打”是跑不掉的，尽管瞎话编得溜圆。如履薄冰，这个成语我第一次看到时，因为亲历过那种感觉，所以觉得十分贴切与亲切。

封河了，大人们说这话的时候，就有一些怂恿的意思。早上不睡懒觉，溜冰也是一种锻炼。其实大人们不说，怀里揣着心事，早上哪能睡得着。想象着在冰上滑行，人像长了翅膀。大冬日里起个大早，一路小跑到河东，却发现池塘上隐隐约约早有人滑冰了。

一直眼热邻居家的春生。他爸爸是个木匠，给他做了一只滑板车。说起滑板车，不过是一只方形的木架子，底下穿上了铁丝，是八号铁丝——粗。在冰上滑行速度之快，令人咂舌。滑行的时候，必须用两只攒子，攒子的底部装上钢钉，人盘腿坐在上面，双手在左右用攒子猛攒冰面，滑板就溜得好远。有些想坐滑板车的，讨好地在后面推着春生，待春生惬意够了，便也能跟着享受一回。

有了第一只滑板车，大家都竞相效仿了。办法总比困难多嘛，第二天

早上，小亮把家里的一把木椅子背也抱来了。他没有八号铁丝，却把椅子背下面用电线缠了一圈。还别说，效果也挺好的。可就在他坐在椅子背上得意忘形的时候，小亮的妈妈拿着笤帚追了过来，边喊边骂："小兔崽子，好好的一把椅子给毁了。"小亮一见苗头不对，扔下"滑板"落荒而逃。后来好几天没看到他来玩滑冰。

对于好玩的我来说，自然是不甘寂寞。放学后，我在家找来四根木条用铁钉钉在一起，上面放上一块木板，没有攒子，就偷来妈妈和姐姐做鞋底用的锥子，盘腿坐在上面，两手一用力，恣意地滑行在冰面上，从一个个慢慢滑行的小伙伴身边急速地掠过，那份自豪，简直是无与伦比。

对于每个成年人来说，儿时滑冰应该是记忆里最有趣的画面了。在我家，我最小，也最顽皮，爸妈心疼我，严禁我参与到这种危险的游戏中来，记忆深刻的一次，因为滑冰，我被妈妈打了三回。第一回，早上上学的时候顺着小河滑冰去学校，在一个冰比较薄的地方陷了进去，把两只棉鞋都灌满了水，跑回家，妈妈打完我以后，就把棉鞋里的水拧干净，把烧火剩下的草木灰放在棉鞋上来回地踩，以吸收棉鞋里的水分，因为没有别的棉鞋了，就给我换上了一双我爸爸的解放鞋，因为太大，还在里面填了不少棉花，说也奇怪，那时候还真没觉得冷；第二回，中午放学的时候，又和小伙伴结伴滑冰回家，不幸的是，又掉到了水里，解放鞋也湿透了，不用说，又是一顿穷揍啊；第三回，我穿着夏天的鞋垫子，躲过妈妈的监视，和小伙伴一起去村里的大沟里滑冰，这回更惨，掉进水里了，连棉裤都湿了，幸亏冬天的水不深啊，路过的大人手忙脚乱地把我拉上岸。

回到家，我妈妈脱掉我的湿棉裤，用笤帚往我屁股上那个打啊，说不要我了，把我打急了，我在前面光着屁股跑，妈妈提着笤帚在后面追着打，屁股都打破了，全村人都出来看笑话。

玩滑冰最有意思的是相互碰撞。待大家差不多都有了滑板车之后，几个人相约同时往一个方向滑。因为惯性，被撞的就会一下子溜得好远……一池塘的孩子，一池塘的欢笑。玩得正在兴头上，不知谁喊了一声："上学喽!”，顿时人如猢狲散。池塘又恢复了它先前的寂静，只有太阳静静地朗照着这一池塘曲终人散后的划痕。

还有一种好玩的游戏叫拉火车，需要两个以上的小孩参与。找一个劲头比较大的做火车头，其他的做车厢，做车厢的孩子一溜排蹲在冰面上，一个抓住前面一个的衣裳或抱住腰排成一列，车头面对着最前面一个孩子，两人双手相扣，“车头”边退边拉着“车厢”前进。玩得最多的还是两人一组，既不累，也可比赛，热闹非凡。玩到兴起，为了节省力气，有的小伙伴还从家拿来了绳子，两人站在岸上，把绳子的一头让排头的孩子握住，岸上的两个孩子就围着岸边奔跑，冰面上一溜小伙伴在没有阻力的冰面上滑行，那种身心的愉悦让孩子们在冰面上大呼小叫，场面蔚为壮观，也煞是有趣。

在冰上打陀螺，也是件快意的事情。那时，水泥场地很少，在土路上玩陀螺，要用鞭子来回地抽，陀螺才不会倒下，但在冰面上玩陀螺自然就不存在这个问题了。冰面上的陀螺，只要抽动起来，就会快速而平稳地转上好几分钟，急速转动得陀螺仿佛静止了一般，常有小伙伴以此来比赛，看谁的陀螺转动的更久一些，也会引来许多小伙伴的围观。

那天放学回家，发现池塘里面装上了抽水机。我们知道，大人们要开始一年一度的“拿”鱼了，因为池塘原本就是个养鱼塘，“拿”鱼的同时也将宣告，这个冬天的冰上乐趣到此结束了。

簇拥在池塘边，眼睁睁看着平整的冰面一下下断裂，犹如一个个少年的心，生疼。

冰上快乐地尖叫，像打火机，于偶然间会腾地燃着快乐的记忆，让一颗经年沉寂的心无比的神往；而那冰上明亮的划痕，则像燃着的烟蒂，在记忆深处，明明灭灭。

楼下那片新绿

自搬到这个小区以后，我发现了许多有别于过去居住地方的诸多优势，比如管道煤气，比如小区安全，再比如扔垃圾。过去居住的地方，扔垃圾要走五百米远，而在这个小区，放在楼下即可。因为楼下刚好有一片空地，每天都有一位大嫂，骑着三轮车准时来收垃圾。

也许是因为习惯，每天出门的时候，我都会把垃圾打一个包，顺手带到楼下。

某天我在小区内散步的时候，突然发现在楼东不足百米的地方，有一个垃圾站。这个垃圾站用砖头砌成，中间开了一个口。虽没有明显标志，可我认定那一定是个垃圾站。也许是因为有了那位收垃圾的大嫂，当日的垃圾马上就可清除，这个垃圾站就显得荒凉，几乎被人们忽略。

春节期间，各家燃放了好多的爆竹烟花，楼下就显得一片零乱。大概收垃圾的大嫂适逢放假，楼下的垃圾堆积成小山似的。

有一天回家，在楼下看到一块牌子，上面写道：请各位自重，垃圾扔到东面的垃圾箱。后面加了三个感叹号。我一看就明白一定是一楼所为，因为放垃圾的地方正对着一楼的厨房间。

楼下的零乱，一定让楼下的住户苦不堪言。冬日还好，如果是夏天，后果真的不堪设想。想一想变馊的垃圾，满天飞的苍蝇……我是绝对从内心理解的。

从那以后，我都会把垃圾扔到楼东的垃圾站里去。

牌子放了两天，我下楼的时候，仍旧看到楼下有垃圾。

有一天，我回家，到了楼下，一楼的住户正在挖那片空地，地上有好几棵雪松，雪松有一米高。

下午出门的时候，雪松已经栽好了，在这初春时节，绿得亮眼，俨然一排绿衣卫士。

我暗暗佩服一楼住户的机智。

楼下的那一片新绿，让楼下从此无垃圾。

嗨，送礼物呢

朋友乔迁，几个哥们前去贺喜。房子挺宽敞，结构也好，唯一不足的是一楼，光线有些暗。大家七嘴八舌，末了，还是眼羡朋友置办了家产，所谓“安居乐业”也。

“我刚搬来的时候可不是这个样子。”朋友说，“住一楼脏死了。这是个新小区，扔垃圾都是有物业管理负责的，把垃圾放在自家门口，大清早就会有人来打扫。我搬来的时间晚，其余的几家都住上了。由于这间房子是空的，所有人都会把垃圾扔到我的厨房的窗口处。大家都是邻居，我也不好搞僵了……”

“那怎么办呢？”大家都带着问号。

“有一天，我正在坐在靠近书房的电脑前上网查东西，就听窗外‘噗’的一声，我打开窗，只见一个十五六岁的小姑娘，把一只枯死了的树根扔在了我的窗下，她扔下就走。”朋友继续讲道。

“太过分了！”

“骂她一顿才好！”朋友纷纷打抱不平。

朋友摇了摇头：“如果那样做，效果一定适得其反。趁小姑娘没有走远，我就冲她喊了一句‘哎’——”朋友卖了个关子。

大家都急于想知道朋友说了啥。

朋友说：“我喊过后，那小姑娘回过了头，我佯装不知，冲她说道

‘嗨，你给我送啥礼物了’，那小姑娘回过头，脸一下子红了，在那里不知所措。我就对她说，我是刚搬来的，以后没事到我家玩。说完这些，我就出门去了。”

这样解决问题的方式真好。大家一起表示赞许。

朋友最后说，当他出门回来，厨房外干干净净。那个时间，绝对不是清洁工扫的。

“从此以后，我的房间周围再没有人扔过垃圾。”朋友很自豪地说。

处世是一门大学问。这个学问其实很小，小到只剩下了生活中的点点滴滴。

知道“安哥拉”的修鞋女人

办公楼对面有一个修鞋摊，修鞋的是位妇女，由于常年风吹日晒，皮肤黝黑，说真话，已看不出年龄。

有天我去传达室取报纸，报纸还没有来。我一看李大爷不在传达室，正坐在对面的鞋摊上和那位修鞋的女人说话呢。反正是等，我就走了过去。

修鞋的女人冲我笑了笑，问我补鞋吗？我摇了摇头。女人说话的时候，手不停，她在缝补一双运动鞋。“胶的不如补的，我修的鞋，鞋底磨破鞋帮也不会裂。”女人自豪地自言自语。老李接过话茬：“这个女人不简单，三个孩子，全靠她修鞋拉扯大的。”

女人好像有些腼腆：“去去去！凭我修鞋，稀饭都喝不上。全靠他爸呢。”

“她老公在国外好多年了。”老李冲我解释说。

“是海员吗？”我知道我们这里当海员的很多。

“不是，是搞建筑的。在安哥拉，属非洲的。”女人依然在埋头修鞋，话说得漫不经心。

我有些震惊。绝没想到一个遥远的国家从这个修鞋的女人嘴里说出来是那样轻描淡写。

“安哥拉?”我对这个地名是一片空白。女人抬起了头：“是个小国家，很穷的。坐飞机要 24 小时呢。”

“你老公在国外赚不少钱吧?”我也不能免俗。其实我的意思是如果赚好多的钱，她没有必要天天在这里风吹日晒地忙着生计。

“一年七万多块钱，两个月汇一次钱。”女人也不避讳，直言。

“这些钱够花的了，你倒不如回家享享清福。”话一说完，我觉得自已真俗。

女人依然低着头：“在家待也待了，孩子们也劝我回家，可是我已经习惯了这样的生活。我在这个地方修鞋，已经二十多年啦。还有一个今年高考，送出去，我的任务就完成了。”

“过日子是过明天。”女人说这话的时候，抬着瞅了我一眼。那种自信与富足，电波一样传及到了我。

打井的人

早上下楼，见楼前停了一辆拖拉机。上面拉了好多管子和蛇皮袋子，袋子都是鼓鼓的，不知装的什么东西。当我看到一个水井头，便知道，附近有人家要打井了。

果不其然，我买菜回来，楼后一家的小院里，打井的人已经开始工作了。天气真热，有三个人正光着膀子，推磨一样地用力往地下“下管子”。三个人皆赤裸着上身，大约因为久在阳光下作业的缘故，每个人身上黑里透红，在太阳的照射下，好像要冒出油来。

打井是个悄无声息的活儿，除了说话，一切还好。我最怕电钻的声音。上次楼上装修房子，害得我失眠了近一个月。

“打一米多少钱?”我问。问过之后，不禁哑然失笑——我住在楼上，打听价格真是风马牛不相及，只不过是满足一下好奇心罢了，这大约也是好多人的通病吧?

“一米三十块。”有个三十岁左右的汉子回了我一句。我看到他的膀臂上的肌肉，在用力推磨的刹那，结成了一个圆圆的结。

我私自盘算了一下，一口井，一般在十五米左右，就是说需要四五百元钱。一个人，除去成本，落一百块钱是没有问题的。问题是，得有市场需求，尤其是如今的城市发展迅速，楼是越盖越高了。

天这么热，从农村出来挣钱，真得很不容易。就在我心里感叹的时候，他们其中有个年轻一点的小青年可能渴坏了，问我家里有没有开水。我早上买菜前在家里的凉水杯里倒了满满一杯白开水。从家里端来，那个小青年急不可待，一咕噜喝了下去。由于喝得较急，水从他的嘴角流了出来，流了他一身。我看了有些心疼，毕竟比我儿子大不了几岁。我劝他慢慢喝，就把杯子留在了那里。

不知要打到几时，他们真是太辛苦了。上了楼，透过阳台，我看到那三个人在那个小院落里慢慢转动。我不知道他们要推进多少米之后才能出水。

午休过后，我刚要出门，在门前看到了我家的水杯，下面压了一张小纸条：谢谢你，叔叔，你是个好人！祝你一生平安！后面没有落款。

井已打好了。我从心底好像无端地松了口气。他们去了哪里，不得而知。常说“吃水不忘挖井人”，这句从前常念叨的话，想想现在大约早就变质了。打井那家的人，对他们不会生出感激的。他们之间，不过是一笔小小的交易。

监狱里的小红花

闲逛论坛，看到了一个帖子，大意是讲做幼儿教师出身的阿菊，帮其父亲经营一个企业的时候，有惊人之举，使得原本经营不善的企业有了生机。最后，她相告秘诀："其实，我不过是把以前在幼儿园的那一套照搬了一下。幼儿园里有这样一个规定：孩子如果一周都遵守纪律就奖励一朵小红花，五朵小红花可兑换一支铅笔。我们把它称为'看得见'的管理。"

这样的管理，非常人性化，凡事无坚不摧。

提及小红花，不禁想起若干年前跟随采风团去东海监狱采风的情形。

大约是在1989年吧，我接到了一家报社的邀请信，让我参加一次采风，地点在邻县——东海县。

长这么大，第一次进"监狱"，内心对一切充满了好奇和惧怕，担心那些犯人会不会蹿到我们身边施暴？监狱长似乎看到了我们内心深处的顾虑，宽慰我们说："你们随意参观，那些犯人不会对你们造成伤害，他们只是小偷小摸，我们现在是通过劳动改造他们。"听罢此言，我们的心里一下子踏实了起来。

在参观犯人宿舍的时候，监狱长指着墙上悬挂的小黑板对我们说："大家看到了吧？这里有名单，后面有小红花，能猜出是啥意思吗？"风趣的监狱长还卖了一个关子。大家七嘴八舌议论起来，最终也说不出个所以然来。

最后监狱长哈哈大笑："你们可能猜不到，我们监狱是军事化管理，每个犯人早晨起来之后，被子一定要叠成豆腐块，一年四季，窗户都要通风，防止病毒侵入。"监狱长话一结束，大家的眼睛全都盯到了床上。果不其然，每个床铺上的被子都叠得整整齐齐。

我们看到黑板上，名单后面有三朵五朵不等的小红花。“一个月一统计，得小红花最多的，我们会申报减刑。”监狱长说完自己也笑了。

真没想到，戒备森严的监狱里面，有着这样令人难以想象的幽默。不过，细想想也对，做人出了问题，一切必须从头开始学起。对于犯罪的人来说，他们的人生是刚刚起步。

监狱里的小红花，和别人说起来，好像是个笑话，可是追根究底，真的只是个笑话吗？

矿井司机

没下矿之前，我的脑海一直浮想着下矿就是沿着石阶往下行走。来到入口处，同行的矿长告诉我，可以乘坐“小行车”。

所谓“小行车”，貌似公园里那种长龙似的小火车。每排两座，每次可容纳二十个人下矿。

踏上“小行车”，才知道矿下的机械还是那么原始。我用矿灯照了一下，所谓座位，其实就是一块木板。“开车”的司机全凭哨子作为口令，停站是，“开车”也是。

还没待我坐稳，就有一双手越过我的胸前，把靠近我身边的一条铁链子的挂钩给挂上了。那条挂钩刚好把我围在了座位里。很明显，那是起保护作用的。

我屏住呼吸，大气不敢喘，一任“小行车”往纵深处驶入。

越往深处，越感到潮湿。通道里有风，夹杂着空气中的水汽，浑身凉丝丝的。刚从地面上30℃的高温下来，陡然像进入了一个空调房间，惬意极了。

随着一声哨鸣，司机把“小行车”停了下来。有人说到了。我解开挂钩，旁边就是通向下面矿区的石阶。

刚走不远，就听“小行车”咣当咣当往矿上驶去了。

围地下矿区转了一圈，并没有看到矿工挖煤的情景。由于近来天气多雨，矿下正在进行一些设施改造。偶尔能看到一些矿工正在修复通道和路面。

地下的空气不像想象的那么令人窒息。矿长告诉我说，通道里安装了800千瓦的通风机，24小时不间歇地运转，足以让地下的空气保持通畅。

转了约一个时辰，看到了一道熟悉的通道。我问矿长：“是不是又转回了原来的地方啊?”矿长说：“你记性真好。”说话间，“小行车”来了。

这次我坐到了前面，靠近“小行车”司机。由于他在“驾驶”，不便打扰，我就问同座的一位师傅：“这一段没有煤炭作业，也没安装矿灯，每天他都这么来回在这黑洞里往返开车吗?”

“是的。”同座的人回答我。

“这里又不能接电话，那他怎么和家人联系呢?”我知道因为辐射的原因，煤矿下面是不能接电话的。

同座的人笑了：“想接也没有信号啊。再说，他是在上班啊。”

幸好是在黑暗里，别人看不到我脸红，问话问得这么傻。

世上竟然有这样的工作，一个人在黑暗里穿行。不说煤矿工人多么崇高和伟大，那一刻，我的心里真的充满了敬意。我在心里想，如果换了我，能接受吗?

到了矿顶，临下车前，司机回头看了看，我冲他报以真诚的微笑：“师傅辛苦了!”

我话刚说完，没想到那位司机应了一句：“领导辛苦!”

这次是到了地面，光线很好，如果有人在意，一定会看到我的脸，是真的红了。

小人精

小人精是内弟家的孩子，今年八岁，上二年级。放了暑假，他一直央求奶奶带他进城来玩。我去车站接他们的时候，看到岳母大包小包的，看来是要过上几天了。

一年没见，小人精还是那个瘦样子，小胳膊小腿的。由于天天在外晒，黑不溜秋的。唯一白的地方，是张口说话露出的牙。

吃午饭的时候，我问小人精这学期考得如何？小人精耷拉着头，把脸埋在碗里，不说话。一会儿小人精去洗澡了，岳母这才告诉我，小人精这次考得比第一名差三分，好像伤了自尊，从不允许别人打听。上次他爸爸问了一次，他摔了一只碗。当然，最后少不得挨他爸爸的皮锤。

这个小东西，倒挺有个性。

我上班，不能陪他玩，就在桌几上放一摞白纸。除了看电视，规定他每天必须画三张画。小人精听了也不吱声，算是默许了。

下班回来，发现桌几上就有了三幅画，有山，有水，还有房子，画得还挺像那么回事。我问他是怎么想出来的？小人精用手指了指书橱："从里面找的。"

这个小人精！

下班路过菜市的时候，突然想起新近有种烧饼真好吃，小人精一定会喜欢，就买回来几个，顺便又带了几种水果。

晚上吃饭的时候，小人精果然对那烧饼情有独钟。狼吞虎咽的样子，让人忍俊不禁。可吃了一个，小人精不吃了。

"怎么不吃了？好吃你就多吃点！"我对他说。

"光我一个人吃了，我妈妈又吃不到。"小人精说着眼圈都红了。

尹老师

我最初的文学启蒙，完全来自尹老师。尹老师是我的初中语文老师，隐约知道他是徐州师范毕业的，学的是中文。依稀记得尹老师第一次给我们上课的情景。

那天，下着大雨。课铃响过后，教室里来了一个人，二十来岁，穿着雨衣，光着脚板，进了教室，脱下雨衣，从腋下拿出一包塑料纸，抖开来——里面是他的鞋子。

全班同学哗然。

尹老师自我解嘲嘿嘿一笑，然后在黑板上写下了他的名字：尹勤。

后来听同学们说，尹老师的家里很穷，大约培养出了这样一个大学生，家里拉了不少饥荒。也许是穷人的孩子早当家，尹老师在大学里可是尖子生，在校报上经常发表文章。听尹老师的课，发现他懂得真多。因为尹老师，我了解了李白、杜甫、贺知章……

我喜欢听尹老师的课，他讲得不呆板，轻松且活泼。因为喜欢和投入，我的作文常常被尹老师拿到讲台上阅读。那时候，学校里有份油印的小刊物叫《萌芽文学》，一月出一期，都是爱好文字的学生自己写的。看到有油墨香味的杂志，做梦都想在上面发表文章。

不想真的有一天，尹老师把我的一篇小文推荐"发表"在上面了，记得那是一首小诗《根雕》。拿到杂志的时候，我是看了又看，高兴得我一宿没睡。后来他找了好多的课外书，让我们细细阅读，并让我们体会出作者的用意。尹老师说我写作是个好苗子。他的教学方式，深得我们全班同学的喜爱。

初中期末的时候，尹老师教我们《岳阳楼记》。

“千古名篇啊！千古名篇！”在讲台上，尹老师止不住地称赞，“先天下之忧而忧，后天下之乐而乐也！”他赞叹不已的样子，仍然在我眼前晃动。

为了让我们全班同学全会背诵，尹老师同意我们自由活动，把全班同学放了鸽子：“你们随便，爱到哪背到哪背，放学前必须熟记在心。”

于是，同学们像飞出鸟笼的鸟儿一样。

学校四周全是田野。我们猫在麦地里，和同学捉迷藏。那时的小麦已经过膝。把麦头抽下来，嚼那个麦秆，甜细细的。偶尔遇到花生夹子，吃到嘴里，口有清香。

这次放鸽子，是尹老师的一次失败。全班除几个优等生外，别的全都背不全。

尹老师发火了，说：“你们不光糟蹋了粮食，也辜负了对我的信任。”他流泪了。站在讲台上，他气得浑身发抖。

那是我看到的他最生气的一次。

看到为学生而流泪的尹老师，我们真是羞愧难当。期末结束的时候，想想也怪，哪怕学习成绩最差的同学，背《岳阳楼记》都是十拿九稳，滚瓜烂熟了。

参加工作后，我有二十多年没见到尹老师了。去年五十年校庆，在母校又见到了尹老师，不过现在他早已是校长了。尹老师的头发差不多全白了。和他交流，亲切自然，时隔二十多年，他竟能一一叫出同学们的姓名。当看到我时，还向我伸出了大拇指，夸我现在的文章进步很大。我自爱好写作后，常常有小文见于报端。

这么多年我一直不知道，原来尹老师一直在默默关注着我啊。

尹老师，又临教师节了，让我送上我内心最诚挚的祝福吧：无尽的恩情，永远铭记心中。每个成长的日子里，我都要祝福你，我的老师。

男祥林嫂

和他第一次见面，他就直言不讳地告诉我说，他离异了，有一个三岁的女儿，被前妻要走了，连同房子。目前，他一无所有。他说这话的时候，眼睛睁得老大，但那眼球里，却没有多少光泽。

他是我们单位的一个客户，每个月都要到我们单位来几次，有时是报表，有时是开会。每次他来，和我交流的时候，话题总离不开他失败的婚姻。

从他断断续续的唠叨中，再加上后来办公室几位同事的补充，我大致知道，他婚姻的失败，不是取决于对方，而是取决于对方蛮不讲理的父母。而他的前妻，一切又都听从父母的安排。这样几年下来，他精疲力竭，最终婚姻走到了尽头。

“天底下还有这样的女人!”每次，他愤懑地说出这句话的时候，都目不转睛地望着我。

我能理解的。处在这种境况下的他，内心一定充满了倾诉的欲望。而他的倾诉，最想获得的是别人的支持。

面对他的渴求，我只好应付：“是啊是啊。”

听到了我的回应，他的眼睛立马亮了起来，一瞬间他好像得到了某种满足。

在我认识他的近三个月的时间里，每次他来，都会和我谈上一阵子，当然，内容大都是前妻的种种不是。这样的情况久了，我也习惯了。

后来和同事聊天，同事告诉我说，原本单位里有个马大姐，在我没到这个单位之前，退休近一年了。每次，她就是他的听众。同事说，真不明白，离婚三年了，仍然走不出失败婚姻的阴影，都快成祥林嫂了。

缘聚缘散吧。终于有一天，在他那絮絮叨叨的唠叨之后，我向他推心置腹了一把。都是她的错，婚姻已停止了，不管怎么说，明天还是要继续。你尽可向每个人讲述你婚姻的不幸，获取大家的同情，可最终又能怎样？大家仍然一如既往过自己的日子，而你在深夜里，仍旧是自己舔嗜自己的伤口。

当我把话说出来的时候，他好像被点醒了一般。用手挠了挠头，一副若有所思的样子。

过了有十几天，他到我们单位送报表，又到了我的办公室。

“邵哥，我向你推荐一部好电影《山楂树之恋》。”他一脸的兴奋。

“的确是部好电影。”我表示赞同。电影虽没看过，但网上已炒得沸沸扬扬。

“其实，我就是那个老三啊……”他说完，随即叹了一口气，“我怎么也想不通，我们过日子，她父母为什么要干涉呢?”

又来了。

我怕他这辈子走不出婚姻的阴影了。

搬迁的民工

单位乔迁新城，找来了一些民工帮助搬迁。以前时常在上班路上看到那些民工，他们把平板车停放在路边，有人路过，就探头来问是不是要搬东西，没事的时候，他们就在一起唠嗑说闲话，我这次是彻头彻尾与他们打了一回交道。

做搬迁工的，年龄没有低于五十岁的，病残不敢言说，用老弱形容他们一点也不为过，而且衣着不整。说起来也真不容易，把一个单位三层楼所有的东西，搬到五公里之外的四楼，一趟平板车才八十块钱。

我负责在新城接货，耳闻目睹了他们所有的甘苦。他们像泰山挑夫那样，只不过靠出卖苦力挣点小钱，这钱挣得让我感到辛酸。

有个小个子老人，我问过，已经五十九了。第三趟背橱柜上来的时候，早已上气不接下气，一上四层楼面，就一屁股坐在了地上，那么大岁数的人，累得在那里直喘粗气。那场面，看得我揪心。不说他靠劳动赚钱，就仅年龄，也让人从心底尊重。六十岁的人了，该是一个享清福的岁数了吧？

我有些于心不忍，就招呼他到办公室喝杯水休息一下。恰好办公室里有一些发福利余下的毛巾，我就拿出一条递给他擦擦汗，并说送给他了。

他接过毛巾，有些不好意思，但也没有推搡，直接往腰间一掖，咕咚咕咚喝了一大杯水，就出门搬橱柜了，前后休息不到三分钟。

他们这帮人，干活真是没说的，没有任何一个人偷懒，上一次楼能多拿一件是一件。有个六十六岁的老人，在背了六张椅子后，在椅子的空隙又增加了两包打印纸。打印纸我知道，一包就是几十斤。

中间挺有意思，在搬迁过程中，有个脸上带疤痕的老人，从破烂的上衣口袋里掏出一只手机来，从他很大声音的交谈中，我得知他的新业务又来了。如果不是我亲历，打死我都不会相信这个事实。

所有货物全都搬上楼后，我安排他们把搬迁的物品归类的时候，有个戴眼镜的（他是这帮民工中唯一一个戴眼镜的人）和我说：“新城最近好多单位全都搬迁，人家是电梯，都是一百块钱一车，你们这里没有电梯，要爬四楼，才八十元，我们要少了。”言下之意吃亏了。

“当时谈好多少就是多少，价格都报给领导了。”我告诉他说。

“我们没有要加钱的意思，谈好多少就是多少，这个可要讲诚信，答应你的，一定会帮你搬的。”

戴眼镜的民工忙不迭地解释道，他刚说完，另一个高个子说话了：“那保险柜怎么算？光那个柜子，搬到四楼，在别处也要给一百块。”

保险柜我是知道的，好几百斤，六个人弄到四楼上，花了近一个小时。我告诉他们，那个保险柜弄上来真的不容易，结账的时候，我尽量和领导说说加点钱。

听到我这么一说，几个民工全都露出了笑脸。

修锁的老张

单位搬至新城以后，各科室反映好多柜橱上的锁损坏了，有的在运输过程中钥匙折断了，还有的原本钥匙丢了，一直没有配上。最后，办公室一合计，干脆找一位修锁的师傅把所有的柜子都检修一遍。

打电话前还有些担心，毕竟让人家来新城修锁要跑五公里的路程，人家愿不愿意过来，还很难说。不过还好，接电话的师傅听到了立马应允十五分钟后赶到。

修锁的师傅看上去背有些驼，背着一只工具箱。

问他怎么过来的？答，骑摩托车。

问他贵姓，答，姓张。

问他年龄，答，五十五。

开始修锁前，张师傅打开工具箱。他先找的不是修锁的工具，而是一只老花眼镜，戴上后，他打开一只小工具包，里面露出好多像挖耳勺一样的东西，有长的，有短的，还有弯曲的。张师傅告诉我说，这就是他吃饭的所有家伙，别小看这些小东西，依靠它们，能打开所有的保险箱。

张师傅这么一说，我感觉那些耳勺一样的东西真的好神奇。我拿在手里，仔细端详了一番，好像是用钢丝自制的。真是难以想象，这些平淡无奇的钢丝，能把那些炸药包都炸不开的保险箱完好无损地打开。

神奇得到了验证。修第一把锁的时候，简直太简单了，张师傅只用三只钢丝撞了几下，一把锁立马就开了，惊讶之余不由得不佩服。

通过攀谈，我始知修锁这类行当要在公安部门备案的，当属专业人士吧。

倒腾了一下午，张师傅共修好文件柜的锁二十把，办公桌十二把；该配的钥匙也配上了，该打开的锁全部打开了。临了，我问他要多少钱。张师傅笑了笑：“给一百块钱吧，主要路太远，我骑摩托车过来，要花油钱的。”

“一百块钱，要得不多。要二百也给你。”我和他打趣道。

“哪能呢，我们靠手艺吃饭，讲的也是个诚信二字呢。”张师傅说完，打了声招呼，就消失在了楼道口。

如果走在街上遇到老张，不熟悉他的人，谁也不会想到他身怀绝技。

老主顾

单位没有搬迁前，在我上下班的路上，有一个煎饼摊子，摊煎饼的是位四十来岁的妇女。两只鏊子，一个人操作，现摊现卖。刚出鏊子的新煎饼，吃在嘴里又香又脆。我天天买，跟摊主彼此都熟悉了。每次我都是自个儿在她的钱盒子里找零。有次我没带钱，人家也让我拿走了，还很客气地说，下次一起吧。

摊煎饼挺不容易的，起早贪黑，尤其是盛夏，鏊子像一只火炉，其境之难，可想而知。

有一次和摊主攀谈，她说一天要摊一百多斤煎饼，最后，她直言不讳地说，一天能赚一百多块钱呢。

“你没有多大的投资，能有这样的利润，还是不错的。”我的话，是由衷的。

“我也有投资啊，你看看，一个鏊子加火炉要四百多，还要买炭，还有鼓风机……”她说着说着，“扑哧”笑了，“也是啊，真没有多少投资，只不过人辛苦一些。”人辛苦一些算什么呢？从她的笑容里，看得出来，她挺知足，知足就好。从内心，我一直敬佩靠自己双手挣钱吃饭的人。

有一天我去开会，下午不走那条道，上班的路上，我把买回的煎饼带到了单位，几个同事见了，都说煎饼不错。无意间我给摊煎饼的那家拉了几个主顾。对于这种无意，我十分乐意。

最后一次买煎饼，我告诉她，我们单位要搬到新城区了，以后吃不到这么好的煎饼了。

她停下了手中的活儿，扭过头说：“听说新城区建得很漂亮啊，俺也没有时间过去瞅瞅……”“呵呵，你光顾赚钱了，有空的时候，就过去转转吧。新城真的很漂亮。”我和她打趣道，“有机会，比如星期天，我还会转过来买你的煎饼的。”她听了，笑了：“有机会，俺会去新城区的。俺有你这样的老主顾，真高兴。”

她可能忘了，对于我来讲，她何尝不是我的老主顾呢？

钢笔雕字

上了四十岁的人，大约对钢笔雕字都有特殊的记忆。

我之所以提及钢笔雕字，是因为最近我在市报的一次征文中获奖，得到的奖品是一支钢笔。那支钢笔精美无比，红底透着黑字，且镶着金边，笔管上面印着毛主席的书法，雅致而高贵，让我不禁一下子想到了小时候学校里的钢笔雕字。

小时候上学，大家用的几乎都是块把钱一支的钢笔。在当时，这钢笔就是每个同学手里最珍贵的宝贝。偶尔谁不小心丢掉一支钢笔，就会伤心大半天。钢笔用久了，笔尖难免会磨得粗糙，写字没有棱角，或漏墨水，扔掉了又着实可惜。

记不清是哪一天，学校里来了一位修钢笔的师傅，听口音不是本地人。印象最深的是他的嘴唇很厚，而且发黑。来的时候是个冬天，他身着一件黄大衣，我至今仍能记起他的模样来。他骑着一辆破旧自行车，车把上挂满了钢笔零件。他除了会换笔尖、笔舌、笔管外，还会在钢笔上雕字。每每课间，他的身边就簇拥了好多人。

说来也是奇怪，一支笔，无论坏到何等程度，一旦到了他的手里，瞬间都会修好。临了，如果你愿意，他只需挥动雕刀三两下，一只凤凰或一幅山水画就出现了。有的人喜欢在笔帽上雕画，有的人却喜欢在笔身上雕自己的名字。他雕过后，用一种颜料涂一下（涂什么颜色，依钢笔的颜色而定），再用一块抹布一擦，一支有名有姓又有图片的笔就产生了。

他修笔要价不高，雕画好像是他的副业。雕一个名字或一幅画，只需两毛钱，如果同时雕，只收取三毛钱，也算是薄利多销吧。可是两毛钱，对于当时的我来说，还是有些难度的。什么时间能在自己的钢笔上雕上自己的名字，我梦想了好久。

无奈我的钢笔已磨损得非常破旧，如果在这支钢笔上雕字，无异于麻袋上绣花。我必须买一支新的钢笔来替代。

有天晚上放学回家，我嗫嚅地和家人说，钢笔丢了。在被家人一顿暴揍后，我终于如愿以偿。

后来，大哥晚上帮我辅导作业，无意间在我的书包里发现了那支旧钢笔，但他对我没有一点的责怪。我心存感激。是大哥的包容，才让我在以后的日子里慢慢体会出自己的错误行为。通过这件事，我明白了许多事理。后来，我一直在想，如果大哥把我揭发了，后果会怎样呢？

那支雕过我名字的笔一直陪着我。直到高中毕业，我都没有丢弃它。

往事回忆起来是那么幸福。前几日和大哥通电话，提及此事，大哥说，他早忘了。

忘记就忘记吧。如今，节奏的加快，很多人已不屑用那种打墨水的钢笔了。一块钱一支的水笔，用光了一扔，省事又便捷。钢笔雕字，显然已经成了一门消逝的手艺，但是也成为美好的回忆。

收废品的老程

单位刚搬到新城区的时候，由于县里管理机构不够完善与严谨，常常会有收垃圾、推销挂历、推销保险的人敲办公室的门。老程就是在一次贸然敲门后熟识的。

那天，老程敲门进来，我以为是来补办电工证或锅炉证之类证件的。我知道好多人在取得资格证后都在外地工作，一般都是邮寄给家里人来帮助年审。没等我们开口，他先堆满了笑脸："有废品卖吗？"原来他是收废品的。恰好办公室复印机旁有一堆废文件，一直想扔掉，我就让老程拿走了。临走我说："你留个号码吧，万一哪天有废报纸卖，我通知你。"老程说："我有个号码但记不住，我有名片的。"说完掏出一张名片来。收废品的竟然还有名片，这让我们办公室的人大跌眼镜。

没想到，老程留下的电话号码还真的派上了用场。

前两天单位更换书橱，有一批废旧资料要处理。我给老程打了电话，他答应明早一早就到。

第二天到了九点仍没有消息。我打通了老程的电话，他很着急地说："我八点就到了，门卫不让进去。"我旋即明白了原因，最近管理严格，出入政府大楼，是要通行证的。我说："你等一下，我下去带你。"

这次清理的废旧物品还真不少。除了书报及废旧资料外，还有上次安全培训余下的一大堆废旧纸箱。别看老程年岁大了，整理起废旧物品却挺麻利。不一会儿，装了足足有六个蛇皮袋子。装文件袋的纸箱不算太大，倒无所谓，可是装文件盒的大纸箱，我有些替老程犯难了，因为这只纸箱太大了。

我和老程说，这个怕不好弄。老程听了哈哈一笑："等会儿你就知道了。"

原来拆纸箱也是有奥妙的。老程解释说，一般的纸箱都是直接折过来，最后用胶封底。还有一种是用钉子钉的。用胶封的，如果扯不开，就用刀，老程说着就从口袋里掏出刀子把纸箱一下子划开了。而用钉子钉的那种，你看，这个简单极了，只需把钉子启开，一个巨大的纸箱瞬间成了一张纸箱纸。老程三捆两扎，立刻完成了。我在一旁看得目瞪口呆。

有三捆旧资料，每捆有二三十公斤，我担心老程下楼时运输麻烦。老程告诉我，收废品三十多年了，这些不过是雕虫小技。只要拖到楼梯口，直接往下滚就行了，无论几楼，很简单。

想起一句话："闻道有先后，术业有专攻。"真是颇有道理。

结完账，老程临走，向我连连致谢。看他的手势，本来是想和我握一下手的，可他看到自己满手的灰尘，又不好意思地缩了回去，只冲我点了点头。

防辐射贴膜

周末约一个朋友到书店转转，约好了在一家靠近书店的超市门口会面。

十分钟了，还不见他的踪影。

这个超市的位置，算得上是县城比较繁华的地方。在超市门前的拐角处，有不少做小生意的摊贩。当我在那里四处闲溜时，不经意间突然看到了一块广告牌，摆放在一家小摊前：手机辐射对人类的灾害，超过了日本核辐射。

没想到广告做得如此时尚与超前。日本发生核泄漏，也就是不久前的事吧？乍眼看上去，好像是一则公益广告。

反正朋友没来，我就走了过去。临近了一看，让我有两个没想到。第一个没想到原来这里是做手机贴膜的，广告语真是令人捧腹。第二个没想到摊主是个五十岁左右的妇女。这么大的年纪，能有这样的创意，了不起！

她看到我来，张口就问："要贴膜吗？"

我掏出手机，得意地让她看了一眼："我好像不需要贴膜，看看，我都用两年了，还和新的一样。"反正朋友没来，我就和她聊几句，打发时间。

她接过话："你保存得倒挺好的。放手机千万不能和钥匙、零钱放在一起，久了就会磨坏了屏幕。"

这个我当然懂，不过是生活小常识而已。

"你的手机贴膜，能防辐射吗？"我问。

"当然不是所有的贴膜都能防辐射，我有专门防辐射的。"说着，她拉开"办公桌"下面的抽屉。我看到那里有一沓包装精致的贴膜纸。

"这个要多少钱？"我问。

"小本生意啦，防辐射的贴一张才十块钱。"她伸出一个食指。

我摇了摇头。她看出我没有要买贴膜的意思，话一说完，她把抽屉重又推上，这与她刚才的热情判若两人。

我感觉得出来，她显然有些不满了。站在她的摊前，我走也不是，不走也不是。

恰在这时，朋友的电话替我解了围，他在电话里狂吼："你小子，上哪去了，我在这等你十分钟了！"

两个女孩

周末，坐车去会见一个朋友。

我要去的目的地，靠近县城最南端，与邻县接壤，在县内的客运中，这算是个“小长途”。车里人没坐满，售票员一边让驾驶员再等等，一边向一些着急的乘客解释。

这时从前门上来两个女孩，十六七岁的样子，恰巧就坐在我的身后，叽叽喳喳说个不停。我听到了她们议论有关七夕什么事情。好像一个说让她的老爸给老妈送花，老爸死活不肯，最后老妈让她当裁判……她们唠得非常开心。七夕刚过，这个节日，对这样年龄段的孩子，显然比什么都重要。

正在这时，上来一个妇女，抱着一个孩子。她四处看了看，发现已没有了座位，刚要转身下车，售票员对两个女孩说：“帮下忙，你们到前面去坐。这个阿姨带着孩子。”

售票员所说的前面，其实是驾驶员旁边的发动机盖。两个女孩继续聊着，从我身后转到了我的前面。

我这才注意，两个女孩，全都戴着眼镜，皮肤很好，其中有一个，不笑不说话，一笑就露出两颗小虎牙。

人越来越多。这时上来一位老头，其中一位女孩很自然地站起了身。对于坐车的人来说，没有座位的情况下，坐发动机盖也是不错的选择。

两位女孩，一位站着，一位坐着，丝毫没有影响她们的交谈。

说来也巧，不一会，又上来一位老头，他扫了一眼车厢，把随手携带的东西放在了车门旁，然后一只手抓住了吊钩。很明显，老头认定车上已没有座位了。

突然，那个最先起身的女孩，把手伸向了坐着的女孩。

两只小手握在一起，站着的女孩轻轻往上一拽，坐着的那个女孩就被拉了起来。她们一起示意，让那个老头坐下。

“太谢谢了！太谢谢了！”老头有些受宠若惊，不住地点头致谢。

事情到这里，一切都很正常。如果不是一位女孩语惊四座的回答，那么这个让座的故事，也许慢慢会淡出我的记忆。

“呵呵，不用谢！我爷爷出门，也有人会为他让座的。”

女孩声音不大，却让我如闻天籁。

其他乘客虽然没有接话，但我看得出来，大家投来的，都是赞许的目光。

最终她们手拉手，在一所中学门前下车了。

她们真的是优秀的好学生，这次让座，在心里，我给她们打了个满分。

送走一只狗

早上，接到朋友的电话。她说明天要去外地看望上大学的儿子了，一去要一个礼拜，只是家中的那只狗无从打发。为此，愁肠寸断。先前有事外出的时候，那只狗一直养在妈妈家里，可如今妈妈仙逝了……朋友说这话的时候，我的眼角也有泪水悄悄涌出。

朋友说，帮我把这条狗送人吧，最好送到一家开饭店的，送去的狗，有吃的，而且不会虐待狗。我说："送上门的狗，大都会要的，只是开饭店的，会不会立马杀了卖肉啊?"听我这么一说，朋友紧张得不得了。

"那怎么办?"电话里的朋友，显得无所适从，"你一定要帮我想办法啊?"朋友在电话里催促。

"好吧，我帮你处理了就是。"我应承了下来。其实一条狗，送给谁?我也没有方向。突然想起了我的一位写作的朋友，他一直喜欢动物。一打电话，他欣喜得不得了，好像怕我反悔似的直嚷："我要我要。"

听到这个消息，我乐不可支地打电话给我的朋友。她说，等一下，她再给狗洗最后一次澡。电话这端，我听得辛酸。

接近中午的时候，我们约好了在路口见面。给朋友打电话的时候，我特意嘱咐他带条绳子过来。

我也是第一次看到那只小狗，长得像狐狸似的，毛的颜色也像。朋友一眼就看中了。

送狗的朋友不光带来了狗，还带来了一袋子狗食。

狗好像有了感觉，来回躁动不安。当送狗的朋友给它戴颈套的时候，它死活不让。最后好不容易才给狗戴上。

可是戴上了，牵着走，又成了麻烦。送狗的朋友说："远不远？要不，我送过去吧。"写作的朋友说："不算太远。"

他们一起走了。狗被它曾经的主人牵着。

我刚回到家不久，就接到送狗的朋友的电话，她说，把狗送走，心里空得慌。我能理解她的心情。她又说，不是我一定要把狗送到他家门口，我主要是想看看他养狗的环境。天！我和她打笑，真像嫁了个女儿一般。

小时候听说千万不要养狗，因为狗的寿命比人短，而且处久了彼此有了感情，分别的时候就会多一份酸楚。我没有养过狗，这次算是亲历过了。

后来送狗的朋友又给我打过一次电话，说她整整哭了一个下午。她老公劝慰她，再买一只更好的。她告诉我说，她永远不再养狗了。

当年勇

早上晨练，在河堤上看到有个铁匠，想自家的菜刀不光刀柄坏了，而且还很钝，问了问价格，说是两块钱。

吃过早饭我拎着刀就去了。

铁匠是个不温不火的人。做事慢腾腾的，但喜欢说话。

"那年，河北来人到我们这里收鳕鱼。收到的鳕鱼，一刀下去，直接用盐腌好了发车。老李是我的同行，他同河北人夸海口，说我们赣榆的铁匠，啥也能打。河北收鱼的人就让他做一把杀鱼刀。"

铁匠边烧炉子，边讲故事。

"老李当了大半辈子铁匠，第一次听说还有一种专门杀鱼的刀。问详

情，人家就不说。老李无奈，最后就告诉河北收鱼人，河堤南边有家姓雷的，能做这刀。最后把这活推给了我。”

原来铁匠姓雷。

“收鱼的人来到之后，说明了原委。我想了想。就说，你这样好吗？左手在地上画个模样，右手把它擦掉。我能看到就看到，看不到我也认了。”

“后来呢？后来呢？”这时有好几个人也在发问。

“嘿嘿。他果然用树枝在地上画了一个模样，随即用手擦掉了。我一看，心里有底了。平时做一把刀八块钱，那次我和他要了十块的定金。告诉他明天一早前来取刀。”

“他画的时候，我看明白了。那种刀，就和街头上修鞋的刀一样。不是方正的，前面有斜度。”

“第二天，他来取刀，看到刀后，他立马掏出二十块让我再做两把。我说，二十不行，最少要四十。收鱼人价也没还。”“后来老李问我，你怎么就会做杀鱼刀呢？”

“我告诉他，凡事在悟。”

故事讲完了。我的刀也磨好了。

老雷所述的故事，我想我不会是第一个听众，也不会是最后一个。

与民工同车

去参加山东淄博周村旗袍节，坐了早上九点的班车。去前，我查了下地图，淄博离我们赣榆四百五十千米的样子。问了下司机，说是要到下午四点才到。

听罢此话，我不禁暗暗佩服妻子的小精明。因为我好久没出过远门了，就在昨晚，妻子一直叨叨担心班车停靠午餐的地方食物不安全。于是为我准备了一大包水果，还有猪蹄、鸡爪等好吃的，并分别装袋。妻子深知我平日里的喜好，还在茶杯里倒了我自己用原浆浸泡的枸杞酒，而且让我记住，喝二两过过瘾就行了，当心酒多误事。

车内还好，稀稀松松的，没有坐满。我选择了车尾一个靠窗口的位置坐了下来。在车尾坐车，一直是我的习惯，因为长途车内老是播放着电视，声音嘈杂，车尾相对安静一些。

长途车总是令人昏昏欲睡，我想大概一来是因为车辆的颠簸，人易疲惫，再就是大家都是陌生人，互不搭讪，也许孤独会令人入梦吧。在这个缺乏信任的年代，人与人之间的那份自我保护意识都变得十分强烈。

当我昏昏沉沉处于小寐状态的时候，就觉得身边被人搡了一下。我猛地一个机灵，一睁眼，身旁新来了一位旅客，他看到我醒了，有些歉意地冲我笑了一下，然后向我友好地点了下头。出于礼貌，我把身子挺了挺，把身体往里面靠靠，争取多给他"腾"一些地方。

说是给他多腾一些地方，其实，我只不过是象征性地把我内心的友好通过这种方式表现出来。因为他比我还瘦，而且，随身携带的物品，只是他手里的一只鞋袋子，看外表里面显然不是鞋，不知装了什么东西。

他看上去好像五十多岁了。我虽然不懂相面，但他的身份可以说是一目了然——一位普通民工，并且他做的工作一定是在阳光下。因为他的脖子比他的脸更黑。这是经久在阳光下劳作的见证。好几个地方，竟然有了黑斑，在他的耳朵后面，有一圈白痕，他显然是刚刚剪过发。他身上的那件褪色迷彩服的左肩处，有一块锈斑，好像是扛钢筋之类落下的，那种锈斑是清洗不掉的。

他看到我向里挪动，身子也不由自主地向他那边移了移。他移动的时候，眼睛望着我，我看到他的嘴唇焦干，干到好像有了一些脱皮。

我和他没说一句话，全部的交流只不过是肢体语言。不过，从他这微小的举动里，我一下子读到了农村人的那种淳厚与朴实。

车子到了沂水服务区，司机说给大家十分钟休息时间。由于他在我右侧，直到我站起来，他才有所觉察，慌不迭地也跟着站了起来。他给我的感觉，原本好像就没打算下车。

回到车上后，好多旅客都在便利店购买了食物，到车上吃喝起来。而他上车坐在我的身边，手里依然是那只瘪瘪的鞋袋子。

我不知道他要去哪里，也不明白他为啥不去弄点吃的，哪怕是买一瓶矿泉水也好。他坐在我的旁边，老实的样子，让人心疼。

我忍不住拉开了包，把好吃的拿出来，用胳膊肘儿碰了他一下。

他一看，连忙用手推了过来，好像还有些脸红了："我……吃过了，不饿，你吃吧。"

我不知如何是好。说真话，到了午餐时间，肚子也一直在叫唤。但在他面前，我实在下不去口。

我偷偷咽了下口水，把拿出来的好吃的，又放回到包里……

身边的善良

下午下班回家，到车库停放电动车的时候，突然发现楼前自家的小菜园里种了两行歪歪扭扭的辣椒。心想老婆还挺勤快，真难得她能有这样的雅兴。

哪知到家一问，老婆却说，不是她种的。

回想起这块小菜园，当初费尽了多少周折。因为我住一楼，车库前有块小空地，当时杂草丛生，我花费了近一周的时间，才把这块小菜园开发出来。在我眼里，它不啻是一小块菜园，也是我情感的寄托，我也曾为此写过好多稿子。今年因为天天忙于摄影，也就无暇顾及了，没想到自己开发的小菜园，却让别人捷足先登种上蔬菜了。

见我面有愠色，老婆轻描淡写地说："瞅瞅你，一点男子汉的气魄也没有，你天天忙，让他们种就是了，地荒着不也是浪费了吗？"

老婆的话，不咸不淡，倒挺受用，想想还真是这个理。有天下午回家早，就把菜园浇了一下，因为我的小菜园里，还有自家种的莴苣和小葱。浇水的时候，就随手把那两行辣椒也浇上了。

老婆看到后，向我伸出大拇指，大大地把我表扬了一番。

善良人的心，都是等同的，有件事情一直难忘。那是春节后的一天早晨，我因为夜里处理相片很久，第二天起晚了，骑车上班肯定迟到，就在小区门口等公交。

上了公交，没有座位，全是实验中学的学生。也许是因为刚刚开学，铺盖行李，堆满了车厢。我刚要抓扶手，一位小学生在我身边站了起来："叔叔，你坐吧。"

四十大几的人，顶多算是中年人，面对和我孩子一般大的学生，我心生疼爱，我向她示意，不用坐了。她还了我一个甜甜的微笑。那个微笑，一直定格在我的记忆里。

让我感动的事在后面。由于县城黄海路改造，把原本实验中学门前的站台移了有几百米，公交车停靠要求必须是按站点的。可司机却在实验中学的门口把车停了下来，那里没有停车站点。

"大家担待一下，中学生上学刚开学，为了这些孩子的方便，我乱停了一下，大家就不要举报我了。"司机回过头，冲大家嘿嘿一笑，做了一个胜利的手势。

车厢里没有掌声，而我在内心已为他鼓掌。

今年三月份，全区事业单位招聘人才，作为人社部门主办单位，我负责拍摄宣传。考虑到我要快速发稿，单位就没安排我巡考，让我只在门口检票。待考生全部入场，拍好图就可以离开。

那天开考的时间定在九点。其实，在八点四十左右，人员差不多都已到齐，除了有一个小马虎，忘记带身份证，正让家里人火速送来。

八点五十五分，就在我准备要进考场拍摄的时候，突然从远处看到一个人，骑着一辆电瓶车，驮着一个女孩过来了。

他骑到我跟前，刹住车，女孩忙不迭拎好自己的包，冲那位骑车男子说了句："谢谢叔叔。"然后鞠了一躬，把证件向我眼前一亮，就匆忙跑进考场了。

男子看到女孩跑远的身影，对我解释道："刚下夜班，路过车站，女孩跟我打听实验中学在哪，说了半天，她也不知道。原来是东海人，来参加考试的，怕耽搁时间，我就把她直接送过来了。"

男子说完，冲我点了下头："我得回家睡觉了。"按了一下喇叭，算是和我告别。

我目送他离开。他的身影，又一次定格在我的记忆里。

第二辑

有 TA 在，是一种多么温暖的力量

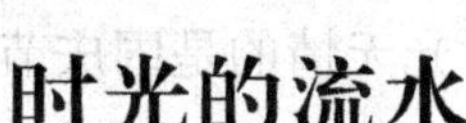

时光的流水

大约是年龄的原因，思维开始变得守旧和迟钝起来。举个小例子：春节前夕在电脑旁作文抽了支烟，直到香烟抽光后，才发觉烟缸在桌子的左侧。因为我是右手拿烟，弹烟灰的时候我的右手要越过键盘与右臂。这个发现让我呆坐了一个上午，让我一下子感到了思维的衰竭，感到了时光的无情。拿这件小事与网上的一位好友闲聊，她即刻产生了共鸣："是的是的，那日我在家中照镜子，镜子前有把椅子，我歪着身子很别扭地照来照去，后来一思忖，哎呀，老天！把椅子搬走问题不就解决了？天呐！"我的这位网友可是五十多岁了！我和五十多岁的人竟能一下子沟通起来！

那一日在街上，邂逅一位中学的同学。开始我并没有认出她来，倒是她惊喜的叫声让我想起她的确是我的同学，我们只不过是几年未见，但鱼尾纹已无情地爬到了她的眼角，让她一下子显得那么衰老。看到她目前的样子，我没好意思说出来。倒是她快人快语："哟，邵世新，你变样了……"说这话时，后音颇重。我明白，她是有点故意加重语气的意思。无非是面部的皮肤发生了皱褶之类。平日里我老认为自己身单力薄，不显老，别人亦云，本人也一向引以为自豪和得意，如今被重重一击，像皇帝的新衣，被别人剥了个精光。蓦然间发觉自己一直在被自己欺骗着，仿佛平日里面部蒙着一层彩色的玻璃纸，顷刻间让她一下子无情地揭了下来。

单位顺应潮流，首先在县城率先将职工工龄买断，超出三十五岁的不再聘用，我自然也在其列。那日回家，我喝醉了。真没想到，只一眨眼的工夫，我竟然在年龄上被卡（我的年龄刚好在那个范畴）。想到自己每次去市区看望二老，在父母面前娇柔得像个孩子（虽说子女在父母面前永远是孩子），不觉间却已被社会无情淘汰出局。原本想要在单位兢兢业业做一番事业，没想到一开始就是结束。

其实，真正让我感到时光无情的是国庆节那日为老爸祝寿。因各单位放长假，弟兄几个相约提前为老爸祝寿（因为平日里天南海北的弟兄很难聚在一起）。这个提议爸爸得知后高兴得合不拢嘴。祝寿那日，老爷子的开场白却让我开心不起来：“我是接近八十岁的人了……”下面的话我再没听清楚。天呐！因为我平日里独居小城，很少与居住市区的爸妈联系，顶多就打个电话什么的，或者偶尔在某个节假里谋上一面，不曾想老爸竟已八十高龄了。那仅仅是恍惚间的事情啊。闭上眼睛，脑海里面就有儿时爸爸追着光屁股的我嬉戏的情形。许多细节一一显现，往事如昨……

一直感念朱自清先生的《匆匆》。尤其是感喟其结尾：“聪明的，告诉我，我们的日子为什么一去不复返呢?”这是来自生命的追问，无法不令人引起共鸣：是的，时光的流水就这样慢慢流淌，流过肌肤，流过心灵，洗尽了生命的铅华，这一切，全在不经意间……

无法替代

人一老，就像一架年久了的机器。不是这个地方有问题，就是那个地方有毛病。俗语“人生过半，怕上医院”说的也是这个道理。每次去看望老父亲，脑海中总会冒出这样的念头。父亲八十多岁了，身体还算硬朗。想想去世的母亲，最后的日子里却是好几种病魔缠身。先是胆结石，后来是乳糜血尿……母亲每次做手术都是我做陪护。每次待在病床前看到她痛苦的样子，当时就恨不得将那病移植到自已的身上来。虽然明明知道那是不可能的!

有段时间，我对绘画产生了浓厚的兴趣，尤其对写意水墨画。凭借着自身的小聪明，竟也发表了十余幅。当时的《法制日报》有个“法学”副刊，我每周发表一幅。那段时间，整个家像是被“抄”了一样。地上，墙上全是我涂鸦的东西。有时为一个新颖的构图要耗费十几张宣纸，到头来却没有一个结果。妻颇有微词：“深更半夜的，花钱又费时，你这是何苦呢?”对她，我淡淡一笑：“子非鱼，安知鱼之乐?”

我一直相信只要确立了目标，虽不能到达，最终是可以逼近的。人活着要追求幸福。幸福在哪里？可是每个人的活法不同，没有哪种模式可以涵盖幸福。我永远不会忘记在失了工作之后，远在青岛二哥的电话开导：“不要奢望别人，只有自己才能帮助自己!”对二哥我是太了解了。他在事业上的成功，几乎成为我的偶像——他舍弃了每月几千元的薪水，只身到异地开创自己的事业。记得第一年买了房子，第二年有了仓库，第三年有了自己的“蓝鸟天籁”……

很难回忆以前的二哥，那时他在一家濒临倒闭的企业里苟延残喘，28 岁还没有女孩子青睐。那时，我单位较好，就时常买点东西到他那里坐坐。有一次，他心情不好，边流泪边喝一碗汤，那情景至今定格在我的记忆里。当时的我，除了一些苍白的话劝慰他，又能帮他些什么呢?

每次去看望年迈的老父亲，临行前，总要说一声：“多保重!”

多保重！简短三个字，包含了多少内容。

都说婚姻像鞋子，舒不舒服自己知道，其实生活也是如此。人生在世，痛苦和欢乐是需要自己去体验去经受的，别人无法替代你，也没有人能够替代。突然想起曾经写过的诗句，最后两句有点意思，写在下面权当结尾：

你永远不能写我的诗，我一生不能做你的梦。

永远的梨核

我很小的时候，曾到很遥远的外婆家去。那是我第一次远足，我那时五六岁的样子。爸爸把我送去后很快就回去了。第一次待在陌生的地方，使得平日里顽皮的我拘谨了好多。我没有熟悉的伙伴可玩，唯一和我说话的是我的外婆。

我的外公在一次抗日战斗中牺牲了，外婆因此成了烈属，一个人寡居着。当她看到我时，欢喜得不得了。我不知道何以受老人如此疼爱，大约我那个时候是个惹人喜爱的乖孩子吧！

外婆对我最大的疼爱就是给我买水果吃。那时节，吃水果可真是太稀罕了。见外婆买了那么多的苹果、梨、桃子，我的愉悦可想而知了。

我最钟情的却是黄澄澄的大鸭梨！

有一天，外婆买回了一大堆梨子洗给我吃。我吃的时候，看见外婆在一旁，就很懂事地拿起一只梨子递给她。“好孩子，外婆不喜欢吃梨肉，外婆喜欢吃梨核呢。”外婆推开了那只梨子，很慈爱地看着我吃。

外婆喜欢吃梨核？一种从没有过的亢奋像梨汁一样注入了我少年的心！刹那间，我像一只老虎一样狠命地“干”掉了三只梨子。然后将梨核战利品一样递到外婆面前。外婆欢喜得不得了，用手揉着我的胖嘟嘟的小肚子，接过梨核直夸我是好孩子。我坐在外婆腿上，看着外婆吃梨核，干瘪的嘴嚅动着、品味着……

在我孩童的印象里，梨核无论如何也不如梨肉来得甜美，可外婆为什么会喜欢呢？而且吃得那么津津有味，晚上睡不着觉，我百思不得其解。

在外婆家过了十来天。爸爸来接我回去了。临行前，知道我喜欢吃梨的外婆又给我买了好多带回来。

回到家，我把梨子拿出来给大家吃，我想起了我的外婆。

“小强。”我喊着二哥的小名，“吃完梨梨核可要留给我，外婆可喜欢吃呢。”

二哥听了有些吃惊，继而一脸的迷惑。看他那个蠢样，我便把外婆喜欢吃梨核的事告诉了他。

“你真是个愣种!!”我一脸的正经，却让二哥突然爆发的狂笑击得粉碎，“真是愣种，天底下有谁喜欢吃核？哈哈……”二哥笑得弯下腰来，咬了满嘴的梨肉吐了一地。

我被突如其来的嘲笑弄得不知所措，立在那里，半晌无语，委屈的泪水潸然而下，终于我忍不住号啕了起来。

母亲闻讯从灶屋出来，看到我哭，拿起笤帚就要打我二哥。二哥慌忙躲到一边：“你问他，你问他……”边嚷边用手指向我。

待我道明原委，母亲却笑了：“傻孩子，那是你外婆疼你呢！你也不笨心眼想一下，梨肉好吃还是梨核好吃啊？”

呀，我怎么没有想到这些呢？

如今外婆已仙逝多年了，想起这段往事，眼前总会浮现出外婆咀嚼梨核的情景：干瘪的嘴嚅动着、品味着……

我知道，外婆是在品味着生活。

你对谁重要

毅然辞职的那天，单位为我举行了一个小小的欢送仪式。那一刻，想及平日里朝夕相处的同事就此各奔东西，心里竟有了一种莫名的酸楚。

闲置在家那几天，我把要外出谋生的想法告诉了比较要好的朋友，希望他们来我这里坐坐，拉拉家常。一个人，陷入孤寂之中，一句宽慰的话

足以温暖人心。虽然来了几位，但该来的没来。我的内心有了几分凄楚。

妻说，你要是闷得慌，就到外地散散心吧。只有妻明白我此刻的心情。

我需要宁静，需要反思。

这样的心境让我很自然地反思一个问题：你对谁重要呢？

一个人活着，对谁重要？这个问题一直萦绕在我的脑海。一连几天，我都不敢擅自出门，把自己关在家里，渴望朋友的光临。很遗憾，连个电话都没有。我坐不住。内心有了一种近乎绝望的虚空：如果我已不在人世，人们的生活依然会按部就班，仍然会那么安稳度过！我的存在与否与人们无关？果真么？我突然想起了毕淑敏说起自己重返北京的感受：“我不在的北京，和我在时相同么？”

当然相同，时间会淡化一切！

百无聊赖中我做了个游戏：我把平日里自认为较好的，和我有亲密关系的人一一罗列在纸上，然后回想我对他们每个人是否真的重要。事情的结果在我罗列名单时就已有了答案。没有联系就是明证。没有我参与他们的生活，他们不是一样活得潇洒而从容？

我对谁重要？一个步入中年的男子，对谁重要？依稀记得台湾有位诗人写了一首著名的《中年》，大意一头是年迈的父母，一头是未成年的孩子，自己像挑着一副沉重的担子，两头都是沉重的负荷！说来惭愧，对于父母，我算不上孝子。人们常说，生儿才知报娘恩！全家姐弟五人，唯我离老人最近，却很少有时间去看望。自母亲过世以后，父亲就一直寡居着。姐弟几人，唯有我经济上最不如意，我不能挣钱给老人，却时常收到他老人家捎来的钱物。上班的时候，每逢周末，都是父亲打电话询问我回不回去，而每次总是让我找个堂而皇之的理由推脱掉……现在想来，有时也会扪心自问：“为什么就让老人一直牵肠挂肚呢？果真是他们前世欠我什么，今世来偿还的吗？”

昨天晚上，妻睡觉前对我耳语：“盼儿这次抽考全班中下等，他已经睡了，你别发火，他保证下次一定考好……”我真的没有发火。只是嘱妻下次再开家长会时，问问老师盼盼在课堂的表现、作业完成情况。提及儿子，盼盼的淘气与可爱幻灯片一样从我的脑海掠过……蹒跚学步，被一只小花猫追得号啕；第一次上台表演……儿子成长的足迹刻在了我的心上。

父亲在失眠的夜里，也会一一忆起我儿时的顽皮吗？

我会在谁罗列的名单上经久不衰呢？

纸花瓶

家室布置，摆放几只美丽的花瓶，确是一种美丽的点缀。说来可笑，就这样一件普通的饰物，二十年前却是一件奢物呢。想想看，谁的家里没有用空酒瓶子插花的经历呢？

大约家中有了姐姐这样一个人物，日子也就变得亮丽而生动。在我的印象里，姐姐总是出其不意地给平静又平淡的日子注入一种生机。

有一天放学，姐姐带回来一只漂亮的花瓶，神秘兮兮说是借同学家的。她要用那个花瓶做样本，用纸复制出一个一模一样的花瓶来。纸也能做花瓶？我听了半信半疑。

晚饭后，姐姐找来了一些用不上了的旧本子旧书，把它们泡在水里。过了一会，姐试了试水里的纸，感觉差不多了，便将纸一张一张依次有序地贴在花瓶上，边贴边涂一层母亲糊鞋底的糨糊。大约贴了五六层，姐姐对我说，待风干后就好了。

这一切我看得真切，又不好意思发问。花瓶口小肚大，那纸花瓶如何取下来啊？

翌日中午，姐姐拿着那只风干了的花瓶，用刀片小心翼翼从一边划开，取出了那只花瓶。果然是一只纸花瓶呢。姐姐把“刀口”处粘上了，又涂上了广告色。一只很漂亮的纸花瓶就诞生了。那一刻，我对姐佩服得五体投地！

那只纸花瓶在家里用了好久。期间曾变幻过好几种颜色，看到的人没有不艳羡的。每每这时，姐姐的脸上就会流露出得意的神情。

时过境迁，回想过去的岁月真像是一场梦啊！但无论怎样贫穷，人们对美的向往和追求是不会改变的。那个年月，做纸花瓶不会仅仅是姐姐一个人的专利吧？

多年过去，我们逐渐地遗忘着一些人和事。可那些扎根于生命里，并让人性在质朴间闪耀光芒的东西，却会永远地定格在我们的记忆里。

比如，一只古老纸花瓶；比如，一颗爱花之心。

父　　亲

——写在父亲节

相对于母亲节而言，父亲节是人们比较陌生的一个节日，在每年六月份的第三个星期日。事实上，这个舶来的节日，在远没有到达中国之前，中国式的家庭里，对做父亲的，都是尊重的。

谈及父亲，总会让人想起一个词：脊梁。每当我读到或看到这个词的时候，心里就会有一种温暖，继而会有一种无言的感动。

小时候，没有父亲节。那时全家住在一个废弃的队部里，全家七口人，唯父亲在乡里做事，生活的窘境可想而知。就凭父亲一人微薄的收入，硬是把五个子女拉扯成人。他是全家的顶梁柱，父亲用他的辛勤，为我们庇护起一方绿荫。

自母亲过世后，父亲显得格外的孤独。他时常去徐州大哥那里住一段，再就是港口的大姐家住一段。刚正不阿的他，虽然是退休老干部，到头来却两袖清风，没有存款不说，连住房也没有。原先居住的地方，因为规划拆迁了，当时父亲正住在市区的姐姐家，至今没有一个说法。父亲对此毫无怨言，他一直体谅乡镇里领导的辛苦，他一直相信乡镇会给他一个说法的。他相信党。

记得为父亲搬迁的时候，车都封好了，我让父亲再看看有无遗忘的东西时，父亲慢腾腾从车旁走进屋里，少顷，笑眯眯拎着一只鼓囊囊的皮包，我打开一看，原来是他获得的荣誉证书。

那一刻，我的心颤栗了。怀想父亲大半生，有多少次机会晋升、"发财"，都被他一一舍去了，未舍去的是他一生中对民政工作的热爱。一年一度的表彰，成了父亲生活中的重要内容。而那几十本证书，无形之中也成了父亲晚年的一大慰藉。

后来我把这个细节写入文中，发表在了《人民日报》，他看了很是高兴。

自我下岗后，决意要去做运输生意的时候，父亲是一百个不赞成。而我没有听他的话，五年的光景，所有的积蓄一扫而空，且负债累累。当我两手空空回来的时候，父亲一句话也没有说。父亲用他的沉默告诉我，做任何一件事情的时候，一定要三思而后行。只是，我知道得太晚，付出的代价太大了。

有大半年没有看到父亲了。这次他去了远在青岛的二哥那里。上次二哥打电话说，他还住得惯，主要楼层太高，上下楼不是很方便。二哥还告诉我一个好消息，父亲的便秘治好了，我听了心里真是格外的高兴。

人的一生要变换许多角色。先是父亲的儿子，后是儿子的父亲。人，就是这样在不同的角色的变化中慢慢老去。

前不久儿子刚刚高考完毕，听他说好像不太理想。面对现实，我能说些什么呢?

昨天河堤散步，遇到一对母子游玩，我路过时无意间听到了母子的对话：

"妈妈，我想坐小船。"

"等改天让你爸爸来带你。"

"为什么啊?"

"你爸爸会游泳，你掉水里他能救你。"

很平常的母子对话，却让我思忖了许久。

又临父亲节，首先祝父亲健康快乐！

我觉得对这个角色，认识得越来越深刻了。

认识得越深刻，越是觉得人生的路上，担子又重了。

母亲的心

小时候，她一直性格内向，沉默寡言，在家人和同学面前皆不苟言笑，说话脸红。也许是天性使然吧，这种性格一直伴随着她成长，伴随着她到大学、工作，直至为人妻，为人母。

老公熟知她的这种性格，从不让她“抛头露面”，包揽了家中所有外出的应酬。

可是在她心里，有一个梦想。虽然她在家里，是贤妻良母，但是她却盼望着儿子能成熟稳健，不像她，三句话脸红。也许是因为朝夕和儿子在一起，十岁的儿子的性格有些像她。平时不善于和同学沟通，而且有些孤僻，不过学习在班上名列前茅。这是她唯一值得欣慰的地方。

然而，某一天，老天和她开了个玩笑。儿子回家说，这次考试全班第一，明天上午学生家长一定要到学校开家长座谈会，传授育儿经验。她懵了。因为老公出差一个礼拜，刚走了一天。

无法推脱。看到儿子期待的眼神，她不假思索立即颔首同意。不管她的性格是否内向，她必须义无反顾站出来，别无选择。作为一个母亲，她知道榜样的力量。

当晚，她找来白纸，把要上台的话一一写在纸上，在心里默念。反反复复。那一夜，满脑子台词到天明。

可是第二天，当在掌声中走上台的时候，大脑却是一片空白。

站在台上，腿发抖、嗓子发干。从没有在众人面前讲话的她，站在台上，显得手足无措。她的目光一遍遍在台上扫视，最终盯在了台下的儿子身上。

她看到了儿子，不觉间，内心涌动着一股力量。仿佛儿子也在暗暗地为她使劲。

她终于打开了话匣子，尽管讲得结结巴巴。

她不知道怎么下的台，怎么回的家。

第二天儿子放学回家，告诉妈妈说，老师夸你是讲得最好的一个人。

知子必母。她显然知道，儿子所说的，是善意的谎言。在她鼓励儿子的同时，儿子也在暗暗为她加油。她流泪了。她明白了儿子已经长大了。

儿子长大了，有个界限，那就是有一天，终于能够明白了母亲的心。

父亲的电话

早上，电话响了起来，我一看，是乡下的号码，再一听，原来是父亲打来的。

自母亲过世后，父亲一直居住在墟沟的姐姐家。这次他又回到了老家黑林。我蓦然回想起了那句老话："池鱼思故渊。"父亲是八十七岁的人，念乡之情理所当然。

父亲问："最近有没有做点啥？"

我说："平时写点稿子，现在正在做安利。"

父亲不懂安利，我告诉他，是一种直销。

父亲又问："盼盼学习情况如何？"

我答："正在努力中。"

父亲半晌没有言语。然后我问起他的身体状况，他说还是那样，电话就挂断了。

放下电话，我的大脑思绪纷纷。

记得母亲在世的时候，每逢节假日，大家团聚在一起，那份开心，真的是无以言表，能让人真正感受到三世同堂的感觉。可如今父亲劳累了一生，连处房子也没有，只能兄弟几家轮流着过。现在过节，每次全家都是聚不全的。有时独自想想，真的好辛酸。

可父亲从来没有这样认为。他一直引以为豪的，就是他一世的声名。虽然是个小小的民政助理，却光明磊落做了四十三年。邻里的爱戴，让他眉开眼笑。那份荣耀，常常让他觉得他是最幸福的人。

莫非要人到暮年，才能真正体悟世上的许多东西的美好吗？

但愿我到了父亲的年龄，也能传承他这份淡泊的心态。

母亲的时令蔬菜

母亲过世五年了。一直想写点纪念的文字，每次码上一排排字，然后又被我莫名地删掉。我知道，千言万语，都无法表达对母亲的思念。

母亲的祖籍是山东临沂一个叫相公庄的地方。大约是子女较多的原因，她很少回娘家，记忆里回去的次数极为有限。但每次去娘家，都会带回来一种很厚很香的锅盖饼。那饼的醇香，至今仍留在我的记忆里。

母亲一生没有工作，抚养子女是她的全部责任。像大多数同龄人一样，识不了多少字，但一般的报纸她能阅读。她曾问过我一个字：“圳”。我告诉她那就是深圳的“圳”。她听了大吃一惊，嘴里念道：“我还以为是川呢！”母亲恍然大悟又羞赧的样子，像个孩子。

父亲退休之前，我们姐弟五人皆各自成家，唯我离得最近。说是近，可也是二十多千米的路程。我总是在星期天抽闲回家看望二老。那时候，父亲闲来无事，在家门前的一块空地上垦了块“自留地”。每次回家，母亲都高兴地合不拢嘴，每次回来母亲都从地里拔出一些时令蔬菜让我带着。临行前还叮嘱：“下星期天没事再来取菜啊！”

母亲的一生与世无争。记得小时候我与二哥被小泼皮欺负，兄弟俩被打得鼻青眼肿，母亲把我们拉回家后，对我们大声呵斥：“恶人远离！”这是母亲教给我的最初的人生箴言，我一直受用着。

我曾犯过一个低级错误。那时候我在业余时间已经开始写作了。偶然一次回家，母亲突然问我：“三子，最近没有看到你的文章啊，是不是工作忙了？不想写了么？”我不明详情。后来是父亲告诉了我原委。原来他们经常在报上读到我的文章，每次都精心阅读并细心收藏，有段时间却看不到了。而那段时间，因为我用了笔名，他们哪里会知道呢？后来我再也没用过笔名。可是母亲再也看不到了！

门后的画痕

星期天打扫卫生，当我擦洗里间门的时候，在门框里侧，看到了一排画痕。那一排画痕，把我的思绪一下子拉向了很远。

那是儿子成长的画痕，最底端标着1993年1月6日，最顶端标着2008年8月13日。从上到下，中间有了近一米的距离。

那时候，我刚刚分到房子，我爱人也恰好从乡下调到县里的单位。只是盼儿还小，刚好五岁。虽说是五岁的孩子，可是老不长个，在幼儿园，排队他总是在第一名。和同龄孩子相比，他要矮五厘米左右。

为此我们十分焦心。

为了正确掌握盼儿的增高尺寸，我就在门后为他画画痕。每次测量，总是在晚饭后。我一喊测量身高了，盼儿就会主动自觉地拖下鞋子，找来一张报纸垫在脚下。然后我用一把尺子压住盼儿头部，在门框上画一道画痕，标上日期。

最开心的是 1997 年 3 月到 1997 年 6 月这三个月，盼儿长高了四厘米。我们一家人为之欢呼。

盼儿自上高中后，由于学习的原因，一直住校。而我由于外出谋生，一直没有在家，画痕的工作就此搁浅。其实那个时候，我的心里已不再存有焦虑——因为盼儿长得和我一样高了。不仅身材高大了，而且语音也变调了，完完全全成一个男子汉了。

十六年过去了，这对于一个个体生命的成长是多么重要。从蹒跚学步，到长大成人，每一个瞬间，都有做父母的心血。

那个画痕我没有擦去，宁愿保留着它。只有它，印证着儿子一步一步成长的足迹，也验证着做父母的对孩子的那份关爱。

长相像父亲的人

昨日下楼散步，又遇见了那个长相像父亲的人。

我遇到他好多次了。每次遇到，心就会怦然一动：他真的太像父亲了。

记得有一次和儿子一起散步，儿子眼尖，一下子发现了远方的他："老爸，快看，是爷爷。"儿子大叫，当时我循声望去，也惊呆了。

那时候，我们刚搬来县城不久，刚刚住到这幢楼上。儿子的那一声呼喊，恍惚间，却已是十余年了。

如今，他也变老了，背已微驼，岁月最是无情，记得初遇时，他头上曾是多半的白发，现如今已是华发满头。不知为什么，我突然有了一些心疼。他的一举一动，好像都与我有关。

他太像我的父亲了，包括走路的姿势。

我从来没有看到过他抽烟，我父亲也是。可是父亲却喜欢喝酒，不过喝得不多，每顿两三杯而已，离休后酒量减到一杯。家人劝解，父亲就会扬言这是医嘱：“少喝点酒可以活血。”父亲每次喝酒的开场白，往往成为尚方宝剑。至于哪个医生的嘱咐，至今是个难解的谜。

老人散步也是一种好的习惯。父亲多年一直坚持着，尤其是早睡早起，这也是他老人家长寿的秘诀。父亲最大的特点就是叨叨嘴，遇件事情就会说个没有完。

曾经读到过一篇短文，大意是说有个做女儿的，高考后去了另一个城市求学，做母亲的偶然在一家小卖店，看到和自己的女儿长相相似的一位营业员，想女儿的时候，就会去小卖店。后来，那位营业员就问阿姨在小店里转什么啊，也没有风景，那位阿姨听了泪水都涌了出来：这里就有最美的风景……

那位营业员是不会理解那位做母亲的感受的，除非有一天，她也做了母亲。

我有一年多没有见到父亲了，他远在徐州，自母亲过世，他一直居住在大哥家里。在我印象里，父亲真是个好父亲，从做人，到做事，在我们这一方，口碑载道。真的好想他老人家，想他的絮叨，想他的疼爱。

那个长相像父亲的人，与我面对面走了过来，他不知道我在心里正默默地祝福他健康长寿，像祝福我的父亲一样。

他慢慢走过我的身旁，与我擦肩而过。

而我自擦肩的刹那，从心底，溢出一丝丝的温暖。

母亲的名字

清明临近，我思念的触须疯长，一连几天，思绪一直沉浸在对母亲的回忆之中。

从小至今，我没有喊过母亲的名字。喊她的名字，我认为是对她老人家的不尊重。这一点，我小时候最为敏感。记得那时，几个小伙伴在一起玩恼了，对方指着另一方的鼻子直呼对方父母的名字，这可是最最忌讳的。

因为父亲在乡镇做事，每年的先进、表彰，他的名字常用，可是，母亲的名字却没有人知道。好像还是在我七八岁的时候，母亲去公社里开会，回到家拿回一张粉红色的选民证，上面写着母亲的名字。母亲虽然不识字，可是看到自己的名字，拿在手上看了又看，那份自得像个孩子。多年以后，母亲的那种欣喜仍刻在我的记忆里。

回想母亲的一生，她的名字，好像很少有人提及。更多的时候，像普天下平凡的家庭妇女一样，只是个符号而已，名字的存在，证明的只是一个公民的存在。

庄邻都喊她“老孙”。从哪一天开始喊老孙的呢？我却记不起来。

日子一天天过去，黑发的母亲变成了白发母亲。儿女皆各自成家，她却患上了乳糜血尿和胆结石。

在医院的那些日子里，她叫四十六床。

那时，我一直在医院做陪护。每每听到“四十六床打针了”，我便把母亲扶起来。每天闻着医院的药味，每天守候在病床前，直至她老人家离开人世。

那天晚上，我给她注射完哌替啶，母亲感觉身体不再疼痛了。为防止影响她入睡，我到了另外一个房间。可当我过了一会来看的时候，老人已驾鹤西去。

脱口而出的是：“妈……”泪水潸然而下。

自母亲过世，我一直在网上写稿，有些论坛需要加密，我便把母亲的名字输入其间。

母亲的名字真正有了用场。

我突然觉得，母亲和我之间总有一根丝带相连，一生一世，难以割舍。每天上网，输入一遍母亲的名字，仿佛母亲真的不曾远离。

母亲离开我已有八年之久了，她的名字，永远珍藏在我心灵深处。

母亲姓孙，名月荣，享年六十有八。

憨厚的二哥

清明回老家去山上上坟，回到姐夫家已是中午。姐夫知道我酒量大，特找来了一位本家二哥作陪。

二哥就是上次春节期间陪客的二哥。记得那次他和我说，他患上了腰椎间盘突出。这次一进门，他冲我嘿嘿一笑："三弟，二哥的腰好了，又能上班了。"

我一听，有些诧异："二哥，你到哪上班了？"

嘿嘿，二哥笑着说："我把干农活叫上班啊！"好幽默的二哥。

二哥属于那种生于斯长于斯的人，没上过学，娶亲过了三十岁。一辈子出过一次门，就是去了一趟大连，这成为他一生的最美好的回忆。只要是遇到他，看什么问题，他都会和大连联系在一起。他曾说过，有次在大连逛街，走累了，左瞅右瞅，想找个草垛躺一躺，可是没有找到。大连其他的都好，就是没有草垛，这是大连给他留下的最不愉快的印象。

二哥比起姐夫，酒量要大一点，可也不是我的对手，席间一定要我多喝一个。喝酒就是打官司，一点不错。可亲情就在这嘈杂声中一点一点被溢满。姐夫半两酒的酒量，可能喝高了点，到了里间屋里拿出了一本家谱。原来这是他们丘氏的家谱，和辞海差不多厚。我翻了翻，里面竟有季羡林的题字。我告诉他们这个人很厉害的，是位国学大师。二哥听了，咂了咂舌："到底有学问啊。"

"这个人和鲁迅差不多吧？"二哥问。

没想到二哥还知道鲁迅，我向他竖起了大拇指。谁知我不伸还好，当我的拇指在二哥面前晃动，他冷不丁冒了一句："鲁迅和鲁班是不是兄弟？"

我差点喷饭。

气氛有了，酒当然喝得多了。不知啥时提到了成龙。二哥说成龙人有钱，汶川大地震，成龙捐了一千万元。

二哥端起酒杯："三弟，你说成龙还有钱不？都捐一千万元了，他还有钱不?"

我刚要回答，姐夫接过话题："要是你捐十块钱，你家里会不会只剩十块钱了?"

二哥想了好一会儿，最终好像想通了，冒出了一句："对啊！"

乳　名

每个人都有自己的乳名。

城里的大人都给孩子起乳名，好像略"文化"一点，可在我们乡村，常常是大人们信口拈来的。比如小时候，我的伙伴中有叫"九斤"的，不言而喻，这个孩子生下来就是九斤。还有凭爱好取名的，比如我老家一个远房姐夫，给小外甥起的名字是"兵营"，姐夫原本就是个军棋爱好者。

乳名有一定的时代印记，这一点，"文化大革命"中尤甚。我有个同学弟兄三人，皆是男孩，被叫作"红""卫""兵"。"红"字，一般女孩用得多一些，上学时就屡遭同学的嘲笑。我们小时候不理解那是特定时代的产物。

我家也不例外。爱国，爱社，爱民，爱军。弟兄四个，把家庭和国家的命运连在了一起。小时候叫习惯了，不觉得有什么。名字起了就起了，可是叫久了，就叫出别扭来。兄弟四人踏上社会后，偏偏二哥的单位不尽如人意。挨到二十八岁，依然没有女孩子青睐。二哥回家就冲妈妈发脾气："给我起个啥名不好？爱社？'碍事'！"我们其他兄弟听了哈哈大笑。

而他气得鼻子冒烟，常常在单位久不归家。经济体制改革后，二哥下海，现在已是千万资产。原来“不怕生错命，就怕起错名”是个弥天大谎，此爱社，非彼“碍事”也。

小时候，妈妈很少唤我的乳名，一直叫我“小三子”。后来参加了工作，就改成了我的大名叫我。我一直没变，倒是妈妈悉心留意，尤其是我带了朋友回家。后来妈妈住院，我在病房伺候的时候，她都是一直叫我“小三子”的。

长大了，乳名就不能乱叫了。众场合中，能叫出乳名的，关系一定很铁。有次同学聚会，遇到了小时候的一位女同学，乳名脱口而出，不光弄得她满脸绯红，也弄得我不好意思。

我有一个要好的朋友。因为我们从小一起长大，他是独子，被父母捧为掌上明珠。一个男孩子，却起了个女孩的名，叫“珍”。突然某一天他给我打电话，说父亲突然不在了。他给我打电话的时候，一个三尺男子，哭得不像个样子：“从前每天老爸都给我打一个电话，叫我的乳名。以前还觉得厌烦……现在清静了。没有人再叫我了……”一席话，说得我心里酸酸的。

乳名是父母的恩赐，是他们寄寓的希望与重托。

在某一个深夜，好好思量一下自己的乳名。

任你长大，乳名长不大。含在妈妈的嘴里，每一句都溢满乳香。任凭岁月如梭，时空变幻，人生最大的幸福，就是身边还有那个唤我们乳名的人。

听话的丝瓜

黄昏散步，在一家门前看到了栽种的丝瓜。主人有心，在丝瓜生长的地方，用竹竿支起了架子，还理了好几条绳子，丝瓜的触须已沿着绳子爬了老高。按照主人的设想，当丝瓜完全爬满绳子，该是一个小小的凉棚了。这个亲切的画面，让我一下子想起曾经和父母乡居的日子。

那时候，父亲刚刚退休，就在门前垦了一片地。靠近门旁的地方，每年夏天，就会搭上一个架子，种上几株丝瓜，然后理上绳子。说来也怪，那丝瓜慢慢生长后，像个听话的好孩子，沿着绳子爬满了架子。不久，就有黄黄的花，然后结出丝瓜来。真是一天一个模样，仿佛吹足了气似的。再后来大哥把电灯理到了架子上，黄昏的时候，父亲就会把八仙桌抬出来，一家人在那里吃晚饭。全家七口人，在院子里有说有笑，其乐融融。夜渐渐暗了下来，灯光映照的丝瓜叶，碧绿碧绿的，真的好美啊！

丝瓜浑身是宝。丝瓜络含木聚糖、甘露，有镇痛、抗炎等作用。种子含蛋白质，并含赖氨酸、精氨酸，有抗衰老作用。丝瓜中含防止皮肤老化的 B 族维生素，增加皮肤的维生素 C 等成分，能保护皮肤、消除斑块，使皮肤洁白、细嫩，是不可多得的美容佳品，故丝瓜汁有“美人水”之称。

姐姐教书的时候，曾得过咽炎，不知从哪里得到一个偏方，说丝瓜水可医治。取丝瓜水挺有意思，晚上把一条丝瓜藤掐断，直接放到一只空酒瓶里，第二天就会有满满一瓶的丝瓜水，把那水烧开了喝能治咽炎。后来看医书知道，丝瓜的确有抗炎作用。多年过去了，现在姐姐的咽炎早好了。

自搬到城里之后，很少能体味到那种田园风味了。每年夏季岳母进城，我总会提前告诉她，让她捎带些丝瓜来。一是因为丝瓜是天然的绿色食品；二是带一些风干了的老丝瓜瓤子，用它来洗碗碟尤为方便。

我一直认为丝瓜是蔬菜里最有灵性的植物，那么单纯，那么可爱。智者说，单纯就是一种智慧，丝瓜真的做到了。如果把所有的蔬菜比成孩子，丝瓜是最听话的那一个。

平时喜欢涂鸦，丝瓜最宜入国画，然而好多画家总是极夸张地在丝瓜的底端画上一朵黄黄的丝瓜花，点缀起来的确挺好看的，可是，我每每看到，总觉得他们有悖于真实。其实丝瓜长成型后，花早谢了。

淋一场雨回家

出了朋友家的门，才知道雨点落了下来。朋友楼前的地面坑坑洼洼的，雨水已积在一起。落下的雨点，在灯光的映照下，激起无数个漂亮的水花。朋友要拿伞给我，被我拒绝了；朋友要送我，也被我拒绝了。

也许是因为雨天的缘故，街上没有多少行人了。只有站立的路灯，一路将我陪伴。而路灯照射之外，却是无尽的黑暗。

我有些微醉，雨淋在头上，有了些清醒。脑海中猛地想起一些吟雨的句子，却在一瞬间，一下子却什么也想不起来。人是喜欢抒情的，尤其是文人。小时候听老师讲，农民大丰收了，在田野地吼一嗓子，哪怕是一个字，也是一首诗。说得真是在理。

这样的感觉真好！一个人行走在一个雨夜，什么也不用想，大脑被清空了一般，没有忧愁，没有思想。想起朋友曾经说过的经典的话："来生当一头猪多好！"不觉莞尔。真的，当什么都不重要，重要的是拥有一份快乐。

一辆轿车驰过，溅起了一片雨水，溅到了我身上。我浑身已湿透，不在乎雨水对我的浸淫。心在那一刻，好像多了一些包容。

前面就是中医院了。那里是个十字路口。有一年，我的朋友就曾在这里出过交通事故。记得那晚，他被车撞伤后，我去医院看，他的浑身是血，我的泪水当即流了下来。人这一辈子，认识一个人，真的不容易。好多时候，好多人是认识后才陌生的。

前面亮起了红灯，四周没有一个人。我停住了脚步。突然觉得我真是一个好公民，遵章守法。站在雨里，等着绿灯出现，这会儿，感觉自己像做了惊天动地的大事。其实我懂得，本该如此，那只不过是一个公民应遵守的制度罢了。

路过小区旁边的树林，我一下子想起，这里曾住着一个乞丐。这会儿，他不知跑到哪里躲雨去了。有人说他是个傻子，也许是出于本能吧，他的智力还没傻到睡在雨水里的地步。智障的人，总是令人格外同情；会同情别人的人，总是会感动的人；会感动的人，才会是对生活热爱的人，对吗？

好多年没有淋雨了，浑身被淋了个通透。打了一个喷嚏，我想可能是感冒了。

家门近了。四楼的灯亮着。我突然有一种想哭的冲动，仿佛远离家已好久了。

我莫名地长吁了口气。

想起了两个字：“靠岸。”是的，我知道，只有家，才能为我疗治雨中的风寒。

钥　匙

每个儿童做大人的愿望，大都是从拥有一把钥匙开始的。可直到有一天真正拥有了一大串钥匙之后，方知拥有的是一大串推卸不掉的责任。

记得以前在单位做工会秘书时，乒乓球室、会议室，包括楼下的那间小仓库，我都备有钥匙。大大小小的钥匙，有锡的、铜的，明晃晃的一大串，匙扣上还缀有指甲剪、小刀、耳挖等器物。

冬天倒无所谓，夏天穿得少，出门就麻烦了。一串钥匙放在口袋里鼓鼓囊囊，偶尔和手机放在一起，手机屏幕上就会有许多磨痕。后来不得已就把钥匙系在了腰间，走起路来稀里哗啦，妻一直笑称我是仓库保管员。

后来，下岗了，单位办好了交接手续，人家说，钥匙就不用交了，我们会换锁的。当时听了，心里真是五味杂陈。离开了工作二十年的单位后，心里真是难舍，钥匙一直没有解下来，也算是一个小小的纪念吧。

有天晚上，我在电脑前写作，后来写不下去了，伸懒腰的空当儿，不经意间看到了那串钥匙。我把它们拿在手里，一把一把细细端详。其中有车库的，有防盗门上的，有过去单位的，有父母家的，还有几把是门上早已换下来的钥匙，一直没有扔掉。我数了一下，竟有九把之多。

冰冷的钥匙，它见证了人间冷暖!

自打母亲过世后，父亲一直居住在异地的大哥家里。以前回老家，我是从不带钥匙的。只要周末，就会接到妈妈的电话，电话末了，妈妈总会说一声："钥匙在老地方!"那是我和妈妈的暗语，老家门檐上有个小洞，只要妈妈出门，她就会把钥匙放在那里。我回家，伸手就能摸到钥匙。说实话，如今去老家的机会很少，还有一个原因，我怕触景生情，看到了妈妈曾经住过的房子，心里面就会增添无限的伤感。

这一串钥匙，有用的对我来说仅一把而已。

我把多余的钥匙一一摘了下来。心，仿佛陡然也轻松了许多。

现在我出门身上只带一把钥匙。我不能把它丢掉，因为我知道，只有它，才是我回家的路。

有用的人

楼下小花圃的一角，不知什么时候被人开垦了块地，种上了小青菜。每次我散步走过的时候，看到那绿油油的青菜，总想象着用它来下面条该是何等的美味。

终于有一天，我看到了那块菜地的主人——一位七十多岁的老人。看穿着，像是来自农村。近来少雨水，地上干旱，老人提着塑料水桶正低头给菜地浇水呢。

看到那可人的蔬菜，我忍不住走上前去称赞道：“你这菜长得可真好!”

老人抬起头，看到我立马回应道：“是不错啊，主要图个方便，而且没有施农药，吃着也放心。”老人浇过水，然后蹲下来在菜地里间苗。那份认真仔细的样子，像是在一棵一棵数。

听过老人的话音，我得意于我的猜测，果然是我们这个县城北边过来的，因为我从前在那里工作过几年，对那里的方言很是熟悉。

我顿觉亲切极了。

“年纪大了，种点菜活动活动身子，对老人有好处的。”我接过话茬。

老人听我一说，连忙应道：“对啊！可就种这点小菜，儿子天天嘀嘀咕咕的，说让俺享福。天天在楼上，都快闷出病了。”老人说着，有些激动，“他们都去做事了，我一个人在家，也没个说话的。好像成了个没有用的人了。”老人有些不服输的劲头儿。

我觉得老人有些可爱：“是啊，百孝顺为先，孝顺你，就是顺着你。你想做啥他们支持你就成了。弄这样一个小菜园，他们也受益不是?”

“小伙子，你真会说话，这菜你拿点去吃吧。”老人很开心。把地上间出多余的菜递给了我。

一把小青菜，还沾着老人刚刚浇过的水。

我不想拂去老人的好意，就接了过来。

我喜欢闲不住的老人，尤其是农村的老人，他们对土地格外有感情。

很多老人到了晚年，他们被子女“悬空”，成了“无用”的人。好庆幸这位老人，拥有自己的一块菜园——一片属于自己的天地。

所谓行孝，不一定就是大鱼大肉地伺候。精明的子女，一定要给老人一个发挥余热的空间，让他们觉得自己是个有用的人，这才是最重要的。

一双棉鞋

天气越来越冷。晚上坐在电脑前，双脚冻得发麻。忽然想起家里有一双棉鞋，就翻了出来。穿上后，顿感温暖了许多。

这双棉鞋，是妈妈生前为我做的。依稀记得妈妈来我家拿出这双棉鞋时的情景。当妈妈从包里取出那双棉鞋，我看后差点没笑出声来——紫红色的，大约因为絮了不少棉花，使鞋子显得格外臃肿，像个庞然大物似的。没待我说话，妈妈就从我的表情上，读到了我对棉鞋的不如意。妈妈沉默了一小会，语重心长地对我说："三子，这鞋虽做得丑了点，可是实用，你平时又喜欢熬夜，在家里穿没有人会在意的。"妈妈唠唠叨叨说个没完，我听了只是笑笑。这样的鞋子，让我怎么穿得出去。

妈妈回去以后不久，就病倒了，去医院一查，是胆结石加上乳糜血尿。以前妈妈身体一直不是很好，我每次回到老家和她上街，用"蹒跚"形容她真的贴切。老家离街上不足三百米，和妈妈要走上半个小时。后来妈妈住进了医院，挨了一年就过世了。

我这才知道，妈妈是抱病为我做的鞋子。妈妈是典型的农村妇女，六十岁后眼睛就有些老花了。每每看到我发表文章的报纸，都要戴老爸的老花镜，妈妈不识多少字，可认得我的名字，有时会让老爸读给她听。我能想起妈妈纳鞋底的样子，多少个夜晚，视力不好的她，在灯下一针一线，把她对儿女的牵挂全都纳在鞋底里。

妈妈去世之后，我发现她老人家留给我的，除了这双鞋子，身边竟没有任何物件。一双鞋子，竟成了妈妈唯一留下的纪念物品。睹物思人，难免增加悲伤。后来那鞋一直被我用盒子装好，放在衣柜里。好几年了，一直没舍得穿，我把它当珍宝一样收藏。

其实很多时候，身边的关爱总是容易被我们忽略，也不会在乎。想不到我读懂一双棉鞋，要到四十岁以后。

在这个冬夜，穿着妈妈缝制的棉鞋，感受妈妈给我带来的温暖，我不禁泪水潸然。

感动一杯水

在学校里，他不是个好学生，经常欺负同学、逃学、泡网吧；在家里他不是一个好孩子，不听大人的话，并且时时和大人犯犟。

这孩子毁了。身边的人长吁短叹，充满了失望。爸爸妈妈的脸上也布满了愁容。

孩子不争气，偏偏生活又和他们开了个玩笑——爸爸妈妈下岗了。为了生存，妈妈在街角的一隅摆起了水果摊，爸爸则到很远的地方打工去了。

儿子上学，妈妈出摊，除了一日三餐，娘俩很少有时间在一起。儿子要考试了，学习有些紧张。每次儿子回家吃饭，要等妈妈收了摊子之后。

有天晚上，妈妈推着水果车筋疲力尽地回到家里，发现儿子正在做作业，而桌子上放着一杯热水，她以为是老公回来了，可所有房间找遍了，只有刚放学的儿子。

妈妈的眼前一片潮湿，继而露出了笑容。妈妈的快乐是如此简单，简单到一杯水足矣。

一杯普通的白开水，让那个母亲从此逢人就讲。

对父亲说谎

妈妈过世以后，父亲一直居住在徐州的大哥家。由于种种原因，我和父亲已经有两年没有谋面了。

昨天晚上，家里的电话突然响了起来。我一听，原来是父亲打来的长途。

“三子，最近还好吧？找到工作了吗？”父亲的声音依旧是那么熟悉而亲切。当我听到的时候，心里面突然有了一种委屈。这几年，单位下岗，一直没有寻到合适的职业。

“找到了。在一家局级单位弄材料呢。”为了不让老人担心，我撒了个谎，“爸，你身体还好吧？”

“嗯，我挺好的。你在人家单位要好好干，别让人家说闲话。”父亲嘱咐道。

我自然连连应承。好久没有听到这样的呵护了，父亲年纪也大了，还不忘记关心我。我的心酸酸的，不知说什么才好。

“对了，天冷了，手要好好保护啊，记得每年冬天，你的手上都有冻疮……”

电话这端，我正用手揉着发痒的冻疮：“爸，我的手早好了……你放心吧。”

话一说完，我捂住话筒，再也抑制不住，泪水扑簌簌流了下来……

从小，父亲就教育我诚实做人。可是，如今早已长大成人的我，却第一次在他面前不打草稿地说了谎……

离幸福近五分钟

春节期间去朋友家玩，适逢朋友的大姨也在。

朋友的这位大姨我自小认识，老公过世好多年，她却一直未改嫁。平时，她就在菜场里给人家送早点维持家用，收入虽说不是很高，可也把儿子送到了南京去读大学。每当我看到她，她总是乐呵呵的样子，看不出她脸上有任何的愁容。

问候过大姨，我就坐在茶几旁喝茶，大姨和我说着闲话。唠着她的宝贝儿子，今年得了奖学金，明年就毕业了，说不定就留在了南京。我打趣道："没准给你领回一个南京媳妇呢。"大姨听了，脸上露出了羞涩的表情。"想那么远做啥？该来的总会来。"大姨说这话的时候，口气是那么坚定，好像一切全在她的意料之中。

说话间，大姨从她身上掏出手机递到我手里："大侄子，帮我弄一下吧，时间不知怎么回事弄没了。"

上了岁数的人，大多对手机里的那些设置不知所措。

这是一款廉价的手机，键盘上的字都已模糊不清了。我打开菜单，看了一眼我手机里的时间，把时间调了出来。

大姨刚接过手机，又送到了我手里。

"还要麻烦你，把时间多调五分钟。"大姨冲我说道。

"为啥要多调五分钟呢？"我有些不解。

"多调五分钟，出去做事，不会误事。而且，比别人多五分钟的速度呢。"大姨依旧乐呵呵的样子。

那一瞬间，我好像找到了大姨快乐的答案。其实一个人的快乐与否，一定取决于他（她）对生活的态度。

我曾和朋友去过大姨的家，她至今仍住在一座老式的二居室里，可是她在我心里，活得如此滋润，因为她有期待。

大姨是平凡的，可她的日子里充满阳光。把时间调快五分钟，走在时间前面，着实是离幸福近了一大步。

寻找味觉

三四天了，一直发烧。

头晕，人打不起精神。晚上睡觉，说是冷，却还冒汗，早上醒来，内衣全湿透了。嗓子很疼，咽一下口水也疼。我发觉吃啥都没有了味觉，山楂不酸了、苹果不甜了……这样引申的结果，连世界都变得索然无味。

这才是最可怕的。我有个同学的妈妈，因为得了糖尿病，一生远离鱼肉。去他家玩，都做两份的饭，这是忌嘴，就是有好吃的不能吃。没有了味觉，是有好吃的，也吃不出味道来。真是应验了李逵那厮所言："嘴里要淡出鸟来了！"

九年前的这个时候，我在一家部队医院陪护着我的妈妈——她患了胆结石和乳糜血尿。在医院大半年的时光里，我看到妈妈最多的是她的侧面，因为她躺着，眼睛望着天花板，心里一定在想许多事情。为了排解寂寞，大哥给她找了一台收音机。除了有时帮她摇床，唤护士换药水，更多的时候，我就躺在旁边的一张小床上看杂志。

有一天中午，妈妈喊我。我问："啥事。"妈妈说："嘴里没味，想吃那个小红萝卜，不知有得卖不？"如果换另一个人，我肯定说这个人在说胡话。数九寒天，哪里来的小红萝卜？

她是我的妈妈，再说她是一个病人。我不想让妈妈失望。就对她说：

"好的，我去菜市场转转。"说真话，我不是心甘情愿想去的。因为妈妈一直躺在病床上，对外面的季节也失去了判断力。

也算是苍天有眼，出了部队医院大门，我就遇到了一个菜农推着一小车的小萝卜在叫卖。真是得来全不费功夫。我差点要给那个卖萝卜的汉子磕头了。不由分说我买回了两斤。萝卜带回病房，我用刀子削成一瓣一瓣的放在妈妈的枕边。妈妈吃着萝卜，不住地感喟："有味，有味……"

如果不是因为生病，我也想不起来在陪护妈妈大半年的时间里，曾有过那么一个细节。现在想一想，在妈妈的眼里，那个微小的细节，一定是充满了温情。我知道，几只小萝卜不能替代药物为她疗伤，但足以让妈妈欣慰。

妈妈终于还是在那年的春节前走了。妈妈离开人世的时候，脸上是带着微笑的。

我咨询了一位医师朋友，他告诉我，舌头分辨不出淡咸的原因，主要是体内有炎症加上发烧，舌头的味觉就失灵了。挂几瓶盐水，就会慢慢好起来。还别说，昨晚挂过一瓶，早上起来的时候，首先喉咙舒服多了。晨练之后又到菜场买了几条鱼来，中午吃饭的时候，发觉那鱼汤，真的是人间至味。

渐渐发现嘴里淡出鸟来，并不可怕。可怕的是失去了生活的意义，看不到活着的希望。

那位医师打电话问我近况，我说比前几天强多了。医师听后说道："前几天，你不是直嚷嚷嘴里真要淡出鸟来了吗？"我说："嗯，真要能淡出一只鸟来，红烧了，或煲个汤，味道肯定不错的。"

我的生日

五年前，和市区一位文化系统的领导在一起吃饭。席间聊起谁大谁小的问题，问起同桌的领导，他说："我从来不过生日。"我问为啥？他说他母亲讲，家里儿女多，想不起来了。

我好像遇见了知音，和他猛干了两大杯……

我从来不过生日的。小时候二哥上“育红班”的时候，我一直跟在他屁股后头随他到学校，有板有眼地做旁听生。二哥长我两岁，待到他上一年级，我骇于一个人在家的孤独，就哭喊着和二哥一起上学，结果最后父亲无奈地去派出所更改了我的生日。

上学之后，面临着招工上班。由于我年龄小，不够格，又一次和别人拉下了距离。我自然长吁短叹。母亲看在眼里心疼得不得了，怂恿父亲再帮我改一次。父亲大概拗不过母亲的念叨，又托人去派出所更改了我的生日。那一年，我终于参加了工作。

记得我的生日最后更改的一次是领取结婚证。按法定年龄，我必须到次年才能结婚，可是双方把日子都已定好了，父亲在民政部门工作了四十余年，这个小小的“后门”是走定了。

几经周折，我的生日，以哪个为准呢？最后，只好模糊成一片空白。当然，更改出生日期是违法的，我所讲的事，发生在那个众所周知的特殊年代，希望大家只把它当作一件趣事来看待。

九年前，我在医院给生病的母做陪护，老人胆结石已很严重了，我伏在母亲的病床前，不甘心地让母亲再细细回想一下我的生日。母亲蹙了蹙眉，又摇了摇头：“儿女太多，记不清了，好像那天天气很热……”

母亲的话让我汗颜，让我感悟到操劳了一生的母亲，在儿女面前的伟大。

没有生日又何妨？母亲永远是我的母亲，我永远是她的儿子。

现在我把母亲病故的那一天，当成了我的生日。

她那一天为我受难，我这一天为她思念。

挂在树梢上的风筝

早上起来，打开窗户，一下子看到了楼南公园里的一棵树上，挂着一只风筝。那棵树距我居住的楼房很近，也就十来米的距离，是一只彩色的风筝，鱼形的。

昨日在楼上码字，没有出门。但昨天是周末，公园里一定有好多的孩子在放风筝。虽然坐在电脑前，但我分明感受到了春天已真的来了——因为在室内我已不再感到有凉意！

那会是谁的风筝？是被爸爸带到这个公园放风筝的吗？抑或是爸爸妈妈一起？这个颜色的风筝，一定是精心挑选过的。为了这次外出，在家里不知号啕了几回。妈妈放风筝飞不起来，就被那个要强的爸爸夺了过去，那位做妈妈的，就坐在不远处的草坪上，静静地看着。这样的场面，如果拍下来，该是一幅多么甜蜜的“幸福假日”。

如果不是孩子的风筝，那一定也不会是青年人放的。现在的年轻人，很少有这样的童心了。他们感觉已经长大了、成熟了，可在不知不觉间却失去了最珍贵的童真。有谁知道童心在哪里呢？怕找是找不到的。童心在你的言谈举止里，在你的思想里，在你性情流露的刹那间。

我突然害怕，那只风筝是老年人的。前两天和一位文友聊天。她说，她爸爸自退休后，心里是严重地失落。闲不住的老人，为了排遣内心的落寞，没事就拿只风筝到广场去放。当她讲述父亲的时候，她在那端泪流满面。我当时安慰她，人都有老的一天，他们就是我们未来的影子。当时还劝慰她，有一天，世界上有份工作没有退休就好了……

我想到了自己的父亲。父亲是个“公家干部”，好像从来不会和我们一起参加这一些娱乐活动。记忆里印象最深的一次，是骑车带着我去一个叫“白石头”的地方看过一次飞机，那时我有五六岁吧。儿子五六岁的时候，父亲已退休了。说来真的很有意思。父亲没有给我买过一只风筝，却给我儿子买了无数只。印象里只要是春天来临，父亲总会带着孙子去放风筝，有一年，放的一只风筝就缠在一只树上，我还能记起儿子回家时眼睛红红的样子。

再后来，我搬进县城；再后来，母亲过世。

那只挂在树上的风筝，把我的思绪拉得好远……

谁说烟酒不分家

爸爸是乡镇干部，妈妈是家庭妇女。爸爸工作变动，从这个乡调到那个乡，妈妈带着五个孩子尾随。几经周折，后来孩子全都长大了。排行老三最矮的我，也长到一米七七了。每逢春节大家团聚，五个子女站在院子里，真是玉树临风。这样的时刻，是爸爸妈妈最开心的时刻。

爸爸妈妈却老了。

记不起来妈妈什么时候开始学会了抽烟。抽烟其实也靠天分的，比如爸爸老是学不会。爸爸在乡镇当民政助理，专门负责结婚登记。登记的人办喜事，去了必定发喜烟和喜糖。看到人家在结婚证上按上了手指印，爸爸就会从办公桌上乐呵呵拿起一支烟，欣慰地点上。

爸爸没有烟瘾，却喜好喝酒。几十年，每天两顿，从没有改变。而且爸爸喝酒，尺度把握得很好，从不过量。这样嗜酒的人，无论在家中，还是外出应酬，从没有醉过，真是一个奇迹。

俗话说先长的眉毛，不如后长的胡须。妈妈从爸爸那里学会了抽烟，就一发而不可收了。有时爸爸下班回家，嘴里含着一支烟，刚进家门，就会被妈妈“截获”。

妈妈没有文化，一生与锅台为伴。后来，直至我长大成家有了自己的孩子，方才真正懂得做一个家庭主妇几十年是多么不容易。一年四季，妈妈从来不让爸爸下厨。爸爸因为妈妈的“袒护”，至今除了煮个面条稀饭，其他的一概不会。有次妈妈去了外婆家，中午爸爸炒菜，问邻居是先放油还是先放菜，曾成为邻里笑谈。

爸爸妈妈从来没有吵过架。家里的大事、大主意都是爸爸来拿，妈妈只是一个小小的配角，她向往的，永远是和睦、安宁。

后来妈妈得病了。患病后的妈妈，遵医嘱不再抽烟了。操劳了一辈子，这唯一的嗜好也被剥夺了。

爸爸也老了。爸爸不再喝酒了，每天都坚持去医院看望妈妈。

最终病魔还是夺走了妈妈。去妈妈坟上烧纸的时候，爸爸再三嘱咐，一定要给妈妈烧上几盒好烟。

常常看到讴歌美丽动人的爱情故事，被它们感动与感召。其实一生追求与向往的，常常就在身边。在身边的，却易于被忽略，一如身边的爸爸妈妈，他们相守得平淡，没有过争吵，更没有出现纠纷，他们面对生活的信心与决心，常常让我仰望与叹为观止。也让我感到自己生在这样的家庭，是何等的幸运与幸福。

看过一幅摄影：黄昏道上，一对老年夫妻携手走过，让人怦然心动。多想爸爸妈妈能够这样长久走下去，可是妈妈却先爸爸而去了。爸爸好酒，妈妈嗜烟，都说烟酒不分家，看来是骗人的鬼话！

母亲的思念

一

母亲的娘家在山东临沭，儿女多，要吃要穿的，她鲜有闲暇回娘家一趟。小时候的记忆里，大约一年中，在我们放暑假时，母亲才回去看望一下姥姥。我之所以记忆深刻，是因为母亲每次回来，都会捎回一种厚厚的锅盖饼，咬在嘴里，有说不出来的香。如果仅仅是因为母亲捎回那种锅盖饼，还不足以让我产生这样深刻的记忆。这种记忆，来自和母亲的一次拥抱。

那一年，母亲从姥姥家回来，我在外面玩够了回家，猛然看到母亲坐在堂屋。从天井到堂屋，我是飞跑过去的。而母亲看到了我，脸上露出了笑容。她站起身，两只臂膀张开，我冲上去，一下子就被母亲揽在怀里。

记忆里，那是我和母亲唯一一次和电影上面一样的拥抱。

二

记不清是什么原因，父亲没有答应我的一个要求，好像是买文具盒之类的事情，我一直哭闹不停，可父亲心如磐石，不为所动，最后索性出门不理我了。母亲过来劝我，我知道于事无补。母亲手里没有钱，说也白说。

那时候，每家都有相框，装着全家福或单张照挂在客厅里。刚好父亲有一张工作照没来得及放到相框里，而是贴近相框的玻璃，正插在相框边上。我看着父亲的相片，恨恨地取了下来，用铅笔把父亲的“脸”涂成了黑色，以泄我的愤懑。

母亲刚好到屋里拿米，一下子发现了。

母亲说：“你不能对大人这样。供你吃穿，培养你长大成人，你怎么能这样对待大人?”

被母亲一指责，我感到万分羞愧。涂抹时的快感顿时消失得无影无踪。让我更恐慌的是，如果父亲知道了，不知会是什么后果。

没想到晚饭间，父亲和平时一样，真的什么也没有发生。

我知道，是母亲为我守住了那个秘密。

三

我调到县城工作以后，单位里面有征兵名额。来联系征兵的工作人员在办公室看到我，一下子就看中了，并且和领导讲，这小伙子不错，不用验，直接应征。

我那时二十出头，算是个毛头小伙吧，听了很是兴奋。领导说："回家和家里人商量一下。"

晚上回家和母亲讲了。母亲摇了摇头："小三，你太瘦了，吃不了那苦的。"

那时候，我们单位没有轿车，只有一辆吉普车。那辆车，去我家里三趟动员我的母亲，都被母亲回绝了。

现在想来没有当兵的原因，是缘于母爱。

母爱是无私的，也是自私的。

四

我成家以后，搬到了县城。父母仍住在乡下。

每逢周末，我就会接到母亲的电话："你爸种的菜都成熟了，家里吃不了，有空闲回来取。"

县城离老家二十千米。每次星期天回家和父母吃顿饭，回来的时候，母亲早早就为我准备好了好多的蔬菜。临行前，总会听到母亲的嘱咐："下星期天再来啊。"

看到我们拎着菜走了，母亲的脸上就会露出欣慰的笑容。常常是一回头，发现母亲仍倚在门旁张望着。

我的不懂数学的母亲啊，我们捎的那一捆蔬菜，其实我们来回的路费就够买它几倍……

五

母亲住院期间，恰逢我下岗在家，就去医院做了陪护。

母亲一躺就是半年。那时正值夏季。母亲天天躺着，身子都躺板了。每天，我把母亲的病床，摇起来，落下去。看窗外的树木，从枯萎，到枝繁叶茂。可母亲的病仍不见好转。

有一天，我突发奇想，想给母亲擦洗身子。母亲听了点了点头。

我关上门，把母亲的内衣脱了下来。用温水湿过的毛巾，把母亲全身擦洗了一遍。

那是我唯一一次为母亲擦洗，擦洗完，母亲不住地称赞我。

母亲的称赞，让如今的我万分羞愧。母亲为我做了那么多，我称赞过她几回啊？

袜子上的洞

一双新袜子穿几天，大脚趾的地方指定会有一个洞。小时候好动，打球或者狂奔，都会让袜子产生负累。脚丫子蠢蠢欲动，一如出蛹的蝉，悄悄地先戳一个小孔借以通风。现在想想，真的没有哪双袜子能逃脱我脚趾的肆虐。夜间睡觉的时候，总会听到妈妈的奚落："小三子，你的脚上有牙啊？"羞赧之余只好对妈妈报之一笑。童年的深夜里，妈妈留给我最深的印象，就是为我缝补袜子上的洞。

初二那年，县京剧团招收演员，我被选上了，要到县里去参加一周的培训。那时适逢夏季，临走的时候，姐告诉我，一定要我穿球鞋，因为要练功呢。到了剧团，刚开始还自鸣得意。白天和大家一起练习舞蹈，可到了晚上，回到宿舍，我一脱鞋，大家全都瞳孔放大，惊愕地看着我，屏住呼吸。我恍然发觉，我的袜子臭且不讲，而且还有几个大洞……我就想有个洞我立马会钻进去。

进门换鞋，是最尴尬的事情。我是个不太讲究的人，可遇到别人讲究实在没有办法。有一天，一位朋友来我家，一进门，执意要换拖鞋。最后拗不过他，谁知他脱了鞋，脚趾头早伸到了袜子外面。我看了哈哈大笑。调侃了他一下，他却不以为然，告诉我说，袜子上有洞不必大惊小怪，谁都会有过这样的经历。世上没有穿不破的袜子，袜子上的洞，实在是光明正大的隐私……

我如闻天籁。第一次听到有人这么坦然地说袜子上的洞，感觉很是新鲜。

第一次感觉到妈妈的爱，是在上班后的某一天。那时，我一个人在异地上班，住在单身宿舍，有天晚上洗脚，发现袜子上有一个洞，就找来针线想连缀一下。袜子拿在手里，有股扑鼻的臭味。猛然想到妈妈小时候为我缝补袜子的时候，却从来没有嫌弃过，心里面顿时充满了无言的感动。

说到底，袜子终究是为人服务的，所以不能削足适履。就好比人终究要有白发一样，再比如人的生死，这也是自然规律，不能背道而驰。闭上眼睛想想，妈妈不觉离开我已有九载了。

脱下鞋，看着露出的脚趾头，在那里扭来扭去，感念起一句忘不掉的话：可以扔掉有洞的袜子，却扔不掉袜子上的洞。生活就是由琐碎组成的，周而复始，因为这才叫人间烟火，也是真正的红尘。

说说我的岳母

早上迷迷糊糊听到有人敲门，起身开开门，原来是岳母来了，还带来了一个蛇皮袋，不用想，一定是她自个儿种的绿色蔬菜。

每次到我家，岳母总会捎带这些东西。身在农村，她目睹了农村人如何给蔬菜施放农药，包括给西红柿注催红剂。她描述时恐慌的样子，那种神态真像个无助的孩子。

岳母是地道的农村人。我认识我爱人的时候，岳父已过世十年了。我爱人是老大，下面两个弟弟，一家四口，全凭岳母一个人靠二亩地拉扯，想想也真是个奇迹。如今个个皆已成家，日子正慢慢红火起来。

看到岳母，我总会想起中国那句老话：“多年媳妇熬成婆。”是的，岳母是一路熬过来的。她接受的，是全中国最普通的农村妇女所能接受的；可她承受的，却不是一般的农村妇女所能承受的。三个孩子的拉扯，要吃要穿，其中的光景可以想见。初见岳母的时候，她还是满头的黑发，如今头发全白了。

中午吃饭的时候，我给她老人家倒了一杯酒。她端起酒杯看了看，说太多了，喝半两就成，然后把她酒杯里的酒又倒了一些到我的杯子里。

吃菜的时候，她总是夹些蔬菜吃。我把鱼段夹给她，她连连推脱："我不喜欢腥气。"

岳母真的没有多大酒量，也就一两的量。喝过了脸红不讲，话明显也多了起来。吃饭的空当儿，聊起庄里的谁谁现在做什么什么，谁谁出门打工赚大了。她所说的，我一概不知。因为忙于生计，我有好多年没有去岳母那里了。逢年过节的，也大都让小孩他舅来我家带点东西回去。

自母亲过世，很少有老人这样亲切自然和我在饭桌上进行交流了。听着老人的絮叨，虽然插不进话，却感到一种亲情与温情溢在心底。

自从我事业失败后，这是岳母第二次来我家。记得第一次来的时候，岳母了解了详情，劝慰我说，遇到事情别愁，愁也不当。人活着，要坚强。我很难相信她一个农村老太太能说出这样的话。

我突然觉得我是那么幸福。被人理解和疼爱的感觉真好。

因为腼腆，二十年了，从没有喊过岳母一声妈，一直都是打哈哈的，如今打心底倒真的想喊一声。

在心里酝酿了良久，口张了几张，终没有喊出声来。

我想我习惯了，岳母也习惯了吧。

月饼往事

看到沿街兜售的各式各样的月饼，知道中秋节马上就要到了。人到中年，对于这个节日，早已失去了儿时的兴奋与激动。不过，记忆里，有一枚月饼，带着悠悠的母爱，贯穿了我的一生。

那时，我七八岁光景吧。恰逢中秋节，父亲从商店里买回了两斤月饼。平时难得见到点心的我们，一个个眼睛盯着月饼。妈妈说，要等到中秋的夜里赏月的时候才能吃。

挨到中秋还有两天呢！

夜里睡不着觉。小小的心里，有了心事。

我知道，月饼就放在里屋的五斗橱里。

真的睡不着了。一个人猫着腰，偷偷进了里屋。走到橱前，就闻到了月饼的香味了。我悄悄地解开了纸包，拿出一只，然后又把月饼包好，一个人又溜回到了床上。

天知道月饼的滋味，是那般的香甜。

中秋节的夜里，一家人在庭院吃饭。爸爸让妈妈把月饼拿出来分给我们吃。打开来的结果可想而知了。

“这一包怎么少了一个？”爸爸疑惑地问。

哥哥和姐姐也惊愕地张起了口。大家相互看了看，仿佛在找出案犯。

我的心怦怦直跳，心好像悬在喉咙处，马上要出来了。

“哦，那天你买来了月饼，我尝了一个。”妈妈接过爸爸的话。

由于天黑，大家看不到我的脸红。

那一瞬间，我对妈妈充满了感激。是她用母爱，用宽容和包容，给了我一点小小的自尊。

后来，我向妈妈检讨，承认是自己所为。妈妈用食指轻点我的额头：“除了你，还能有谁？”

天啊，原来妈妈晓得是我，这让我更加羞愧。在妈妈眼里，儿子的所念所想，不过都是小小的把戏。

妈妈能洞悉一切呢。

三十年过去了，母亲离开我们已近十载。许多的思念，随着时光的流逝，会逐渐变淡。可每逢中秋节，那年的月饼往事，总会温馨着我的记忆。

现在我坐在电脑前码下这些字的时候，我觉得其间每一个字，都透着温情与思念。

黄大衣

我有一件黄大衣，跟随我近二十年了，每年冬天，都伴随着我，不离不弃。

那件黄大衣，爸爸送给我的时候，有七成新。

那时我刚刚上班，单位距家二十多千米路。爸爸说，把黄大衣带上吧，会有用处的。开始，我嫌那件黄大衣有些老土，死活不愿带走。后来经不住妈妈的再三叮嘱，就顺手把黄大衣绑在车后带到单位了。

没曾想后来在单位值夜班，黄大衣却派上了用场。

我所在的单位，是一个油库，属于那种"闲人免进"的危险场所。值夜班，不是待在办公室，而是要往返巡视。春秋气候适宜，感觉不到什么；冬天则另一番景象了，尤其在月明星稀的冬天的下半夜，寒气袭人，一件黄大衣，让我温暖地度过了一个又一个冬夜。也就在那样的夜晚里，我花了三个月的时间，把一本《唐宋词选译》背得滚瓜烂熟……

前两天天气晴好，我把黄大衣找出来晒一下，在阳台上拍拍打打，突然发现在黄大衣的左下角的地方，有一小块补丁。我想起了那是我有次骑车回家，一不小心，黄大衣绞在车链里了，撕裂了一个大口子，棉絮露了出来。回到家，妈妈看到后，把黄大衣弄脏了的地方洗了又洗（因为有自行车油），然后放在炉子上烘烤。半夜醒来，我看到外面的房间里的灯仍然亮着……

第二天一早，我又穿上了完好的黄大衣。那天夜里，妈妈把黄大衣烘烤干了，又把撕裂的地方缝补得完好如初。

补丁犹在，可母亲不在了；母亲不在了，但母爱犹在。

在这样一个冬日的下午，在阳台上，面对这件黄大衣，我心潮澎湃。

黄大衣，默默地以它的姿态存在着。它虽不引领时尚，但在我心底，我知道，它永远也不会落伍，我更不会丢弃，相信它会陪伴我的一生。

给岳母找“活”干

岳母接近七十岁了，一直住在乡下，偶尔也会来我家住上几天。别看她老人家那么大岁数，每次来我家，都自个骑着三轮车，二十千米的路，对于岳母来说，也真不容易。我劝过好多次，让她坐公交车，她都回绝：“我骑着三轮车，也算是锻炼身体呢。”

前几天岳母来我家，中午我下班回来，一打开门，发现岳母一个人蜷伏在沙发上。我看到地板明显被擦洗过，再看看厨房，被整理得井井有条。

我问岳母：“怎么不在家休息啊？”问完话，突然觉得有些荒唐。一个老人在家，怎么样才算是休息呢？我又问，“怎么不看电视啊？”岳母好像有些不开心。“没事看啥电视啊？晚上大家一起看。”

下午下班的时候，我路过菜市，想买些菜带回家，突然看到了有卖红萝卜的，想起妻子一直喜欢吃萝卜干，不由分说就买回了十斤。

萝卜买回家，岳母看了说：“怎么买这么多啊？”我说：“腌萝卜干吃呢。”岳母眼睛一亮，随即“哦”了一声。

吃罢晚饭，刚收拾好，岳母就用盆去洗那些萝卜了。正在看电视的妻子劝岳母休息一下，谁知岳母好像憋屈了久：“待在楼上，跟个鸟蹲在笼子里一样。多找点活给我干干，我身体才舒服呢。”

我和妻面面相觑，天呐，我们怎么没有想到这些呢？

当天晚上，我和妻打开了大衣橱，把那些掉纽扣的、开了线的衣服找了出来，第二天让岳母“缝补”一下。

不到两天，家里所有的该缝该补的衣服全被岳母修整好了。

除了洗菜、拖地，岳母的手里岂能无“活”？我突然想起先前我曾在楼下开垦了一块地，后来因为忙一直荒芜着。一大早，我去菜场买回了一包菠菜种子，上班临出门，我“命令”岳母：“把菠菜种上，别忘了浇水。”

岳母听了，乐呵呵的，一直不住地应承，中，中……

岳母这次在我家过的时间最长，到现在都没有要回去的意思。

女粉丝请客

端午小长假，我正在家中画画，突然接到一个电话。开始，我没听出来是谁，对方倒是快言快语：“邵老师，我是你相大姐，下雨天喝酒天，晚上如果没有事，一起坐坐啊。”

她这一说，我想起来了。前不久，文联搞了一次笔会，要采写三十多位企业家。我和相大姐就是这样认识的。记得那晚招待宴上，相大姐专门“打的”来到我的座位旁，和我喝了不少白酒，是个很豪爽的女性。她说，这么多年，我一直读你的文章呢，你在《扬子晚报》上写的“躲伏”，把我们赣榆的民俗写活了。我告诉她，我早已弃文从摄了。她为我惋惜不已。

人家盛情，我无意拒绝。再说，老婆刚好回了娘家，我也懒得再去做晚饭，便欣然应允。相大姐还让我邀请了另外一位朋友。我和朋友到了相大姐所说的酒店，她人还没来。打电话给她，她说，把店收拾一下就过来。我陡然想起来了，相大姐曾说起过她有家鲜花店，是个小老板。

不到十分钟，从饭店透明的橱窗看到相大姐骑着电动车风风火火地来了。她一进门，一脸的歉意，直说不好意思，让我们久等了。

本来相大姐想找一个包间的，我说大厅挺好的，靠近橱窗的地方，透亮，而且有人气。经我这样一说，相大姐想起了我曾写过的《赣榆小吃薄凉粉》里面有段话，大意是要吃正宗的薄凉粉，耳际必须附着赣榆话。相大姐果然是我的粉丝，这个细节她记得这么牢。这段话给她感触颇深，她说，她儿子在西安读大学，那年她去西安看儿子，吃到了正宗的拉面，因为旁边都是西安方言，那个氛围，那个面，那个好吃哟。相大姐说话的时候，手指向上摊开，从嘴角往下一顿，仿佛要流哈喇子的样子，引得我和朋友大笑起来。

相大姐点了六个小菜，个个勾人食欲。两杯酒下肚，相大姐的话就多了起来。女人聊天，话题离不开孩子。她说，她儿子一米七五，瓜子脸，白净，马上要到广东去工作了，他在学校学习是“学霸”——全班第一。相大姐说话的时候，脸上呈现出了一种陶醉的幸福感。我问：“有对象了没有？”相大姐说：“还没有。”我朋友说：“这么优秀的孩子，缺不了媳妇的。”一席话，把相大姐说得哈哈大笑。

问及相大姐鲜花店的营生，她说一年赚几万块钱。她说，平时在家，也不上网，只是在夜深人静之时才会拿起自己喜爱的文学刊物读上一会儿，然后在纸上记录下自己每天的心情和感悟。现在主要心思是赚钱帮助孩子，等过几年儿子结婚了，她就把店关了去带孙子。借点酒意，我打趣道：“相大姐，你就认定你儿子一定会给你生个孙子吗？也有可能是个孙女哦，看来你重男轻女啊。”

“不就是那么说嘛。孙女我也喜欢。”相大姐快人快语，“平时我们常说找朋友喝两杯酒，难道就只有两杯酒吗？”没想到，相大姐的思维条理还挺清晰。谈起自己曾经的文学梦，相大姐是满脸的神往。

一个接近知天命的女人，以她的单纯与善良，经营着自己的家庭，坚持着自己对文学的爱好，活得真实而快乐，这本身不就是一种幸福吗？

三人一瓶酒，每人喝得都不多。朋友住在乡下，要先行一步，我送朋友，留着相大姐在酒店埋单。

回到家里我存相大姐手机号码，想了半天，只知道她姓相，叫相什么，不知道。

第三辑

氤氲的茶香润心田

幸福的感觉

有一年，听赵本夫先生授课，讲述他在北京求学的一段经历。一天黄昏，赵先生在大学门外散步，邂逅一位拉平板车的，看脸色，显然喝了点酒。见他摇摇晃晃、慢慢腾腾拉着车子，哼着一段京曲儿，黄昏的余晖“披”在他的肩上，映衬出的那份悠闲和自得，令赵先生一时愣了神。最后，赵先生打趣说道，当时真恨不得将自己变成一只小虫子，钻到他的鼻孔里去，索性让他舒服个够！

一个拉平板车的，让一个作家如此艳羡，可见幸福与心态的关系焉莫大矣！

以前在加油站上班的时候，单位里每日都要来一位四十多岁的妇女卖瓜子。买瓜子的时候，有同事和她闲扯，得知她有一个儿子在武汉读大学。我听后立刻肃然起敬。要知道，家住城南十余里地的她，每日步行要走几十公里呢。我不知道在武汉读大学的儿子是否知道她的母亲为他的学业所付出的辛劳。但有一点无疑，她有一个争气的儿子。所以，她每日的叫卖声里，尽可比别个叫卖者高出几个分贝来。无论对谁，她都可以自豪地添上幸福的一句：“我有个在武汉读大学的儿子呢！”

这是卖瓜子的妇人一生多么幸福的一笔！

你幸福么？当我问你的时候，我也在审视自己。

记得有一年儿子放寒假，我带儿子去县城唯一的一家林场去识青草（这是我和儿子每周的必修课）。刚下楼的空当儿，在楼梯口，一个怪物模样的东西突然蠕动了一下（原谅我用这个不雅的词儿，因为他穿着破烂，而且背对着我，头伸到那个垃圾洞里去了）。儿子不由惊叫一声，我定神一看，心不由揪在了一起。原来是一个和我儿子年龄相仿的孩子在翻垃圾，蓬头垢面的，让人看了实在不舒服。正欲走开的时候，突然，那孩子在垃圾堆里翻出了一把小手枪，神情即刻变得光彩了起来，甚至有一点点的得意。

看着和儿子一样大的孩子，我突然有了一种为他的得意暗暗加油的冲动。我甚至在想，垃圾里如果要有他更为喜欢的东西该好多啊！

从那个孩子的眼神里，我读到了天真无邪的幸福……

今年春节回家无聊，去看望了一个二十多年没见的朋友。按目前的说法，他是属成功人士那一类的，家有别墅，有私家车，还有自己的厂房。午餐的时候，他却止不住地叹息。通过交流，我明了他叹息的原因。拼搏了这么多年，期间二哥患白血病离开了人间，父亲去世，姐出了车祸死亡……外人看到的，只不过是他目前生存的现状，可又有谁能够去理解他内心的积虑？

从他充满泪水的眼里，我似乎读懂了一点。

幸福是什么呢？几年前有幸在一家报纸连载“版首语丝”，有一则至今不能忘怀：“世上本没有幸福，幸福在于追求它的途中。”真的，没有人能把幸福拿在手中，告诉我说，这就是幸福。哪怕手中拿的是一张大额的存折，抑或珠宝。

真正的幸福与金钱无关。

这个发现，至今仍让我欣喜不已，感念不已。

“子非鱼，安知鱼之乐？”说到底，所谓幸福全靠当事人去体会，去感觉，很难用只言片语去表述它、涵盖它，就像美妙的音乐，看不见，摸不着，只能用心灵去体会……

钱这个东西

“无腿走遍万家。”小时候大人说的关于钱的这则谜语，像刻在记忆里一样，永远也不会忘掉。

人为钱死，鸟为食亡。关于金钱，人们的感触深深。对于钱，其实人们也只有在紧缺了的时候才会想起的。这就像人身体的某个部位一样，当感觉到了时候，一定是疼痛的时候。

被钱困扰是最头痛的事情。

我有一位文友，前几年下海淘金，由于初涉商海，经验不足，险些呛个半死。一时间债主纷至沓来上门索债。他四处躲藏，最后把自己反锁在一个大仓库里，靠家人偷偷送饭度日……

缺钱的无奈啊。

大约是四年前吧，我住的地方面临拆迁，房改办的人来到家里都测量过好几次住房面积了，一时间，似乎搬迁在即。那时间，我真的体味出了什么是一筹莫展……到最后虽然是一场虚惊，虽然最终以喜剧收场（最后他们根据测算搬迁不划算，让我们久住了），却在那段时间里让我感受到什么是人间冷暖。

那时候，由于单位刚刚买断，我又失了工作，正处在无所事事的关头，冷不丁要拿出十几万元购置新房，对我而言无疑是天方夜谭。没办法，只好向平日里所谓的好友一一打电话求援，事情的结果超出了我的想象，不提也罢。我有一位朋友，欠了我几千元。当有一天和他说起我要用钱的时候，他却告知我他正在为钱发愁呢。在那种情况之下，我又托人找朋友借了万元帮他渡过了难关。可就在我面临搬迁的时候给他打电话，他显得那么局促，结结巴巴的。话里的意思我懂：“别的都行，就是没有钱……”

因为钱失去了友谊和亲情是得不偿失的。有时候我想，到底是哪一方得不偿失呢？

从前有个同事，我一直忘不掉她。我平日里喊她张大姐，她为人做事真的做到了极致。最让我欣赏的就是她对生活的态度。记得刚刚流行彩票的时候，我们有过一段对白：

“大姐，你中了五百万怎么花啊？”

“太多了太多了，我不要那么多。能给我十万供孩子上学就行了……”

“不会的吧？谁会觉得钱多了是个累赘啊？”

"'家有千间房，夜里只睡一张床'呢。人的一生安康快乐最好，拥有那么多的钱有什么意义？只会招来不测。"

当时的我无言以对。

也许大姐代表了一部分人的心态。

说到钱字，有件事颇值得一记。大约是五年前，我和一位朋友去门河访竹。那天到了门河的时候，天上下起了小雨。看竹园的老大爷看到我们是县城来的，中午便留我们一起午餐。让我们感动的是，他特意又去了趟菜场，买回来一大盘猪头肉。下午我们要走的时候，他还有些依依不舍……

临别，我偷偷在他的茶杯底下压了20元钱。

其实，那顿盛情岂能用钱字来衡量？

钱这东西，不好说不好说。

想一句话："金钱不是万能的，没有钱是万万不能的。"

细咂咂，不是没有道理。

接受感动

一个人如果不是故步自封、闭关自守抑或性情孤单，生活中总有那么一些温情，像一粒石子，轻轻投进你的心湖，引起你心灵的震颤。

这就是感动。

自失业以来，电脑和电视几乎成了我打量外面世界的窗口。每天，我都能从电视的一些生活报道里看出些许的感动。虽然有的是那么琐碎和平凡，但我要说，正是这些点滴的小事阳光雨露般滋润着我们的生活。

就在昨天晚上，我打开了电视，好像是一个什么"讲述"的节目吧，我看了以后眼角都湿润了。

没看头，只看了尾，大概的故事是这样的：有辆载四人的面包车出了车祸，掉到沿河边的水里去了，其时有个打工的农民抱着一岁的孩子带老婆散步，看到这种情形后农民工二话没说，立马跳到河里救人。待事故平息，围观的人都散去，农民工发现童车不见了，皮鞋不见了。最后光着脚板回的家。如果不是后来报社的现场录像，记者的追踪，谁会想起当时有那么一个无名英雄？在电视上，我看到了他朴实憨厚的脸。话也同样显示出质朴：“那个时候，谁都会跳下去救人的……”

最让我感动的是，在表彰的时候，有一位市民同样不留名给这位农民工的孩子买了辆童车！

人间的温情啊！

感动常常缘于平凡。一条祝福的短信，一个微笑甚至一句善意的提醒，都能在心灵产生回应。就说那天我去邮寄稿件，由于匆忙忘记填写邮政编码，身上没有带笔，正踌躇间，一位伏在邮筒写完信封的姑娘看了我一眼，没待我开口，便将钢笔递到我的面前。虽然是在寒冷的冬天，我感觉迎面拂来清新的春风……

感动常常来自于陌生者。

都说网络是虚拟的，可自从写了博客之后，认识了那么多的博友。他们的鼓励和鞭策永远是我前进的动力。和博友聊天，我说常常受困于邮寄的烦琐，立马有博友给发来了各地论坛的网址。徐州有个叫“乡下玉米”的，发了一次，又发了一次，后来又告诉我说哪一个网址不要发，哪里不采用稿件……她的严谨和细心，姐姐般的关怀，让我沉浸在幸福的感动里。

年前朋友家垫屋基，招呼几个朋友过去帮忙。在运沙子的时候，由于地基较高，拉沙的拖拉机怎么也爬不上去，束手无策之际，附近干活的民工没等招呼，一下子围了上来。有用手推的，有用铁锹撬的，几个回合，终将拉有重载的拖拉机推上了高坡。

朋友一时感动得说不出话来。

不说朋友，那一刻，作为一名目睹者，我也是万分感动。人感动是因为心灵碰撞了心灵。作为被感动者，我想，唯一感激和回报的最佳方式是在别人遇到困难的时候也呈上一份爱心，让别人也感动一回……

到人群中走走，接受感动，生命就会充满阳光。

人们如果时常相互感动着，生活一定更美丽。

要 面 子

谁没有过这样的经历呢？某人向你借了钱，还钱的时候总要例行公事推搡一番："算了呗，算了呗……手头紧改天再说。"但结果常常是，话说出去了，钱也收了，皆大欢喜。

其实，钱没有还的时候，私下里朝思暮想，心犯嘀咕："是不是人家忘记了?"但表面上还要装出无所谓的样子。本身想要，临了却要表述一番。

这就是要面子。

记得从前上班的时候，单位有一同事，头脑不怎么灵活。每每一天班下来，总见他在那里一遍遍盘算自己的货款。有同事出于好意，问他是不是少收了货款，他应声速度之快令人诧异："正好，我正好!"直到最后同事发现拿错了提单这才真相大白。少了好几百元，如何正好?

说件自个儿身上发生的事。

那年有幸去省城开笔会。返回时几位朋友相约去逛逛商店。在一家大型商场我看上了一件换季减价女毛衣外套，想唤营业员来拿，没待开口，同行的朋友说话了："大老远，买这个给老婆，不掉价啊?"

"瞎扯，我会给老婆买减价货么?"不知为什么，脱口而出的竟是这么一句死要面子的话。

一行人说说笑笑逛别处去了。

笔会回来，心里那个懊悔。天地良心，那是件不错的毛衣外套，绛紫色，胸前有一朵菊花图案。

我永远忘不了那件毛衣外套!

我永远记住了要面子带来的懊悔！

要面子，实际上是活给别人看。

可是，我们活着，为什么要给别人看呢？是不是可以这样认为，因为要面子，我们才活得如此疲惫呢？

信任的心

我一直觉得能够被人信任是件幸福的事情。捧着别人一颗晶莹剔透的心，内心该是盈着怎样一份感动。只是那颗心，必须小心呵护着，因为它容不得半点的污染。

前两天看了一个朋友的帖子，讲述了他的一次亲身经历。其实原本是老生常谈的伎俩，可当他面对“无腿”的乞丐，还是动了恻隐之心。其结果在他返途中再次邂逅时，那位“无腿”乞丐正一路小跑。他的心也随之破碎。

想一想，被亵渎了的心该是如何的痛。

我还在单位负责通讯报道的时候，每周都要去市里送稿件。我坐车的终点站离市公司还有好长一段距离，每次我都会租辆自行车来骑。有一次，身份证忘记带了。看车人二话没说，直接让我骑车走了。骑车的路上，我心里真的好暖。老人不知我的名字，不知我的地址，就不怕我把车子骑走么？但顷刻又为自己有这样的想法而羞愧……那天，有了看车人那话，我就算步行，断也不会觉得疲累的。

有一次打的也有意思。我到一个公司办事，公司在八楼。等到了目的地，我对出租车师傅说：“你等我一下，我送个单证就下来。”谁知他说：“你留钱压在这里吧，我等你。你要不下来，我上哪找你？”我想了一下，他说的也有道理。可我转念一想，万一我上去了，他开跑了咋办？

彼此心存芥蒂。这的打得窝囊死了。

年前和一位朋友小坐，她是做海产品生意的，说了她发货的一些事儿。她认识了一个天津客户，彼此建立了业务关系。她常常发货到天津，对方迟迟不打货款。最后打手机关机，查询身份证是假的。钱不多，两万多元。最后总结是，越是能把市场做大的人，越是诚信的人。倒是那些不入流的，见利忘义的，市场永远也不会做大。

从大处着眼，我的朋友说得对极了。

想起了“兑零钱”的故事。

那时候我还在上班。因为单位搞“一体化”运作后，人员精简。我在加油站，常常要等到会计到银行后，我接替他代收货款。有天，有个小伙子前来加油。加过之后，掏出张百元大钞。

“没有零钱?”我问。

“没有，只有百元的。”他双手摊开。

我把钱递给他，告诉他加油站大门口右侧不远有个润滑油商店，让他去兑换一下。

他骑车就去了。

然而他再也没有回来。

钱不多，三十五元。

我一直相信他在兑换零钱的途中遇事耽搁了。我一直坚信某一天，他会出现在我的面前，带着歉意告诉我原委始末。

五年了，我一直在等。

放弃的理由（外两则）

若干年前，港城有一批人自发骑车去北京游，几十人组成的车队，浩浩荡荡，蔚为壮观。但随着旅途疲惫的增加，人数越来越少。最后，登临长城的只有三人。这段往事，想必人们仍记忆犹新。

登临长城的三人中，我敢断然，有人脑海中也曾动过放弃的念头，只因找不到借口而又把放弃的念头放弃掉罢了。对于确立目标而言，找借口太难，如果他是一个恪守誓言的人。

依稀记得每一天的进展情况。最先打退堂鼓的，是有的人到了山东日照就迂回了，有的人到了泰山。报纸上的人数每天都在减少，毅力和妥协在较量。

最终当我在报上看到他们三人登临长城的相片时，敬意油然而生。

如果他们也选择了放弃，理由很简单，只有一条，那就是：你想放弃。

海螺烟缸

也许是儿子的一次嬉玩铸错而致，也许是一次待友应急，海螺从书橱内被“请”了出来，做了烟缸。结果出乎意料，它竟受到了那么多人的欢迎。

那只海螺是一位海员朋友从海外带回来的。它的大，令一般人难以想象。自它被当作烟缸，艺术品位里又多了份实用性。

其实我们海州湾里不乏海螺，只不过小一些。但一般人很少拿它做烟缸，因为有悖常理，因为它的不一般。这也正是海螺烟缸受称赞的原因。

都用海螺做烟缸，谁还会称赞它呢？

一个发现

夜间拥被读书，偶瞥挂钟，已深夜两点，知道时间好晚，倦意顿时袭来。

那一日与朋友小聚，酒兴正浓，猛然惊觉身边已有七只空酒瓶。想自己最高不过三五瓶，顿时头即晕眩。

小儿星期天在家中习字，甚是仔细认真。刚要夸上两句，不料小儿翻了翻习字本，直嚷：“爸爸，我都练了八张了，我累了……”

我欲言又止。

原来疲惫只是肉体的负累，真正的累是从心开始的。

说到底，还是那句老话：“精神的支柱倒了，人也就垮了。”

快乐的缘由

有一天，在网上与北京的一个女孩子聊天。她说，你快乐吗？我说，是啊，特别快乐，尤其遇到了你之后。她听了大笑。快乐有什么缘由么？她又问。我却一下子答不上来，尽管我是一个快乐的人。

我住的那幢楼，连楼下的小孩子都知道我是那么喜欢唱歌。平日里我都是哼着歌儿上下楼的，说句不夸张的话，我早上晨练下楼的时候，邻居都拿我的歌声来判断时间。有一次我上早班，清楚地听到二楼的王嫂在催促孩子："还不快吃，都六点半了，你邵叔叔都走了……"

我是一个外向性格的人。和我接触的人大都知道我爱说爱笑，爱开玩笑，是个乐"乐"不疲的人。一次朋友请我吃饭，在座的有一位女同胞，对我大为不解。席间看到我开心的样子，就问："你有快乐腺么？"没等我回答，她肯定地说道，"你一定有快乐腺！"我说，其实每个人都有自己的快乐腺，只是有的人应用的机会多，而有的人应用的机会少而已……

那一日，携妻带子回老家看望父母，途中儿子因为晕车在车厢内呕吐得一塌糊涂，其时我与妻忧心忡忡。不料儿子语惊四座："爸爸，爸爸，我把坏痰也吐出来了。"在这之前，儿子是不会吐痰的。

真的恍若清风啊！！我们所有的苦闷，因为那句沁人肺腑的话而荡涤殆尽！

其实苦恼就在我们身边，就看我们如何把它变成我们快乐的缘由，即所谓"境由心造"是也。

金圣叹有不亦快哉妙语，我且狗尾续貂几例：

单位加班，有人打扑克，有人下棋，我却在一旁静静作文，又挣加班费，又挣稿费，我快乐！

在朋友处遇到陌生人，朋友介绍我的情况，对方一脸仰慕"久仰大名啊”。谁知他话题一转：“一月能挣多少稿费？”想到他如此直爽，我快乐！

打电话向某编辑拜年，接通后因激动而结巴，不知说什么才好。倒是编辑精明，问候我新年快乐，新年笔健，大吉大利，全家安康。放下电话，思忖半天，左思右想不对劲儿，半晌方悟向人拜年反被别人拜了，我快乐！

参加市报某征文，得了三等奖。领奖有期限限制，遂坐车到市某主办单位，领回奖品，回家和老婆一合计，奖品总额和出差费用扯平，我快乐！

在网上发表诗文若干，颇为欣喜。同事在一旁插嘴：“发表一首多少钱？”我说网络是虚拟的没有稿费，只是用来交流和学习，不能用金钱来衡量。那有什么意思？那有什么意思？同事头摇得像拨浪鼓。他怎么知道有什么意思？我也不告诉他。我快乐！

我快乐，所以我快乐，就这样。

找别扭

生活中会有许多小别扭。

今天在网上看帖，说有个女的中午出去吃饭前，把她的短裙随手搭在办公室的椅子上，走到楼下发现钱包没带回来拿，结果上楼看到了她的对桌的四十多岁的男同事，正坐在椅子上用她的短裙盖在脸上。他听见声音坐了起来，讪讪地笑了笑把裙子还给她。可她僵持了半天，却一下子不知道说什么才好。中午一点胃口也没有了。后来她想也许他是想睡个午觉，用什么遮一下光，可他不觉得用女同事的裙子盖在脸上不合适吗？

看到这里，让我也觉得别扭！好在那位女的性格还算不错，换个厉害的，还不骂他个狗血淋头。

那天在某论坛里，看到有个人发了一个主题帖，在“晾”自己发表的若干文章，很是得意。我突然觉得不自在，自己发了那么多石沉大海，他却在那里炫耀。我立马跟帖：“你发表几篇文章了不起吗？”他本意可能是自我开心一下，没想到被我一句棒喝。他立马把那个主题帖删了。

我给他找了别扭。现在想想，真有些歉疚。

前天到供电局的营业大厅交电费，人挺多的，都要排队。那里一共有五个营业窗口，但是有三个都放着“暂停营业”的牌子，其余的两个窗口都站满了人。有一个大哥看不惯，不仅在那里高声地批评营业员，还找到了他们的领导反映这件事。有个好像是经理的人说是人手不够，那位大哥说人不够你们干什么有这么多营业窗口？后来他一看周围的人也没有人帮腔，也就不再说什么了。其实鲁迅先生早就说过了，大家都是冷漠的，其实这件事情关系着所有用户的利益，也包括我，不过当时都没有人帮他说话，反正又不是耽误某个人的时间，大家都是这样的，所以就没人说话了，排队就排队呗。结果是临到我了，那位营业员立马把窗口关上，说下班了。

堵在心口的气一下子憋不住了。我用电费卡猛击柜台玻璃。

后来经理出来协调，总算让我交了。电费虽然交了，可心里总感觉好别扭，窝火。顺理成章的事，一定要通过吵架才可以解决吗？

那天买菜也是。本来是买十块钱的肉，摊主非要多卖给我两元钱的。我说正好十元，没有零钱。他有点不高兴，随即在肉上割下一块净肉。我就看不过了。

他说：“你叫我怎么办？”

天！

有的别扭是别人给你的，而有的却是自找的。

常理说找别扭，看来是一点不假。

说后悔

人非圣贤，孰能无过？我想把这句话改成：人非圣贤，孰能无悔？

相信谁都有后悔的时候。

怕后悔，古人在懵懵懂懂的时候就开始提醒了："少壮不努力，老大徒伤悲。"可是，虽有古训在前，还是落下了后悔。

长大后，后悔报错了专业，学无致用，工作一直枯燥。

结婚后，埋怨找错了对象，同床异梦，异梦同床。

房子、车，后悔同龄的人创业，自己慢了半拍，总是跟不上。

未知里总有意想不到的事情发生。

一场车祸发生后，车主躺在医院里自责酒后驾驶的鲁莽。

审判庭上，流泪的囚犯忏悔自己的欲壑。

绝交了一个朋友，后悔交友不慎，遇人不淑。

早上出门遇雨，后悔没带遮雨的雨伞。

和朋友逛街，受朋友怂恿也买了一件外套，到家再穿感觉色彩式样不是自己喜欢的那种。花钱买了后悔。

我有两个当警察的同学。转业的时候按自己要求分配工作。一个选择了公安局，另一个进了商业局。按说都不错的。后来进公安局的那位当上了所长，而另一位却下岗了。在一起聚会，那个下岗的，真的后悔死了。

看到一份比利时《老人》杂志对本国老年人进行的调查：

1. 后悔没努力做一项事业；
2. 后悔没积极健身；
3. 后悔读书太少；
4. 后悔没做更多的公益事业；

5. 后悔对配偶关心不够；

6. 后悔没学会一种技艺或乐器。

我国国情不同，调查结果也许会不一样，估计会多这么几项：

1. 后悔没嫁个好老公；

2. 后悔没娶个好老婆；

3. 后悔没有多赚点钱；

4. 后悔原来光后悔了。

人真的不是圣贤，总会有后悔的时候。可有些悔，我们本可以避免的。

有的人赚钱赚了大半辈子，到头来孝敬老人倒忘了，摸摸自个的心窝子想想，有过真正陪老人的时间吗？!

前两天有个网上调查很有意思：你一年见父母几回？如果按每年节假日计算，一年两次，如果父母能活三十年，才能见六十次，如果活十年，不过才二十次！真是触目惊心。

“子欲孝而亲不待”的时候，才是一生的大后悔。

凡夫俗子常为琐碎之事后悔。

听过一个故事。有个人创业资金不足，找一个朋友借钱。这个朋友怕老婆，死活不借。后来念及朋友感情，私下偷偷借了两万元。没想到年底分红，分了八万元。这个朋友的老婆事后知道真是后悔莫及。

大腿为什么比小腿粗？有人告诉我，就是后悔时拍腿拍的，对于这个解释，我始终半信半疑。

忘记年龄

应该说，我和这位大嫂做邻居有十余年了。可是每每遇到她，总感觉她一直是这个样子，从没有过什么改变。并且比起从前，越发年轻了许多。

虽然是邻居，也没有什么来往，到现在我也不知其姓名。只知道她爱人好像姓陈。但到底是程，还是陈，不得而知。见个面，顶多点个头。我只知道她小儿子，和我儿子是朋友，他们两人经常打电话。

偶尔，他的小儿子会来我家串门，跟我儿子俩人躲在房间里叽叽咕咕，不知道说些啥，偶尔有笑声传出来。

时光真是催人老。她的小儿子曾在我爱人的幼儿园上学，我爱人曾教过他。一晃，他长得比我还要高了。

听我爱人说，这位大嫂早就下岗在家，爱人在一家单位开车。本来想找点事情做的，后来她爱人说她年龄大了，不如在家洗衣做饭。她听从了爱人的话，没有出门择业，可也是个闲不住的人，就在楼前的广场上开始了她的锻炼生涯。

也许是不服老，也许是想活出点精彩来，早上晨练时总能见到她的身影。她在那里指挥人们跳扇子舞，还手把手教那些新来的。黄昏散步，她和人们跳健身舞。火红的裙子，格外的显眼，由于跳舞，她的身材锻炼得极好。看她的衣着，再看她的言行，怎么也不像一个有孙子的人。

还别说，她带领那帮老姐妹表演的扇子舞，还参加过县里的演出呢。

昨天晚上散步的时候，路过那个花池，那位大嫂正带领人们跳舞。只是不经意间，突然发现花池一侧多了一块类似广告牌的招牌，上面写了："为中国加油。"上面是中国获得金牌的数字。看上面背景的颜色，显然涂改过，原来是不断更新中！

牌上的字写得歪歪扭扭，可是我看到了很亲切。

突然觉得那位大嫂好伟大，虽然她是芸芸众生中平凡的一员。人在红尘，谁都有老的一天。老是个什么概念呢？因为生老病死，天灾人祸，活着不是自个儿能决定的事，可是在活着的每一天里，怎么活着，我们自己真的能够掌握。

学会忘记年龄吧。真希望自己到了那位大嫂的年龄，能和她一样，活得自在而从容。

握住你的手

在我家的相册中有这样一张照片，让我一生难以忘记：一只满是老年斑的手，握住一只稚嫩的小手，整个画面没有人物，只有两只手，相互纠结。大手在上，小手在下，那份意境，让人震撼，也让人感觉温馨，在刹那间，备感而至。这双大手是饱经风霜的手，它是父亲的手，或母亲的手，在劳动中经过磨砺的手；那双小手，就是我的手，或我儿子的手。这两双手永远握在一起。

前两天参加一个成功班的培训，那种握手让我今生难忘。

训练开始，主教把我们若干人分成一对一，其中有一个是蒙上眼睛的。这期间，户外活动要带着对方，穿越茂密的森林，踏上若干个台阶，要求之一就是要把你所带的人安全无恙地带回原来的地方。如果仅仅是这一点也不算什么。最难的是，当大家返回教室，全部蒙上眼睛，在大家打破常规的排列之后，在密集的人海中，彼此寻觅那双曾经帮助过你的那双手。

游戏开始的时候，主持人说了句颇有意味的话："人生的路很长，偶遇到人生旅途中许多帮助过你的人。很多的时候，却失之交臂，甚至连回报的机会都失去了。"

游戏的结果很乐观，大家全部找到了自己对应的那双手。

可当主持人的最后一个提问："请问，如果让你蒙上眼睛，你是否能摸清是你爱人的手？你是否能摸得清父母的手？"

一句话问得大家哑言了。

记住一路风雨中帮助过你的人吧。

没有想象的那么糟

每次说完这句话之后，我发现凡事总能化险为夷，这真是一个奇迹。

那年面临期中考试，我却意外生了一场病，是急性阑尾炎。在医院住了七天，回校后学习一直跟不上。后来考试成绩发下来，我从前十名掉到了二十多名。拿到成绩单，我回到家后放声痛哭。爸爸下班回家，看到我的样子，不住地安慰我："小三，别灰心，这次考砸了，不过是因为生病吗，没有你想的那么糟，下学期好好努力。"父亲安慰我的话，给了我力量，假期里我一直埋在书本里。后来我果然又成了班级里的尖子生，而且那个学期还得了奖状。

参加工作后，我被单位安排到一个乡镇的加油点做会计。第一年月结的时候，不想计划油多销了三吨多。要知道计划油那可是非农业用油，是需要指标的。眼看月底要做报表，出了这样一个漏子，我是茶饭不思。妈妈看出了我的心思，不住地劝慰我："人是铁，饭是钢，你没做亏心事，就把心放宽一些，一切没有你想象的那么糟。"后来我把账重新理了一下，发现多出的账是接账时的报表混淆了。我不禁松了口气，心情变得愉悦起来。

五年前，我一个人在市里搞运输，当得知车子在邻县出事的时候，我的大脑一片空白。五年的努力，功亏一篑。当我到达现场的时候，驾驶员已被交警带到车上了。我的货车翻在了路中间，地上血迹斑斑，一对横穿马路的夫妻当场死亡。我当时懵了。突如其来的意外事故，让我猝不及防，变得魂不守舍。和我同去的姐姐对我说："沉住气，就算钱没有了，也可以东山再起，兴许没有你想的那么糟。"后来事故认定，他们夫妻横穿马路，我的车子只占事故的百分之五十。整个事故没有我想象的那么恶劣，原先想象的种种境地，离我相去甚远。

人的一生，路很长，总会有一些意外发生。当我历经人生的坎坎坷坷之后，每逢遇到困境，我的嘴里总会不经意冒出一句话：“没问题，不要慌，结果一定没有想象的那么糟。”每次说完这句话之后，我发现凡事总能化险为夷，这真是一个奇迹。

牢记别人的好

昨天上街，我遇到了一位退休的同事老徐。他看到了我，老远就喊：“爷们，很长时间没见了。我家乐乐天天念叨你呢，要不是你当初辅导他写作文，那年他也不会考得那么好……”

那是好多年前的事了。老徐说得没错，上班那年，我只是个毛头小伙子，离家又远，晚上就住在单位。老徐一家子也住在那里，他的儿子正在上高二，星期天没事就溜到我那里找我玩。后来他和我讲一直感觉作文写不好。我就让他找出几篇作文给我，当他的面，我分析了他的每一篇作文的得与失。在我的点拨下，他的作文提高得很快，有一天晚上，他兴奋地告诉我，有篇作文老师准备选发到校报上了。

对我来说，其实这没什么，反正晚上闲着也是闲着，举手之劳罢了。可是乐乐发表文章的那天，老徐高兴坏了，把我拖到他家，一定要和我碰一杯……

这么多年的事，难为老徐还记在心上。

我不禁想起了我曾拥有的一件毛衣来。

那是在我刚刚上班的时候，有一年冬天，同事尚大姐看到了我衣着单薄，就对我说：“小邵，称两斤毛线，抽空我给你织件毛衣吧，看你穿得也太少了。”

尚大姐是我踏上社会认识的第一位热心肠的大姐。她的家境不是太

好，两个孩子尚小，平时单位里来得很少，即使来了，也是匆匆忙忙就走。我们这个单位，过去都是大锅饭，少几个人是无所谓的。可能是大家对她照顾有加，她心生感激，偶尔也唤我们去她家吃一顿。

第一次去尚大姐家吃饭，我才深深理解了她。爱人不在身边，要带两个孩子，真的不容易。那年冬天，我穿上了尚大姐精心为我编织的毛衣，心里面别提多么温暖了。

后来计划经济改制后，我离开了那个单位，从此后再也没见到尚大姐。每当想起过去的单位，总会想起善良的尚大姐，想起她曾经为我编织的毛衣……

如今那件毛衣依旧被我放在衣柜里。好几次搬家，妻又要送人，又要扔掉的，可我一直没舍得丢弃，毕竟近二十年了。我知道，我舍不得的还有过去岁月里的那份温情。

侯德健有首歌《熊猫咪咪》里唱得好："请让我来帮助你，就像帮助我自己……"其实很多时候，帮助一个人，不需要你使尽浑身的解数，有时仅仅是举手之劳。

帮助过别人，也许你早忘记了。可是在别人心里，却会永驻一辈子。

被信任的幸福

看过一篇关于信任的文章。文章里说作者在一个深夜，开车路过郊区的一个十字路口，发现前面红灯亮了，他就停了下来，后来绿灯亮了，他才驱车离去。回到家后，他一夜无眠，一直思忖他停车的原因，其实在那个杳无人迹的地方，原本他可以直接开过去的。直至天亮前，他方了悟，他失眠的原因，缘于他没有辜负红灯对他的信任。

信任是什么？信任是把一颗坦诚的心交出去。

有次去市里的一个单位办事，敲开门，里面有位大姐，问我找谁，我回答后，她马上倒上茶水，让我坐下，然后她出门去喊我要找的人了。房间里仅我一人，那位大姐的办公桌上有手机及钱包加上一摊子材料和一瓶花。

我一个人坐在那里，天，谁知道我是多么幸福——一种被人信任的幸福！

自打搬到这个小区，平时在家码字，很少出门。左邻右舍不相往来，这已是城里不成文的规矩。人是习惯的动物，什么事情经历得久了，也会慢慢习惯了。

有天下午，我听到有人敲门。开开门，一看是一位六十多岁的老人，面上带着微笑。

“嘿嘿，我是对门的，儿子出差了，我要去接孙子，儿子指不定啥时回来，我先把钥匙放在你这里。他打电话时，我和他说好了。”老人说完，有些不好意思，“我估摸着，你们家天天有人在，儿子回家，能拿到钥匙的。”

听老人的口音，像是农村搬来的。因为我在农村曾经生活过。“哦，那你去吧。我一直在家，没事的。”我接过钥匙。

老人听了，很高兴。想和我唠些话啥的，可一看手表，时间来不及了。

“有空我们再唠啊，接孙子去了。”老人向我挥挥手，转身，留给我一个背影。

我怔怔地站在门口，手里握着一串钥匙，百感交集。一种久违了的温馨溢上心头，我知道，这种温馨来自于一个老人对我的信任。

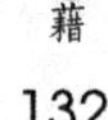

做对一件事

同事小王和我聊天，说他从部队转业，面临分配的时候，通过疏通关系，最后有两个单位可供选择，一是事业单位，二是烟草公司。几年过去，他所选择的这个事业单位权力被收回，成了个清水衙门，每个月只有不足两千元的收入，高不成，低不就，尤其看到目前的烟草公司独家经营，正式职工月收入已过万元，忍不住对我长吁短叹了一番。

我听了挺为他惋惜的，只好推说谁也没有老后眼，别老自责，人有时也就是个命。哪知我话还没有说完，他又冒出一句："幸好转业那年我买了一套房子。"

按照他说的购房时间，这次该轮到我为他庆幸了。按现在的房价，他的那套房已价值不菲。他的话语里透露出一种终于做对一件事的自豪。

同事感喟的是功利。功利，说到家子的话，其实就是身外之物，怕就怕原本是一件好事，做着做着就做砸了，后悔一辈子。

我有个从小一起长大的朋友，他对孩子的严加管教是出了名的，除了孩子正常上课，星期天决不允许出门，课余还请了家教教声乐。朋友圈子里，大家都认可这孩子的前途充满了光明。

最近朋友打电话给我，说出事了。我问怎么了？他说："孩子患上了抑郁症。马上要面临高考了，这下子全完了。我真的不该那么管教孩子，到如今我才醒悟，我所做的一切没一样是对的，全做错了……"朋友在电话那头沮丧地说。

朋友的那个孩子，我是看着长大的，从小就很乖巧，而且也极有天赋，一直嚷着长大了要跟着我学写文章。几年没见，怎么会弄成这个样子？

我慢慢开导我的朋友，告诉他无论对孩子还是自己，千万别破罐子破摔。以前也许做错了，但不要紧，以后做对了就成。人生是用来体验和经历的，不是用来重演的。找准了方向，把错的再变成对的。

我正絮絮叨叨告诫朋友的时候，我听到了电话那头他的一声叹息，电话随即挂上了。

设身处地为朋友着想，我都替他犯难。好多时候，道理不能解决问题，只能用来讲一讲罢了。

做对一件事，也许需要一生的时间。

尊严就是自己爱自己

朋友的孩子去意大利读书两年了，这次回国我去看望了他。几年没见，小家伙长成大人了，乡音未改，只是嘴唇上的胡须清晰可见。

和朋友的孩子聊天，他说到有一次在一家知名的豪华酒店，看到电梯里仅用中文写着："请不要在电梯里吸烟及吐痰。"他立马联想到很久以前"华人与狗不得入内"的侮辱性告示，心里感到十分不快。全世界那么多国家，那么多种语言，为何独独选用中文？临出电梯的时候，心里是五味陈杂。

朋友的孩子出了电梯，可到大门口时却发现，门旁墙壁上居然同样仅用中文写着一张大大的告示："请不要蹲在地上吸烟！"

"我的愤懑还没升起，继而像泄了气的皮球——就在这块牌子旁边，就有若干国人同胞一字排开蹲在大门旁旁若无人喷云吐雾……"朋友的孩子说着说着有些激动，"我有气还真不知该向老外撒，还是该向这些行为让老外鄙视的同胞们撒，我小驻片刻，只好无语地走开。"

最后，朋友的孩子无奈地说："在国外两年，每每听到大陆令人振奋的消息，我都会为国家骄傲。可是让我从心里感到难过的是，三十年改革开放一路走来，国家经济日渐发达，国民物质生活日渐丰富，但国民素质依然有待提高……”

朋友的孩子说得没错！财富并不代表社会的文明，也不代表国家的强大和人民的尊严。金钱或许能够带来物质生活上的满足，但绝带不来人们的尊重。

尊严不仅需要物质财富，更需要道德素质。尊重源自自尊和责任，需要内敛和矜持而不是张扬，更不是虚荣和浮夸。一个有尊严的民族，绝不仅是物质上充裕的民族。没有体面固然难有尊严，而有了体面也未必有尊严。

一句话，尊严就是自己爱自己。

触须的努力

入夏后，受了邻居的“怂恿”，我在楼下的花园中垦了一小块地，种上了几株大椒、茄子苗儿，还有几棵苦瓜秧。选择种这几样，自然有我的目的：大椒、茄子是我的最爱；种苦瓜，则因为夏季食用它可以败火。

每天下班后，我都会到那里看一看，这好像已经成为一个习惯。想起了孙犁前辈所说的“闲情”，大致就是这个样子吧。因为我在观看它们时，变得柔肠百转。

我经常给幼苗浇浇水，拔拔草。在我的精心呵护下，它们一天天地长大。最先让我惊喜的是辣椒，它开出了白白的花，然后是茄子，身上也结出了果实。

只有那几棵苦瓜，匍匐在地上，老也不长，我疑惑卖苗的老大爷弄错了，给了我几棵草莓秧苗。苦瓜在青椒、茄子的遮蔽下，越发不起眼了。

有一天，我终于发现了苦瓜的秧苗上生出了触须。那些触须稚嫩得要命，像个不懂事的孩子，跌打乱撞。因有没有方向，有的触须蜷曲成了弹簧一般，有的“抓”住了旁边辣椒的枝条，就不分青红皂白地缠绕在了上面。

蜷伏着一定不利于它的生长。我找来了细绳，在苦瓜旁生了个根，把绳子系在了防盗网上。我希望，苦瓜能懂得我的良苦用心。

没几日，不负我望，苦瓜的触须终于“攀”上了绳子，我便也为它松了口气。仔细观察那触须，真的很有意思，它就像一个游泳健将，一只触须缠绕住了绳子，另一只触须必定尾随其后，每条枝蔓皆是如此，触须之间好像有了感应。

真是神奇得不得了！原本比辣椒低矮许多的苦瓜，一下子跃升成了冠军。大约一周后，苦瓜已长到了一米多高，而且开出了黄黄的花。我再细看，在每朵花的后面，都有一厘米长的茎样的东西，细看，上面有些毛刺似的东西，不用怀疑，这就是苦瓜了。

苦瓜长高了，叶子沐在风中，汲取自然之精华，越发墨绿盈人。

常常有近邻路过驻足，夸我培植得好。

我听到了很是高兴，为自己，也为苦瓜。我有发言权的，因为我是看着它的成长过程的，我最懂得它的心事。

苦瓜的触须在风中摇曳，想必它也听到了人们的赞美，正在那里兴高采烈呢！也许它不会知道，这一切，也是它努力的结果。

都差不多

四十岁之后，两鬓的白发日渐多了起来。

读过汪曾祺的一句话，“墨里藏针”。初读的时候，没啥感觉。后来头上生出了白发，再细细回味，真是吓了一跳，汪老的话果真是一语中的啊。每每照镜子，那藏匿在黑发中间的白发，真的犹如针一样，刺得我生疼。

越怕照镜子，越想照镜子，我搞不清这是一种什么心态。每次照过镜子之后，心里是五味陈杂。自己一直感觉还像个让人疼爱的孩子，怎么说老就老了呢？那种感觉，真像一个人站在河水里，无助地任河水慢慢上涨，却挪不动脚步……

前几年，去理发店理发，端坐在镜子面前，理发的师傅拿一面小镜子在我的脑后照来照去，我从大镜子里看小镜子，这一看不打紧，看了真是大吃一惊！我竟也有了白发。平时照镜子，看不到后脑勺，那一刻，内心是一片惶恐。

那时候的白发，真的是寥若晨星，加起来也不会超过二位数的。

时光如梭这个词，只有到了这个年龄段的人，才会体会得深刻。

这几年，生活有了一些动荡和波折，再加上晚上熬夜读书写稿，头上的白发宛如雨后春笋。时间久了，也就见怪不怪了。

前不久，在街上遇到一位小学同学，他看我，我看他，然后彼此相视一笑，他说："哈哈，都差不多。"

同学没有明说哪里差不多，但在那一刻，我体会到了意会的感觉真好！他所说的"都差不多"，一定是岁月留给我们的印痕。

在岁月面前，其实真的都差不多。

无论你拥有多少财产和地位。

无论你是高官贵族，还是平民百姓。

没有人一年能多过出一天来。岁月面前，人人平等。

好像茅塞顿开了。

我知道，既然不能改变岁月，那么我可以改变我的心态；既然不能把控岁月的数量，但我可以提高它的质量。

因为我想开心生活每一天。

谁比谁强

入夏以后，天气越来越热。

那天正在楼上看书，忽闻楼下有收酒瓶的叫唤声。想厨房里的啤酒瓶差不多堆满了，便打开窗户，发现那个收酒瓶的中年男子是在小区围墙外面叫唤，我用手比画了一个圈，告诉他如何到我家里来。谁知我左等右等，迟迟不见那个人上来。由于心里有了心思，书也读不下去了。一个收酒瓶的，断不会拿什么架子的。我想，他一定是被别人“截获”了，说不定别人家也在卖酒瓶呢。

当我走到小区门口，果然看到了那个收酒瓶的男子正和门卫在吵。我走过去一了解，原来小区有规定，不允许捡破烂的、收酒瓶的入内。那个门卫端着一只不锈钢保温杯，对收酒瓶的男子不耐烦地驱赶道：“走吧走吧，这里是小区！”男子最终恼怒了：“你有什么了不起？你比谁强多少……”说着话，推着车悻悻地走了。

撂下一句话，半晌，那个门卫什么也没有说，回到他的值班室里去了。

一场风波就此平息。

这是司空见惯了的生活中的琐事。不知为什么，好多天，收酒瓶男子说的那句话，却一直在我的脑海里闪现：“你比谁强多少？”一个看大门的，一个收酒瓶的。也许那个门卫风不打头雨不打脸，可收入不一定比收酒瓶的多；收酒瓶的收入可能多一点，却不如当门卫的来得舒适。

凡事总有双面性。

也许你比别人多一点点财富，可是你却比别人少一分健康；也许你比别人多一分机灵，却比别人少一些质朴；也许你比别人多一个想法，却比别人活得累……

有个老掉牙的故事，说有位皇帝去海边看海，看到一个乞丐正在海边晒太阳。皇帝就说："你为什么不去劳作啊？"乞丐说："劳作做什么啊？"皇帝答："劳作了将来飞黄腾达啊。"乞丐又说："飞黄腾达做什么？还不是到这里晒太阳？"皇帝一时无语。

谁比谁强多少，这倒真是个问题。

成功的特质

朋友的儿子小周是个不甘心的人，大学毕业就一直在外面做销售。由于和我挺聊得来，无论他出差何地，时常总会发个信息或打打电话，关系一直保持不错。前几天，他说他从烟台回来了，要和我好好聚聚。

这次见到的小周，让我眼前一亮：印象中的小周头发一直是长长的，而这次他剪了个板寸头，给人一种精神焕发的感觉。从他笑容可掬的样子里，我猜想业务一定做得不错。

还真被我说中了。小周说，自打他去烟台，迄今刚好一年，一年的时间里，他完成了近两百万元的业绩，成为他们单位销售部里的一匹黑马。因为他的突出，被好几家同行企业看中，都在想办法挖他过去。

作为忘年之交的朋友，我打心底为他高兴！

小周去烟台的时候，记得曾给我打过电话。他说，这里我谁也不认识，这里就是我的天下。大有"独霸天下"的感觉。从电话里他斩钉截铁的口气中，我想他一定会做得很出色。

因为我懂得，凡事有了自信，事情几近成功了一半。再加上状态和激情，这就构成了成功者的特质。

销售难不难，可以想象。独自一个人在一个陌生的地方，一待就是几个月，其中的甘苦自不待言。

“这一年取得这么好的成绩，真的不易啊!”我端起酒杯，向小周庆贺。

“知道我为啥能做到这么多业绩吗？因为在我眼里没有‘问题’二字，只有目标。”小周向我递过一个微笑，一扬头，把酒干了下去。

说得太有道理了。有了目标，才会有方向。

一年不见，小周在我眼里成熟多了。依小周目前的状态，无论做任何事情，我都深信会成功的。

什么叫成功？那就是不断设立目标，又不断地打破目标的人。

善良是一种习惯

早上上班，要赶到四千米以外的新城区，所以每天早上我必须提前行动，因为徒步需要四十分钟。

我住的小区，离上班的主干道还有一条几百米的长道。早上经过那条长道，我常常会看到迎面而来的助力车或摩托车前面的夜行灯还亮着，这个时候，我就会打一个手势告诉他们，我得到的结果，是他们带着微笑颔首致意，我一天的好心情就从这一刻开始了。也许没有人懂得我的内心溢满的这种温暖，但我的快乐我知道。虽然，不过是举“口”之劳。

单位下发了公交卡后，徒步情况有所好转，有时也坐公交上班。在公交车上，常常看到一些美德。诸如乘客给老人让座，售票员提醒乘客遗落在座位上的手提包等。每每看到这样的场面，很让人动容。给老人让座是天经地义的事情，但要求每个人都做到，这个好像有些难度。好在让座的事情每天都在发生，让人感到和谐社会的希望就在身边。

就在昨天，单位里发生了一个小故事，让我心生感慨。一个人的善良，其实是从骨子里流露出来的。

同事小张上班，在楼下锁车，猛然发现停靠的邻车的车篮里有一只钱包。我们这办公楼，是好几个局机关集中在一起办公的。由于刚刚搬到新城，分不清是谁的车子，小张就打电话到办公室。

我接的电话。小张说："怎么办啊邵大哥，我看不到也就算了，如果我不拿，别人拿去失主怎么办。"

我说："你先拿到楼上再说，一只钱包，抢都抢不到。"

小张气喘吁吁上了四楼，脸因为激动，涨得通红。大家让她把钱包打开，看看能否找到联系失主的蛛丝马迹。钱包一打开，大家大吃一惊，里面有两千多块现金，别无他物。

"快快，邵大哥帮我写一张便条，我去放在车篮里，那个人发现丢了钱包，一定着急死了。"小张着急地向我说道。

"这个简单。"我在电脑上敲下了一行字：朋友你好，你的钱包不慎遗忘在车篮里了，同事帮你收了。你发现后到四楼办公室领取。后面附上了电话。

刚打印出来，小张就急急拿走了。平时上四楼一直埋怨的小张，这会儿腿脚挺好使唤。

小张再次出现在办公室的时候，好像松了一口气。大家七嘴八舌夸奖小张拾金不昧。最令人捧腹的一句是："小张啊，你人太好了，一定会遭到报应的！"

说笑归说笑，小张这件事，做得不孬。她那口气是松了，而我却不能平静下来。换一个人，能做到小张那样吗？

我刚才说过了，一个人的善良，其实是从骨子里流露出来的。

可更多的时候，善良是一种习惯。

莫揭伤疤

有天上网，遇到了好久没见的一个朋友。我们是在论坛相识的，后来他又同其他朋友来我家玩过，关系一直不错的。最近看到他发在论坛的帖子，有摄影也有游记，始知他在节假日里，都是一个人天马行空。我羡慕他这样的生活，却也感叹他生活的不如意——他离异多年。

说真话，我的这位朋友是个很帅气的中年人，据我所知，他还喜欢打乒乓球。他是一名教师，工作也很如意。按他的条件，再找一位应该不愁的。可不知为什么，自从认识他至今五六年，他却一直单身。

由于好久没见，彼此寒暄了几句，我自然就问起他的近况："个人问题是否解决?"不料他一反常态，冷冷地打出几个字："你少操心吧，累不累?"平时关系不错，我没放在心上，继续涎着脸面问道："老哥关心小弟也是错误的吗?"他马上回道："我本身并没把这事放心上，你没事就跟我提，你说是关心还是伤害?"

我正想打字反驳，他立马又打出一行字："生活各有各的活法儿，别把自己的理解强加给别人，是吧?"我想说些什么，他发了一句，"我有事了。"人立马就不见了。

我怔怔地坐在电脑面前，用鼠标点出我们的对话记录，慢慢思忖他的话，我想自己一定是说得太直接了，有什么东西不经意间触碰了他最脆弱的地方。

后来有件事让我明白，人最脆弱的地方，也是最致命的地方。那天在饭堂打饭，偶遇我中学的一个同学。他知道我以前在石油公司上班，就问起我怎么会到这里吃饭?他说，他曾听朋友说起过我一直在搞运输。我告诉他，以前的单位早买断了，现在这个单位是才找的。至于货车，后来出事了。

“出什么事了?”同学问。同学问出的这句话，一下子让我想起了我的那位坛友。

想揭我心的伤疤吗?“打饭了，你先来吧。”我向他客气了一下，把头扭向了一边。

有人叫我“老邵”

一个周末，被一个单位叫去帮忙写了一个材料。中午，那个单位的领导死活不让走，中午款待了一下子，陪我一起吃饭的是一个副局长。

“老邵真是大手笔啊!”副局长乐呵呵地向我伸出了大拇指。

我知道这是对我的赞美。可是一句“老邵”，却让我的心里泛起了涟漪。那天中午的饭真是丰盛，可我吃到嘴里却不知是啥滋味。

可怜我才四十出头啊。按新的年龄段划分，我还属于青年的啊，一直觉得自己还像个孩子呢!

我能和刚刚分配的大学生聊到一起；我喜欢看“非诚勿扰”；有时也迷恋韩剧；我有自己的农场，每天专心致志地“偷菜”；大凡青年人具备的特征，在我身上显露无遗。一句“老邵”，让我后脊生凉。

那天，单位里发个人简历统计表，我到一个科室里去。一个小年轻和我聊天，知道我每天徒步上班，他惊讶得不得了:“你这么大年龄，每天步行上班，真了不起。”

我恨不得掴他一个大嘴巴!

原来一直自我感觉良好，其实在别人眼里，我早已步入高龄了。

这几天天冷，我找出了去年买的羽绒服，不想洗过之后，发现缩水了。我穿上后，使劲往下拽了拽，终是白搭。那一瞬间，我莫名想到了人家叫我老邵。衣服的确是小了，再拽也拽不到原来的样子。老邵就老邵

吧，我要接受这个事实。

以前常听说岁月不待，这下是彻底得到了领悟。不是你要变老，是岁月催你老。既然无法阻止时光前行的脚步，但是我们可以左右自己的心态。一个人，只要心态保持好了，才会越活越年轻。不是常说，一个人的老，是从心开始的吗？

明白了这个道理以后，从此，我不会再在意别人叫我“老邵”了，哪怕叫我“邵老”呢。

光影魔术手

过了四十岁以后，脸上的褶子越来越多，想起一位朋友的话，脸上有皱纹的人，粉是抹不平的，用电熨斗熨一下差不多。朋友的话说得很刻薄，我印象极深，所以一直不曾忘掉。

那天中午，和几个同事去新城的维多利亚商业街转了转，同事帮我拍了几张相片。回来后发到我网上的空间，我打开一看，发现自己真是惨不忍睹。尤其是笑起来，眼角的鱼尾纹，令自己所有的信心丧失殆尽。再看看几个小年轻的相片，生龙活虎的，年轻真好啊。和他们相比，可真是天壤之别。

正沮丧得要命的时候，对面的同事小张对我说，邵哥把相片发给我，我给你用“光影魔术手”处理一下。

我不知道啥是“光影魔术手”，就很好奇地把相片传给了她。

过了大约十分钟，小张招呼我过去看一下。

真是不看不知道，一看吓一跳。这是我吗？一个英俊、潇洒的我，在电脑上正冲我笑呢。脸上是那么光洁，一丝皱纹也没有了。这该是二十年前的我吧？

“怎么弄的?”我问小张。

“这个简单啊。”小张说，“‘光影魔术手’实际就是一个图片处理软件。”说完她打开软件，随意弄了一张相片处理起来。果然，小张用软件里的工具，把一张相片的黑白啊、明暗啊、细微的部分，用鼠标轻点，那些瑕疵，瞬间不见了。

真是神奇啊。在一边观看的我，止不住赞叹起来。现在科技可真发达，一些想象不到的事，都会真实地发生在眼前。回到电脑前，我把相片认真保存起来。心里喜滋滋的，再端详相片里的我，人也仿佛一下子感到年轻了。

不过，这种年轻，让我心虚。光影魔术手，我默念着这个软件的名字，觉得既然是“魔术”手，就一定有虚假的成分在里面。

每个人都有老去的一天，没有谁能永葆青春。虽然生命因青春而美丽，可相对于世间万物，生命何尝不是一种美丽呢?

其实，时间的流逝没有什么不好的，正确看待自己，无关年龄。保持好一颗永不老去的心，不会为自己的年龄而心生叹息，这才是最重要的。

一件小事

早上上班，突然下起了一场暴雨。不过还好，我有早到单位的习惯，提前了近一个小时，没有被雨淋到。挨到中午的时候，雨基本上已经消停了。

中午下班回家，路过小区的时候，那里有一大摊子积水。说实话，按小区的规划模式，这本是不该发生的事情。自从我搬来后，没逢过几场大雨。不过这次因为雨下得急而骤，地面上的积水，已经容不得我穿着皮鞋踏过。

正踌躇间，后面开来一辆面包车。

我站在路中间，进退两难，无法躲闪。按常规，车子一定会从身旁疾驶而过。我心里想，这下完了，一定会溅一身泥水。要知道，现在好多司机不讲文明。

我扭过头，表情略带一点严厉，让他们不能小觑！我要让他们知道，万一弄脏了我身上的衣服，我不会放过他们的！

却不想面包车突然停了下来。司机把左臂伸出了车窗外，示意我慢慢走。大约他发现了我的窘境，就把伸出车外的手向我招呼了一下，意思让我过去上他的车。

很感动。五六米的距离，上了车，我顺利地越过了那摊积水。

我向师傅连连道谢。谁知他一扬手臂：“不用客气。”

黄昏时出门散步，绕过前一幢楼，猛然想起前面那一摊积水，心情一下子沮丧得不得了，正准备回家换鞋时，一旁同去散步的儿子问：“怎么了?”我道出原委。儿子狡黠地一笑：“那摊积水早被物业的人处理干净了。”

一切都不是我想象的样子。

后来我发现，好多事态恶劣的缘由，开始大都是自个臆想出来的。

不能动的恻隐之心

随从领导去乡下督查安全生产，乡下安监所所长陪同，一起去了一家水泥厂。

车子左拐右拐，在一个村庄后面略偏僻的地方停了下来。那里有一所房子，不大，院子里堆满了水泥管子。

车子刚停下来，从房子里走出一个人来，五十岁的样子，衣着不整，手里端着一碗饭。院子中间有几根钢筋支起的架子，旁边是一些水泥和沙子。看来这就是他的工作台了。

他看到我们，慌忙把碗送回屋里，又走了出来，脸上堆着笑容。

安监所所长向他介绍了我们领导，并告诉他一些有关安全方面的要求。

他一脸的无奈："还要弄安全台账啊？我也不识字，在这里干活，就我一个人，生意也不好。"

"生意好不好，和搞不搞安全生产，是两个概念。"安监所所长向他解释说。

一些私人企业，由于没有受到良好的安全教育，更由于利益的驱动，他们对安全生产疏忽大意。因为这个原因，每年县里要发生好多起事故。他们的存在，就是最大的隐患。

说真话，这个水泥厂，说起来是个厂，其实就是一个个人生产小作坊。之所以选择离村庄偏远的地方生产，大概这个地方的承租费用比较便宜吧。

聊天半天，那个水泥厂的"厂长"一直点头哈腰，好像他真的听到心里去了。

临了，我们同去的局长向安全监察大队队长说道："给他填一份安全隐患整改通知书，让他签字。"

开出的整改通知书有五项之多。我知道那个业主签字的结果，如果下次再来督查，他整改没有到位，就可以罚他的款，还能责令其停产。

开始，他不敢签字，我们告诉他，不是已经就要执法了，是你要按照要求去做就行了。他这才放下心来。

最后告诉他说，乡里最近要搞一次工商贸企业安全培训学习班，务必让他去参加学习，他态度诚恳地应允了。

回程路上，大家议论纷纷："这个小厂，罚一下就倒闭了。"

局长说："事是这样，可是如果发生了安全事故，那后果可就不一样了。"

我明白了，在安全面前，有些事情无法同情。更有一些不能动的恻隐之心。

三克重的砖头

在一个建筑工地，一个搬运砖头的工人，带着他八九岁的女儿一起生活。

平常，父亲在建筑工地干活，女儿就在工地附近的小学里读书，父女俩相依为命。每逢周末，女儿就带着作业本到父亲休息的工棚里写作业。女儿很懂事，在班里总是考第一名。

一天，女儿写完作业，第一次来到父亲工作的地点，想给父亲一个惊喜。可当她看到自己的父亲正吃力地挑着砖的时候，她的眼睛里噙满了泪水。她什么也没说，悄悄溜回了工棚。

那之后的一天晚上，父亲因为加班回家迟了些，女儿已经睡熟了。父亲洗涮完毕，从女儿的书包里掏出作业本，这是他每天要检查的。

当父亲仔细检查女儿作业的时候，他惊呆了！原来，女儿的作业中有一道连线题，左边是一车土、一块砖、一张纸，右边是一吨、两公斤、三克。女儿在“一块砖”和“三克”之间画了一条线。

很明显，这道题女儿做错了，可老师居然给了满分！

为提高学生的文字表述能力，老师让每名学生写一段几十字的短文。女儿这样写道：“我爸爸是一个搬砖的工人，我希望所有的楼房都装电梯，我希望所有的砖都不要太重，有三克就行了。我爸爸太辛苦了。我爱我的爸爸。”老师的批注是：“因为你的爱心，给你加一分！”一篇短文，读得父亲泪流满面。

三克重的砖，是女儿用爱发明的。

把信任给别人

平日里徒步上班，近四千米的路程，大约需要四十分钟。由于天天坚持，与别人聊起这个话题的时候，心里就透着一份自豪："嗯，是有些远，不过我都走了快五个月啦。"

春节放了一段小长假，不想产生了断层。最近几天没有坚持，就直接坐公交上班了。

昨天早上，我拦上一辆公交，上了车才发现，真的是人满为患，车上大都是去新城区学校的学生。我被挤在中间的通道中，那一刻，我对"水泄不通"有了深刻的体会，我想起了一个成语：立锥之地。

售票员在前头喊让新上来的人买票，由于人头攒动，喊了几遍，我发现和我一起上来的几个小伙子无动于衷。人太多了，售票员无法从前头移至后面。我掏出公交卡，通过几个人才传递给了前面的售票员。

大约两分钟后，公交卡就传了回来。显然卡是刷过了。

我把卡装在口袋里的那一瞬间，内心突然感到一丝温馨。

按常理，售票员必须当面刷卡的。但我毫不怀疑她会多刷一分钱。我信任她，就像她信任我一样。因为在这辆拥挤不堪的公交车里，售票员不一定会记清每一张面孔。她相信没打票的人，一定会买票的，而我，在这群芸芸众生里，就是个铁定要打票的人。

让别人信任你，先从你信任别人开始。

我想起了兑零钱的事来。那时候，我在加油站上班，每每下午会计到银行存款，兑零钱就成了麻烦。有一天一位小伙子骑摩托车加油，加过后递来一张百元大钞。我告诉他，门口有个小店，去兑换一下。哪曾想他一去再也没有回来。

三十五元钱，不是个多么巨大的数字。我暗中猜想，他一定是在兑换零钱的途中，遇到了意外的事情。虽然至今五年过去了，我有信心，等着他的到来。

把信任给别人的时候，你会活得轻轻松松。

枯萎的富贵竹

一日去街上闲逛，看到超市旁的花店门口人头攒动。走过去一看，原来是花店搞促销，把所有花全搬到店门外卖。五彩缤纷的花卉，让人眼前一亮，尤其是碧绿的富贵竹。

店主告诉我说，富贵竹插在水里即可以生存，而且也很容易成活，几天就能生根，放在家里充满了情调。我听罢心痒起来，也不算贵，一元钱一枝。我不由分说挑选了八枝，八枝富贵竹，拿在手里沉甸甸的，尤其是它们簇拥在一起的那份热烈，让我内心喜不自胜。

回到家，我立马找了一只空花瓶装上盐水，把刚买回来的富贵竹放在花瓶里，然后把它放在客厅最显眼的位置。之所以放盐水，是因为以前我有过在花瓶里养玫瑰花的经验，加一点盐水，可使花期更长些。

有了这些富贵竹，每次回家，愉悦之情自不待言。

有天回家，突然发现所谓成活率极高的富贵竹叶子蔫了下来，一副摇摇欲坠的样子。而且，有的叶片也已发黄。掐指算算，从买来富贵竹的那天还不足十天。

我陡然憎恨起那个卖花人，心里郁闷了好一阵子。为了一点蝇头小利，却一时失去了生意人的诚信。

第二天到单位和同事闲聊，同事说，富贵竹里放盐是不对的。我听罢，半天无语。接下来的几天里，我一直处在深深的自责中。

晚上读书，偶然读到《禅说》，第六十六条中有语云：“如果你不给自己烦恼，别人永远不可能给你烦恼。因为你自己的内心，你放不下。你什么时候放下，什么时候便没有烦恼。”

不觉莞尔。

茅塞顿开的感觉，突如其来。

在这个春天来临的时候，我的富贵竹枯萎了。然而，我要从心底感谢我的富贵竹，因为它曾提前带给我一个春天。

一个微笑就够了

三年前，因为一场意外，我所经营的车辆在事故中侧翻，并且压死了一对横穿马路的夫妻，所有投资几近血本无归。回到家，心绪十分低落，后来朋友介绍我去了一家直销店。对于销售，我是个门外汉，别说陌生人，就是熟人，我也是听得多，说的少。这份职业，对于我来说，真的是赶鸭子上架。

就在我打算打退堂鼓的时候，领导小张打电话约我去开发市场。接过电话，我寻思，就去这最后一次吧，这也许是最好的辞职理由：不是我不想干，我的确没有那份能力。

在约好的五金电器店门口，我见到了小张。小张一脸微笑。不知为什么，小张脸上那种带着自信的微笑竟然瞬间感染了我。我的心情也莫名地随之好了起来。

我们要去的是八楼总经理室。对于未曾谋面的总经理，小张也只是打过一个电话。与陌生人相识，对于我来说，又新鲜，又刺激。

我按下电梯，和小张在电梯口等候。正在这时，一位四十多岁，风度翩翩的中年男子也走了过来。看样子，好像是某公司的高层。因为在这所大楼里，居住的是我们县里招商引资的大户群。

“你好！”小张在一旁大方地问候了一声。

那位男子有些愕然。扭头看了看左右，才发觉是问候他的，从他的表情上可以看出，他对小张的问候有些措手不及。“你……好！”他回应了一声，好像有些激动，“我自到你们县城三年来，你是第一个问我好的陌生人。”说罢，那位男子从口袋中掏出一张名片，“需要帮助的时候，和我说一声。”

我探头过去，果然不出所料，上面印着他的身份——某集团公司总经理。

我们一同进了电梯，在六楼分手了，那位总经理微笑着挥手和我们告别，并邀请我们空闲的时候去他那里做客。

一个月后，那位总经理从我们手里订了价值六万多元的产品。

就这么简单。心门没有打开的时候，一切都是难的。可当你袒露自己，就会感到柳暗花明。从此后，我再没有放弃过这个行业，而且我的业绩年年提升。

看过一本书，书里有段话说得非常精彩：“世上没有陌生人，只有没来得及认识的人。”认识陌生人，不需要语言，一个微笑就够了。

朋友的珍藏

早上起来的时候，就盘算着趁春光明媚，外出转转。想起前几天在网上遇到的一个老朋友，就打电话给他。我说：“如果你来我等你，如果你不来，那么我过去。”朋友一听，立马应允，他说：“反正我也没事，我也想你，你过来吧。”

我的这个朋友住在乡下，开着一家打字社，和我有十几年的交情了，大家哪怕一年半载不曾谋面，每次见面，都很亲切，他是个值得信赖的朋友。

这次和朋友见面，已是在一年以后。没想到他的头发白了许多。看到我的愕然，他解嘲似的笑："头上早就有白发了，以前看不出来，那是我染过的。"

他的直爽我喜欢。

朋友的店面不大，生意却好得出奇。我在一旁喝朋友为我沏的绿茶，他在忙乎他的生意。忙过了一段时间后，店里没有生意了，朋友说："我带你到楼上看看我的珍藏。"

他有珍藏？我心存疑惑。

到了三楼，我终于看到了他的珍藏：两只有年代的风箱。

朋友说，去村子里闲转，偶然看到的。本来是一只，买完，结果在另一家又看到了一只，就都买回来了。我问多少钱？朋友说，人家不要钱的，一只破风箱，还真是宝贝啊？他最后每只给了四十元。我说不贵。毕竟，现在风箱真的已经绝迹了。

朋友边和我说话，边把两只宝贝样的风箱并排放在一起，轻拿轻放的样子，好像在爱惜两个有生命的物件。

我试了一下，两只风箱竟都能拉出风来。说真的，不敢恭维的是，那两只风箱太脏了。在一只风箱上，我看到了貌似煮粥落下的痕迹，而且那痕迹因为年代久远，已凝固在了风箱的一侧。

我对朋友说："这俩风箱太脏了，你为啥不洗洗啊？"

朋友笑了："要的就是这种效果，这也是岁月留痕啊。很多旧的东西，我是很珍惜的。"

我十分赞同他的观点。他的话，我想一辈子也忘不掉了。

都说岁月如梭，但有一种情感，随着时光变幻，它却历久弥香，熠熠生辉，这也许就是友谊的力量吧。刹那间，像有电流通过，我竟一下子感觉出来朋友心里欣慰的原因，因为我知道，他珍藏的不仅仅是两只风箱，那是有灵性的物件，是有名字的，一只叫历史，一只叫岁月。

口头承诺

我那只“三星”手机，买有四年了。曾经是那么辉煌，当时购买，可是顶端科技：不光带摄像头、GPS，而且还是双卡双待。可能是时间久了，两块电池好像也到了风烛残年，每天都要充电。有时外出，另一块电池是必须携带的。空闲的时候我在县城转遍了手机店，都说这种电池早已不再生产了。我的手机电池成了孤本。

一次和朋友小聚。席间我接了一个电话，电池就不争气了。我不自觉地埋怨了一通，在座的一位朋友说：“拿我看看。”我递过手机。他左瞧右看，最后说道，“这种机型和我们市王经理用的一模一样，有机会去市里帮你弄一块。”我听了真是感动。忙要掏钱，谁知他手一推，不急，电池拿回来再说。

谁知事情过了一周，我打电话问那个朋友，他一直回答说忙。后来得知，在这期间他曾去过市里好几回。心态放平整了，其实也无所谓。人家去市里办事，是办自个儿的事，别人的事再大，不放在心上等于白搭。问过三回之后，问得我心里拔凉。我也识趣，从此以后没有再问，手机电池至今也没见踪影。

我经常在网上写稿，并有一个 QQ 文友交流群。前不久，有位刚入群的山东小伙子怯怯地给我留言：“邵老师，我也想投稿，能给我提供一些邮箱吗?”举手之劳的事，当然可以。我给他回了个帖。正待我打开论坛网页的时候，接到一个电话，朋友家的孩子过十岁生日，中午有一个喜宴，没办法，我只好和他说：“我忙了，有时间就发给你”。回来好几天这事都忘记了。有一天打开电脑，看到山东那个小伙给我的留言：“邵老师，能把邮箱发给我吗?”我看了一遍，又看了一遍，我心里真的内疚得要命。

还有一件事我一辈子忘不了。

我经常去朋友的单位里打乒乓球，门口的门卫可能平时事情不多，在门口养了不少的花。可是由于缺乏技艺，所有的花卉都是面黄肌瘦。有次我刚到单位门口，那个门卫就把我喊住了，问我这些花该怎么养护。我想他一定是逢人就问。突然想起上次买花，卖花人曾赠送的一包花肥一直放在家中，就对门卫说，改天送你一包花肥吧。可是我每次外出总忘记带花肥。每当我走到朋友单位门口，看到门卫，门卫也看到我，两个人无言以对。问题是他也不问，他要是真的问问我，或许我还会搪塞几句。忘不了他的那种表情，尤其是他的眼神，针一样刺着我。

我当然心里十分明了，在花肥没有到来之前，那个门卫对我的信任几近为零。

很多时候，人就是在这种无意间的承诺中彼此有了隔膜，要想消除它，可能需要一生的时间。承诺是一件很可怕的事情，它代表着信任和责任，所以我们不要轻易对别人承诺。

捐　书

值建党九十周年之际，机关工委发起捐赠一本书活动，向贫困山区的孩子送上一份节日的礼物。单位收到文件后，主任电话一一通知各部门组织捐赠，让我负责收集。

我刚在电脑上列好表格，就有人来捐书了。我接过来一看，原来是单位下发的文件资料汇编，我有些愕然。这类行业性工具书，捐到山区，孩子能看懂吗？

有了第一个，好像约好了似的，一会儿拥来一大批人。单看捐书的内容，真是五花八门。有捐期刊的，有捐理论学习书的。不用说，看得出来，捐这类书籍的，大多是应付差事的。

也有与众不同的捐赠。

第二天，会计室的一位大姐过来捐书。她从书包里拿出三本书，很爱惜地用手抚摸书的封面，对我说道，这几本书，是她女儿的最爱。我瞥了一眼，原来是《3分钟床边故事》《大智慧大道理》和一本《民间故事集》。“女儿如今上大学了，把它捐给需要看的人吧，相信女儿放假回来也不会怪我。”大姐出门前，还回头瞅了一眼。恋恋不舍的样子，令人难以忘怀。

让我最惊奇的是楼上的一位中层干部，捐了两本精华本：一本是史铁生的《病中札记》，还有一本是余秋雨的《文化苦旅》。史铁生的作品我一直喜欢，《病中札记》我心仪已久。随意翻了几页，发现上面还有好多的批注，可见书的主人对于书的偏爱程度。

“这本书太好了，怎么舍得捐出去啊？”我傻乎乎地问道。

“捐自己最喜欢的书，这才是真正的捐赠。”他说完微微一笑。

他说得真好，也道出了捐书的真谛。公益性的捐赠，不流于形式，才显得难能可贵。我想，他捐赠之后，他的内心，一定是非常快乐的。原来捐赠，也需要境界。

举手之劳

晚上，QQ群里有个坛友向我发出求救信号，原因是她的一篇稿子发在我们省的晚报上，想求一份样报。

对于远方的她而言，除了订一份这样的晚报，不然想要得到一张样报，还真的困难。而对于我来讲可就是轻而易举，不过是举手之劳了。当我告诉她可以帮她邮寄样报的时候，她立刻发了个兴奋的表情。显然她求助成功，在一旁偷着乐呢。

想起去年上泰山。当我站在泰山之巅，欣赏日出的时候，一对青年男女也在浏览风光，最后那个男的很腼腆地把相机递到我的面前，我想当时他一定是鼓足了勇气。面对绮丽的风景，不由分说，我为他们拍下好多亮丽的倩影。最后，拗不过他们的热情，还特意为我拍了几张。回到家后不久，我就收到了他们邮寄的相片。每每看到相片，心里面就会有一种温馨的感觉。

有位文友家里搞装修，星期天，几个文友前去“帮忙”。运沙子的时候，全都傻了眼。我们都是些所谓的“文人”，面对体力活“干劲”大打折扣。一平车沙子，上一个坡，就吃力得紧。不想正在犯难的时候，几个干活收工的民工看到了，马上在后面推了一下。我在前面拉车，感受到了援助，浑身陡然有了力量……

当车子上了坡，我感谢他们的时候，他们朝我摆了摆手，很不在乎的样子。

原来，举手之劳是这样的惬意。想起那句温情的话：“予人玫瑰，手有余香。”举手之劳也是如此：帮助别人，愉悦自己。

倒掉鞋里的沙子

二哥辞职那年，正是2001年的第一场雪后，得到这个消息，远在农村退了休的父亲彻夜未眠，第二天一大早，就让我陪他坐车到了市里二哥的家。

二嫂明白父亲来的原因，说二哥已到青岛，正在筹划他的公司。父亲虽然铁青着脸，却也有些无奈。善解人意的二嫂拨通了二哥的电话，将话筒递给父亲。我看到父亲听电话的时候有些激动：“让你姐再找找人，和领导说说，再回来好好工作……”

父亲正欲挂上电话的时候，我忙接过来说：“我来说两句。”

电话那头二哥听到是我，一副踌躇满志的口气：“老三，我在单位上班，一年两万块钱，不疼不痒，就像鞋子里有了沙子，想倒倒不出来。而我自己做，一年八万都不止。我十年能赚一辈子赚不到的钱，到时我就可以主宰自己的时间，何乐而不为呢？如果你愿意，你也可以过来……”

我看了看身旁的父亲，我可不敢冒这个险。放下电话，仍心存疑惑：“未来真的能像二哥设想的那样吗？”

没想到几年下来，果然如二哥所料，他先前那个“铁饭碗”的单位已经倒闭了。而这时的二哥，在青岛已有了自己的公司，生意做得风生水起，不但有了房子，而且二哥和二嫂每人都有了自己的座驾。也应验了他所说的，做时间的主人。他们全家利用闲暇已去了台湾、上海、新疆，中秋节和二哥通电话，得知全家国庆正准备南下昆明。

路是人走出来的。二哥用他自己的行动，阐释了精彩的人生轨迹。

十年过去，与今日的二哥相比，单就从生活质量上，真是天壤之别。其实我和二哥原先的起点相差无几，其间有好多次机会，我也可以和二哥一样出去闯荡，可每次事到临头，都下不了决心。倒掉鞋里的沙子，不是因为缺少机会，更多的时候缺乏的是勇气。

第四辑

生命中那些柔软的慰藉

人同此心

这几天，心，一直焦焦的。晚饭后，依旧坐在电视前，关注灾区的消息动态。

都一个星期了，埋在废墟里的汶川的同胞生还的概率越来越低了。看了国务院的通告，知道明天至大后天，是中国哀悼日。

真是人性化的大中国。对亡灵的告慰，是对生者的安慰。

在播放的文化系统的大型募捐晚会上，看到了那么多的艺人慷慨解囊，看到他们发自内心的肺腑之言，很是让人动容。

汶川，共和国和人民与你的心，永远连在一起！

令人无言的感动。

最让人感动的是三个上台的面临高考的学生。她们在老师的帮助下活了下来，可老师却在救助其他学生的时候，再也没有出来。而他的女儿却在另一座楼上也被废墟淹没……三个泣不成声的孩子，让在一旁看电视的妻子忍不住泪流满面。

她们是和我儿子一般大的孩子。因为突如其来的噩耗，顷刻之间成了孤儿。

我的眼角也含着泪水。

“她们高考怎么办？”妻子边抹泪水，边冷不丁冒了这样一句。

“学校都没有了，上哪高考？”我心里也乱。

是啊。他们上哪高考？还有不到一个月的时间。活着，才是最重要的。

妻子之所以对这个高考时间了如指掌，因为我家里有一个考生。

晚上，儿子上晚自习回家。妻子唠唠叨叨把晚上电视里感人的画面和儿子“实况”转播了一遍。儿子半晌没有言语。

临睡前，儿子来到我的房间：“爸，明天我想再把那一百块钱交给老师转交给灾区去。”

看来儿子真的是受了感染。他一直在存钱想买一双旱冰鞋。

儿子曾告诉我，他要好的同学全都有了。星期天他们要聚在一起溜旱冰。

于是儿子就偷偷攒钱。攒了快有两年了，原本差不多够了，上次在班上捐了两百元。

“好孩子!”我拉过儿子的手。再说什么都是多余。

善良是人类最美的美德，希望儿子，儿子的儿子永远传承下去。

老婆与手机

老婆是个大大咧咧的人，但有时又过于迂腐。不追求时尚，不注重打扮。平时过日子，能过且过，什么物杂，一定用到极处方可罢休。原本她一直拒绝使用手机，一个小小的幼儿教师，两点一线，找她还不是“探囊取物”（这是她的原话）。后来，同事都有手机了，她这才“随波逐流”了一下。买回手机那天，她兴高采烈地告诉我：“为了更加节省，办了一个本地通。”

女人开心其实很容易！一个手机，就让她乐成这个样子。有天晚上我在网上看帖子，老婆坐一边沙发上捣弄手机，开始我以为她给同事发短信。不一会，老婆说：“嗳，你打我一下。”

我扭过头：“没事吧你？打你？为啥打你啊？”我丈二和尚摸不着头脑。

“不是啊，你打我一下手机啊。”老婆又说。

我晕了："为啥啊？"

"同事小李手机的弦铃真好听，没事我就喜欢打她电话。"老婆露出了艳羡的神情，"我刚才也下载了一首，你打我听听。"

原来老婆是捣鼓这个的啊。

我伸手摸起电脑旁的手机，打通了老婆的电话。还别说，下载的歌曲还真不错。

我在那里听得津津有味，老婆在沙发那端，手握手机发呆，突然半天醒悟过来："折腾半天，我可啥也没有听到啊。"

老婆的迂，还在于手机的功能对她来说永远是个谜。有一天，她正在厨房做饭，手机来了一条短信，刚好手机就在我旁边，我打开来一看，是她们学校发的教案。我翻开信息，已经满了，再看，还有一条我端午发的祝福短信，端午到八一，都几个月了？问她，她说："我不会删除。"我晕。

前两天，她突然对我说，咱俩换手机用用吧。我一听就懵了。我问："啥意思啊？"

"学校不是放假了吗？最近要组织去沂水大峡谷游玩两天，本地通在外地不好使。"

入情入理，合情合理，只是……平常和一些写手交流惯了，我的手机里用的全是网名，不知她会不会猜疑或生出点是非啊？忐忑不安中乖乖把手机交给了她。

她一走，立马把能记得住号码的一一打电话"交代"过了。那些输入名字，记不住号码的，我只有双手合十，祈祷她们千万别给我惹什么麻烦啊。

两天后，她旅游归来，看脸色，这次出门还很如意，我最渴望的是立马见到我的手机。

"什么破手机，半夜里也响！这两天我一直关着，把我的手机还给我！"递给我手机的时候，老婆一脸的不高兴。

我把她的手机交给了她。我拿我的手机躲进电脑房，打开手机，上面有五条都没有阅读过的短信。老婆所说的手机半夜也响，原来是手机短信提示。我再一次晕倒。

喜酒八块钱

1988 年春天，我和她通过媒人认识，后来定下终身。挨到十月份，双方父母达成共识，同意国庆节操办喜事。盘算张罗结婚的念头一有，我们就立马行动了起来。

我们没有房子，和父母商量了一下，老家三间屋，腾出来一间给我们布置新房用。说到结婚的费用，让人笑掉大牙，我们手头上加起来，只不过有两千多块钱。1988 年的时候，这笔款子，在农村，筹办个婚礼足够了。除了买衣服，我们最大的花销就是买了一台“熊猫”黑白电视机，花了五百多块；一套“鸭蛋绿”的组合橱，是通过她同事的爱人小郭给打的，花了一千二百元，那可是我们所有婚礼中最大的大件。然后各自买了身新衣，记得我买的是一件酱色的单件西装，蓝裤子，五块钱买了一条领带，总共花了一百五十元；她那“一身红”，不足二百元。像大衣柜、写字台，老家里有，重新油漆了一下了事。

那时候，我在单位做主管会计，大小有一点实权。就和相邻的一家单位的领导说好了，他们单位有辆“桑塔纳”，到时帮我接新娘子。车牌记不清了，颜色印象深刻，是灰色的。

结婚那天，真是满脑子糨糊。由于考虑结婚中的方方面面，弄得半宿没睡。一直木讷的我，平生第一次当了一个官——新郎官。却没有神气的感觉，只是内心里乞求这一天早点过去，让来客圆圆满满。

三间房子，摆不开喜宴，还到邻居家里摆了两桌。我那帮子同学尤让我感动，他们大都在外地读大学，有的不远千里赶来祝福。

当“嫁车”来的时候，鞭炮齐鸣。我的心也随之“嘭嘭”直跳。从没见过这阵势，而且我是主角。这时有人在门口抱着枕头拦门不让新娘进喜房，要彩头，可把我气坏了。后来送了四包“大前门”才算进来。当我第一眼看到新娘的时候，我也不由心生欢喜。和平时看到的大不一样，真的是貌若天仙，简直太漂亮了。

喜宴开始得差不多了，然后是和新娘挨桌敬酒。

酒是八块钱一瓶的“尖庄”。烟是什么倒忘记了，好像是一块五一包。敬酒的时候，左邻右舍的还好办，难缠的就是那帮子同学。按我们风俗，要敬两杯酒，要点一支烟。敬酒倒是没有什么，难为就难为在点烟上。一支烟，有时要浪费一盒火柴。不是吹熄了，就是烟不靠火。新娘子还不能生气，我在一旁真为她捏一把汗。不知是谁出了个馊主意：三次点不着香烟，就让我们吻一个。当着那么多的同学，着实难为情。最后在众人的哄笑中，还是吻了一下。一天下来，我看看老婆，好像有些支撑不住了，我真的打心底有些心疼。

酒宴散后，该走的却不走，黏黏糊糊的。同学们都围到喜房里说话喝茶。有一个同学竟抱了我老婆一下，我的妒火一下子升了起来。那小子看到我脸色都变了，慌忙笑笑打了个圆场说：“嘿嘿，闹喜闹喜，不闹不喜哦!”

人散尽的时候，接近午夜了，我和她都筋疲力尽……

现在偶尔参加朋友家孩子的婚礼，想想真的不可思议，世事变迁太多，他们动辄就几万几十万，越来越讲排场。我曾亲历一个朋友的儿子，结婚动用了三十辆豪华轿车。这仅是外在的，那套别墅，却是两百万拿不下来的。

如果有时间和这些“80后”“90后”的孩子说起两千多元的一个婚礼，他们一定会张大眼睛，把我说的一切当成天方夜谭。

儿子的理想

大约在儿子五岁的时候，儿子曾向我宣告过他的一个理想：长大了要当个“卖菠萝”的。我当即问明原委，原来是他妈妈答应给他买菠萝，一时忘记了，他就产生了这样的想法。

“我在家里卖，自已吃。”儿子一脸的委屈。

因为一只菠萝，让孩子有了这样的想法。我无言以对。

后来我把这件小事写成小文在一家晚报上发表了。

文章的最后一句是：“不要失信于孩子，让我们从一只菠萝开始。”

希望人们对孩子要学会不要失信。

昨天儿子放学回家，午餐时闲聊，儿子讲了他最近的作文题目是《我的理想》。

我说：“你的理想是什么啊?”

儿子说：“我要当一名清洁工。”

“为啥?”他妈急了。

“老师说，做一名清洁工光荣。清洁工，是城市的美容师。”儿子说。

妻说：“孩子，你看看爱迪生、达·芬奇……这些你都学过的啊。不想当军官？不想当科学家?”

妻动之以情，晓之以理，眼泪都快出来了。

最终，儿子同意造火箭了。

那是科学家。不错，不错。妻多云转晴。

到了晚上，儿子说今天老师评作文了。同学们的理想大都是医生、警察、教授……没有一个愿望当城市美容师的。儿子说完，脸上还有一丝的侥幸。

"我说的没错吧?"妻很是得意。

可是，儿子还是有一丝的不惑，都当科学家教授了，谁去当城市美容师呢?

我与妻面面相觑，这个问题怎么回答呢?

三个字的情书

我一直相信，男女之间在一起，是有缘分的。

那时候，我被县公司安排到下属的一个乡镇上班，她在乡镇幼儿园。因为同事王阿姨的撮合，我们见了个面。

我们单位离她们幼儿园不过百余米，几分钟的路程。每天彼此都能见到。有时候，偶尔出门晒晒太阳，还能看到她带着孩子在操场做操呢。

她是镇上数得着的美人。不光人长得好看，而且是大学生。镇上好多小伙子都盯着呢。

自从和她明确了恋爱关系后，我心里一直有个心愿。也许是因为看书多的缘故吧，我渴望那种飞鸿传书的效果。渴望得到她的一封情书，晚上躲在被窝里读，该是莫大的享受啊。

可是，事与愿违。每天我都能看到她。

王阿姨看到我们明确了恋爱关系，也每天高兴得合不拢嘴。因为她家的孩子明明就在我女朋友的班里，女朋友对小家伙疼爱有加。

有时候，明明上学前，我就会让他捎一些时令水果，让他带给他老师。晚上我就会受到甜蜜的数落："别再让明明捎东西，同事都笑话我了呢。"

"嘿嘿，管他呢。"

有一天，我去市里参加一个培训。由于走得匆忙，没来得及和她打招呼。当我三天后回来，王阿姨递给我一封信，说是明明从幼儿园带回来的。

我打开一看，原来是她写的。

字不多，就几个字："喂：人呢？"

好温馨的三个字。我在心里读了五百遍。

这仅有的三个字，是我今生唯一的情书。

家是不讲道理的地方

居家过日子，没有不磕磕绊绊的。日子久了，再恩爱的夫妻也会有一些小摩擦。一些看似甚小的摩擦，稍不留意，就会产生一些火花来。

其实，家里发生的事，都是琐事。

比如昨天早上，原本说好了喝玉米粥。没曾想起床后，却发现依然是大米稀饭，顿时没了食欲。

"不是说了做玉米粥的吗？别人的话一点脑子都不记。"我有些不快。

"别人辛苦起来做好了，不吃拉倒！"看到我不开心，她也不示弱。

好端端的早餐，像刚刚上演的一出戏，序幕刚刚开始，没曾想一下子演"砸"了。

事后想想，也真是自己的错。一顿早餐，不吃也饿不死人，为什么要两败俱伤，分个高低？最后好歹赔礼才算了事。

还有一次家里来了一位文友。朋友抽烟，我趁机"陪"朋友抽了两支香烟。朋友一走，她立即横眉怒目，嘴里叨叨个不停不讲，大冷的天，还把窗户全打开了……

当时我正在电脑前，心也静不下来。耳边是她的絮叨，再加上冬天的寒风吹进屋里……

结果依旧是一场舌战。

闹归闹，晚上还要在一个锅里吃饭。

有天看到了一个帖子，说有一对夫妻，因为买一只洗脚盆大打出手。原因是女的喜欢红色的，让男的去买，男的买回来一只蓝色的。洗脚盆买回家，女的当场就扔到了楼下。哭哭啼啼说，男的不再像结婚前那样在乎她了，一切都是敷衍了事。男的看到女的把盆扔到楼下，顺手把家里的电视机也扔了……

这个帖子看得我心里发慌。

很多时候，我一直在思忖：一个温馨的家，该是一个港湾才是啊。在这里论是非，说到天涯海角也说不清楚的。要真的打官司，就上法庭好了。要是过日子，那就用心慢慢经营。说到底，还是那句老话："爱是点点滴滴，情是一路走过。"只要大方向不更改，只要齐心协力朝着一个地方前行，一切问题都不是问题。

聪明的人，最懂得千万不要在家里讲道理，因为在家里，只讲情字。

送　伞

我个人最不愿意别人"敲边鼓"，可妻却偏偏乐于此道。什么她们幼儿园谁谁的对象出差给她寄了张贺卡啦，谁谁的对象接电话末句说了声吻你啊，谁谁……说者有心，我听者却大不以为然。

一天中午，天突然下起了小雨。想及妻早上临出门没带雨具，便骑车赶往妻工作的幼儿园，没想到在幼儿园门口的转弯处与妻相遇。

原来她已借了同事的雨伞。

"回家吧。"妻说。

我怔了一下。

“你先回去吧，我的车链子掉了……”待妻拐过小巷，我便走到幼儿园里，冲几位正在屋檐下躲雨的“阿姨”扬了扬手中的伞：“喂，请问她走了没有?”

第二天妻下班回家，和颜悦色，给了我一个长长的吻。

妻 趣

忘东忘西，理财混乱，吾妻也。平日里无好言对她，常谑称她是糊涂老婆。对此，她无言以对，既无怨言，算是默许。乘她上班之际，我且端坐电脑旁，“揭露”她一番!

平日里喜欢喝二两，妻闻说饮酒对身体不好，遂在家中下了戒酒令。每每就餐，面对满桌佳肴，心里就好像有个小猴子在抓痒痒。好喝酒的人，缺了此物，饭菜实难下咽。我把这感受同妻讲了，乞她同情。谁知她眼一翻：“你不会把肚子里的小猴子杀死?”“杀小猴子不如把我杀了算了!”任凭你猴急成什么样子，她仍无动于衷。其时刚好有稿费单来，我心生一计，忙掏出来呈她一阅。妻一见，大喜，忙从酒柜拿出酒向我祝贺，为表达诚意，自己还倒了一杯。禁酒之事早已被她忘到爪哇国去了。

健忘是她最“擅长”的本领。举家过日子，干粮全靠去买。我们赣榆以煎饼为主食。一大早吩咐我说，出门买菜顺便带点煎饼回来。也算是分内的事情，咱责无旁贷。谁知到了中午，“小女子”硬是拎着一大摞煎饼打道回府。瞧那一桌子煎饼，仿佛煎饼贩子似的。最后，直吃到发霉了事。唉，恍惚间娶她为妻十余载，结婚的时候身高一米五八，不长倒也罢了，但却怎么也不长记性呢?

我喜食味精，平时做菜，煲汤撒一点，提味。可妻不依。说什么食味精易掉头发啦，对孩子的生长发育有影响啦……适逢下班，便下厨表现一把，做了我拿手的洋葱炒肉丝。吃饭时我自感味道不足，刚有所动，妻便意会，遂将菜端到厨房，只花了半分钟。再吃，啧啧，味道果然鲜美！正当津津乐道之际，妻突然喷饭：“傻瓜，净认死理，那菜里我什么也没放……”一时，我恨得牙根都痒痒。

妻是名幼儿老师，单位常常有标语、制度牌之类的事央求我来做。平日里喜欢写写画画，既然人家看得起，我就从未袖手旁观过。忽一日，在一次饭桌上，一向文静的妻突然嘀嘀咕咕起来。说她们单位要到市里参加个什么摄影展，图片是现成的，可就是要求在图片下面配几首小诗。园长找到她，让她帮忙，最后让她推掉了……嘀嘀咕咕好一阵子。开始我不明何意，后来一醒悟：完喽！分明是妻暗地里恨铁不成钢！在埋怨我呢！看看，园长央求的事，竟无力相帮，多没面子！

如此蔑视，我自然不能无动于衷！一气之下拿出新近几家报刊上发表的诗歌，大嚷：“谁不会写诗？谁不会写诗？”哪知妻看后大惊：“我知道你平时喜欢写散文，哇！你果真会写诗耶……”

呜呼，大有“同行十二载，不知木兰是女郎”之惊讶！

喔哟，老天，我的糊涂老婆！

最大的出息

自下岗后，一直在家写稿。妻子上班，我负责买菜做饭。

有天晚上，为一点小事和妻吵了起来。妻一直闷闷不乐。

“我怎么嫁你这么个没出息的？人家都有房有车，你只会在电脑前写啊写啊，能怎么样了？”妻哭得泪人一样。

说真的，我也一直想外出谋点事做，可终究没有定下来。看到妻每日辛苦地工作，我的心里也不好受。

“别急啊，马上就会有好消息了。”我劝慰妻。

“我早看好了，你真是没有大出息！”妻恨恨地说。

“嗯，我也看出来了。我最大的出息，是娶了一位好老婆，对不？”说完这话，我也脸红。

没想到，妻听到这话，破涕为笑了。

两张电影票

搬家的时候，收拾抽屉，一本旧的笔记本里掉出了一张小纸片，我捡起来一看，是两张连在一起的电影票。上面注着：五排八号，五排十号。看背面印着日期：“1989 年 7 月 8 日。”特殊的日期给了我别样的感受，思绪一下子把我拉向了以前。

电影票上标明的日期该是我初恋的日子呢。

那时候通过隔壁一位阿姨的介绍，我认识了在幼儿园上班的她。那时我在石油公司做会计。接触了两个月后，我感觉到她对我的印象一般。为了缓解关系，让我们之间的关系更进一层，我通过一位在电影院工作的同学，搞到了两张位置不错的电影票。具体什么片名记不清了。原本想给她一个惊喜，不料当我告知她第二天晚上甜蜜约会的时候，可她却说被单位安排去市里学习了。

我猜不透她是真的有事，还是故意疏远我。我得知这个消息时，内心是多么沮丧。那晚我也没去电影院，一个人走到了海边，任海风吹拂我纷乱的思绪……

后来过了两天，我接到她的电话，说学习结束了。我当时别提多么兴奋了。再后来，我与她手挽手步入了两人世界。

那张粉色的电影票正面还印着一行字：隔场作废，概不退换。

想想是多么有趣。和我一起结婚的同学有好多对，仅我知道的，就退换了好几对。好多年过去了，每每听到那首《最浪漫的事》，心里就会感到莫名的激动。

人生绝对不是一场戏，更不是儿戏，而是相濡以沫，慢慢陪你一起变老。

最正确的别字

有人疏于看书读报，文字接触得少，往往提笔忘字。这样的事情不胜枚举。比如那天和朋友们在一起，有个朋友猛拍自己的后脑勺，然后探过头："咦，那个如果的如的女字旁，在左边还是在右边啊？咋放哪边，看着都不像呢？"

这样的笑话，在生活中屡见不鲜。

也有把字读错音的。同仇敌忾，小时候二哥曾把它读成同仇敌"气"。姐姐笑话他的时候，他的脸都快触到地面了。都说一字念半边不会错上天，看来有时候也会害人。

生活过好了，称惬意。可是我们家乡的人，都念"霞"音。你"霞意"死了，说明你自由自在，一切如意。

话听不懂不重要，听得明白才重要。

谈恋爱时，写过一封情书，后被"打道回府"。回信上注明有三个别字，并用铅笔圈上了圈圈。幸亏是邮寄，要是面对面，真恨不得找个地缝钻进去。

那时候正在热恋，有次出差，陡生思念，晚上绞尽脑汁，寄了封信给她。结句是：

"此情无计可消除，才下梅头，却上新头！"

她名字的最后一个字，是梅。

后来她告诉我说，这是世界上最正确的别字。

假如有了钱

电视上报道了一位河南人买彩票中了3.6亿元后，彩票又成了我家一个圆桌话题。

饭永远堵不住嘴。

“要是我中了，想想，该怎么花。”老婆边咀嚼着饭，边沉浸在遐想中。

“怎么花？先买一豪宅。就我们这房子，能住人吗？”我接过话题。

“然后呢？”老婆问。关键时候，女人果真没有了主见。

“然后，喂几只狗在家看门，周游世界去。”我一直梦想着外出游玩。

“总不能总在外面吧？家务活我可不想再干了。”真正的女人之见。就那点家务活，整天叫累叫屈。

“有了三个亿，我让你做家务？我要雇用外国保姆。”我也沉浸在了美梦中，“早上醒来，他为我打洗脸水，然后送来早点。待我吃过饭，他就会问一声：‘老爷，车已停在门口，我们今天到哪？’”

“我们上哪去玩呢？”老婆问。

“谁说带你了？我要带秘书出去。”我哈哈一笑。

“邵——世——新！告诉你，你真要是这样，我就不再买彩票了。万一有一天真中了奖，你就是陈世美。男人有钱就变坏，说得真对！这还没中奖，你就把我搁一边了。”老婆说到细微处，眼泪竟出来了，扭身放下碗筷，踱到卧室里去了。

天呐！没来由的事，只不过说说玩而已！

拉倒吧。在家里，千万不要做这样愚蠢的设想。

后果很严重。我知道，剩余的时间，我首先要做的，是把那满桌的残羹打扫干净。

别拿内衣说事儿

谁都知道内衣与肌肤的接触是零距离的，但它所涵盖的意思却妙不可言。一个人，一生可能遇到很多的人，可最终能结为连理的却只有一个。这就意味着，能接触到你内衣的那个人，一定是你生命里最亲密的人。

看过一则笑话：一对夫妻在阳台上纳凉，女的穿了身旧的内衣，男的看了老觉得别扭，就提醒了一句。女的轻描淡写说了一句："怕啥？反正也没有人看到。"过日子过到这个份上，是真正过出了生活。却也道出了婚姻的真谛，再美满的婚姻，天长地久之后，总会趋于平淡。平淡是一种淡定，不是淡然。

包装就是包装。比如选西瓜，光看光鲜的外表，如果把瓜切开，内瓤早已惨不忍睹，你的心情该如何呢？

内容永远比外表更为重要。

如果真的看一个人顺眼了，连内衣上的洞都会成为喜欢的理由。

是的，你可以拒绝颜色单一，你可以拒绝式样陈旧。如果你们真心相爱，如果是真的发自心底，那么一切的拒绝将不复存在，并且皆可成为你爱他（她）的理由。

内衣永远是人类最忠实的伙伴，它是无辜的，别拿内衣说事儿。如果真的相爱一生，何必在意身上的内衣，贴得再近也不过是身外之物。这就如攀岩一样，真正的攀山者，他的面前，总有绝壁在前，考验勇气的真伪。

真实的爱情也一样，要经得起岁月的考验。一件内衣从光鲜到灰暗，要经过时间的洗礼。恰如坚贞的爱情：真情不会改变，改变的只是岁月。

妻子的饰物

二十年前，刚结婚时，我和妻子去南京旅游。在夫子庙，妻子看好了一款标价五十元的玉镯，她站在那里，九头牛也拉不走，一定要我买下来。旁边的看客越来越多，我感觉自己好歹也是个男子汉，当时收入虽不高还是将那款玉镯买了下来。

这算是妻子手腕上的第一道风景吧。

后来这只玉镯在儿子三岁那年，随着“咣当”一声，碎成数枚碎块。我告诉妻子，碎就碎了，别心疼，等我有了钱，咱买两只大大的镯子，一只戴，另一只咱砸着玩。

在妻子的眼里，我可是个智慧的人，也是个见过世面的人。可是我啥时才能有钱呢？自下岗后，我把所有的积蓄全都凑起来，又东挪西借买了辆货车，在市里跑运输，不想事与愿违，最后所有的钱全赔进去了。五年的心血啊，一夜之间便付之东流了，还欠了一屁股债。

回到家，我对妻子说，那镯子，再等等吧。

妻子是幼儿老师，也是农村人，为人实在，在学校，她从来没有过攀比心理。记得当初流行金器的时候，我怕她被戴金器的人“腐蚀”了，提前晓之以理，动之以情，给她灌注了一个思想：“好女不戴金。”好传统才是传家宝。她听了向我露出佩服的眼神。后来流行戴米粒大小的戒指，十元钱一个。我抓住了“机遇”买回来一个送给她，并告诉她，这个戒指虽然只有十元钱，可意义不一般，里面太多的象征，要自己慢慢去领悟。妻子小鸡啄米般颔首表示认同。

这是她的第一枚戒指。后来妻子经常洗衣洗菜，有一天线磨断了，“小米粒”掉到下水道去了。看到妻子一脸的心疼，我马上安慰道：“不就一个小米粒吗，早就流行过去了。现在谁还带那个啊！”妻听了，破涕为笑。

后来妻子渐渐有了更多的戒指，都是同事或朋友外出捎回来的，大多是几块钱一个的纪念品，妻子却自我感觉良好地将它们戴在手上。

妻子还有一条水晶项链，那是我参加一个征文比赛获得的奖品。我记得很清楚，写那篇文章的时候，正好轮到我做家务，我把她叫到身边，很严肃地说：“我要赶一个征文，有可能获奖，你看这家务，能不能通融一下啊？”没料妻子听后很爽快地答应了，只是半真半假地说道：“奖品可要归我哦。”最后，我果然获了奖，并将奖品——一条水晶项链戴在她脖子上，好看极了。有时候出去吃饭，妻子会将它找出来戴上。别人问，多少钱？妻子自豪地说，多少钱也买不到，这是奖品。

我听了心里热乎乎的，也酸酸的。

愧　疚

儿子五岁那年，我和他拉过勾，在他生日那天，送他一个“奥特曼”玩具。

那时电视上正在热播动画片《奥特曼系列》，那是儿子最心仪的电视节目，小家伙每集从头到尾看得有滋有味，对奥特曼崇拜得五体投地。我有次闲逛竟在商店里发现了“奥特曼”玩具，刚好临近他的生日，回家就对儿子讲了。谁知一说，儿子心里有了企盼，夜间就睡不着觉了，白天盼望，夜里念叨。他每天在挂历上圈上圈圈，一个格一个格地画杠杠，小小的心里，充满了渴望。大人看小孩的心思，看得十分剔透。眼看还有三道画完就能如愿了，我却接到通知，赴盐城参加省系统的象棋比赛去了。

刚到盐城，开始还想着儿子的生日，当比赛开始后，可就全身心投入进去了。象棋比赛是个脑力活，容不得半点分神。虽说我在市系统是冠军，可是一个省，真是高手如云。我原本就瘦，三天下来，瘦了五斤。也算不负众望，最后我取得了省系统第三名。当裁判宣布名单的时候，我甭提多开心了。

当我满心欢喜带着大包小包战利品回家的时候，老远看到儿子正在自家门口玩耍。几天没见，好想抱抱儿子，可当我招呼他，儿子看到我先是惊愕，继而号啕起来……

我开始感觉可能是儿子想撒撒娇罢了，我上前想抱抱他，可他总是躲闪着，一副委屈的样子。

当我进了家门，一眼看到挂在墙上的挂历，最后三天被儿子用红色的油画棒好大好大的涂鸦——那里是一个五岁孩子的愤怒和企盼。

我猛地想起了我们的"约定"，我知道我犯下了一个滔天的错误。我不知该对孩子说什么才好。面对挂历，那被儿子涂抹的地方，刺得我眼生疼。那不是三个日子，分明是儿子守望的泪珠。

后来，我不知道怎么挽回了我在儿子心中对我的信赖。好多年过去了，儿子也长大了，也许早已淡忘了那年的"奥特曼"，可是我忘不掉，它成了我心中永远的刺……让我在今后的日子里，努力做一个守信的人。

蚊　事

今年的夏天来得迟缓，六月份穿短袖衫还稍嫌冷。这样的气候，令人好生奇怪的是，苍蝇蚊子却随四季正常游走。在家里，它们早已是不速之客，尤其是夜间沉睡，迷迷糊糊中，耳旁总有一架架小飞机呼啸而过。

前几天和妻子生了点气，一直不曾说话。有天晚上，她突然对着我的膀子猛地打了一巴掌。五个指印立马印在了手臂上。我正欲发火，她递上一张笑脸："多大的蚊子！幸好我看到了。"我四处瞅，也没发现异常，心里不由对妻子敬佩有加，一是报复了我一下，二呢，我们之间的矛盾算是化解了。我不知该感激蚊子，还是感激妻子的机灵，最后正好借坡下驴——四五天的沉闷，我们终于阳光明媚了。

有天早上儿子起床，睡眼惺忪，打了一个长长的呵欠，然后是一声叹息："我昨晚一宿没睡，被一只蚊子闹的。""怎么回事？"我问儿子。儿子说："听到有蚊子叫唤，便起床去捉，开灯后却发现蚊子杳如黄鹤。熄灯后不想蚊子又卷土重来，如是反复三五次，天都亮了。"

儿子叙述得绘声绘色，听得我大惊失色！为了消灭这些"吸血鬼"，我痛下决心建议去买"敌杀死"，把每个房间使劲喷一喷。没想到提议遭到全家人的否决。

首先儿子不同意。他说，能把蚊子杀死的喷雾剂，一定是有毒的。消灭了蚊子，也消灭了儿子。儿子句句在理，说得我哑口无言而且面带愧色，常言虎毒不食子，我这是在做啥啊？

其次是妻子不同意，她说："混合的化学香味，我易过敏，而且闻到那味道，头晕，你看着办吧。"众矢之的，我立马晕了。

说不过母子二人，午饭后，我一个人悻悻去了超市。还别说，真让我寻到了捕蚊珍宝——电蚊拍。电蚊拍和羽毛球拍相差无几，不过只要通上电，蚊子碰上了，就是死路一条，而且伴随着"啪啪"的电击声。看到售货员捕苍蝇的几个示范动作，不由分说，就买回了一只。

电蚊拍买回家，我好像取回了尚方宝剑。这下可热闹了，我到了厨房逮到了几只苍蝇后，母子二人目瞪口呆。看过示范，儿子执意要拍，我就把电蚊拍交给了他。从那后，电蚊拍就没有闲置的时候。尤其是在晚上，没事的时候谁都喜欢拿在手里，对着空气一阵狂甩，恰巧有些"流窜分子"，随着"啪啪"的声音不幸"遇难"，内心的那种满足感无以言说。

有天晚上回家，发现门正敞开，气不打一处来，进门就嚷："谁进门没关门？怕夹尾巴吗？"儿子坐在沙发上，手拿电蚊拍，正在那里窃喜。

我一下子就明白了。

原来这几天战果辉煌，室内蚊子几近绝迹，小家伙感觉不过瘾，开门正在“诱蚊深入”呢。

我立刻让儿子把门关上。要是让左邻右舍知道了，还不骂我儿子是个“二百五”，不过我没敢把我的想法说出来。

这样的日子真好，平淡中蕴藏着无限的快乐。我不知道人蚊之间的战争还要僵持多少年？

日子也许就是这样过的吧。人类生活，总是在柴米油盐中度过。四季轮回，逢到夏季不免会有蚊蝇，想那些人蚊对峙里面，该藏有多少有趣的故事啊，也许这才是让人留恋的红尘。

冰箱这个饰物儿

小时候，去同学家玩，他从家里的冰箱中拿出西瓜招待我。大热的天，咬一口冰西瓜，那份惬意甭提了，心立马凉爽个通透！心中便渴望有一天我家也能拥有一台冰箱。

后来成家，精打细算，终于购得一台海尔“小王子”，这可是我们家里最大的“件”儿。妻子拿这冰箱可当宝贝儿了，抽空还织了一条方巾罩在上面。有了冰箱，的确方便不少。可是用久了才发现，冷冻过的猪肉，吃起来无论如何不如新买的猪肉香。在我看来冰箱最大的用途，就是夏天里冰啤酒。

那时候，妈妈还健在。十天半个月的，就会来我家小住几日。我上班回来，屋里就飘满饭香。每次母亲来时，我打开冰箱，里面总有我喜欢吃的猪耳朵、儿子喜欢吃的“玉米人”雪糕。想母亲平时过日子很是节俭，可是到了我家，花钱从不吝啬。每每看到儿子狼吞虎咽，母亲就会在一旁开心地笑，好像全都吃到了她的胃里。

单位解体后，我的时间充裕了。早上起来散步，正好逛到菜市场转一圈，满载而归。既锻炼了身体，又完成了采购，家里每天都能吃到新鲜的菜。这样一来，冰箱就几乎成了摆设。

有一天，我打扫卫生。看到冰箱上面落满了灰尘，像个不受宠的孩子，妻子织的方巾也脏得要命。冰箱里除了一小袋绿豆，还有几斤鸡蛋，别无他物。看到这里，无语。

听营养课的时候，老师说过，七天后的鸡蛋基本上没有啥营养了。我才想起来，由于天天买新鲜的菜吃，冰箱已好久没派上用场了。这几斤鸡蛋在冰箱里已保存了月余，干脆就让我同垃圾一起处理了。我用毛巾慢慢清理冰箱，心一下子潮湿起来，这一百八十升的空间里，曾经装过多少母亲殷殷的爱，现在却物是人非，母亲过世已整八载。

想起刚买冰箱时的欣喜，到现在它莫名成了家中的饰物儿，这样一个结果，对我来说，真是始料未及。人的变化，不仅是物质观念的改变，更多的是心理上的。

温暖的秘密

大年三十，儿子发烧了。夜间妻子起来三四次，又是量体温，又是倒水。最后，妻子无奈地把我推醒了："快起来，一起去医院，儿子的烧一点没退呢。"穿衣的空当儿，我瞥了一眼床头柜上的闹钟：3 点 25 分。

到了医院，医生询问完病情，就让我们去输液室给儿子挂盐水。

虽说是在春节里，又是下半夜，输液室挂吊针的人真不少。有些醉酒的，也有些受凉的。健康对一个人来说是多么重要，因为健康不是一个人的事情，要牵涉着身边最亲近的人。

输液室环境不错，里面有暖气。妻子这次出门前多了个心眼，给儿子穿上了黄大衣，防止挂吊瓶的时候儿子身上发冷。

就因为这件黄大衣，问题来了。护士给儿子挂好吊瓶，也就五六分钟，儿子说想去卫生间。儿子的手正挂着吊瓶，黄大衣无法脱下来。

一家三口去了卫生间。

这个卫生间在输液室的一侧。门灯早已不亮了，不过，输液室灯光的余光可以让如厕的人看清这个卫生间的任何角落。卫生间里空无一人。

我给儿子松开裤子。妻子把吊瓶举得老高。

正在这时，意外出现了。

卫生间的门突然被打开了。一位中年男子走到小便池旁，旁若无人地方便了起来。

这一切猝不及防，我没来得及反应。我看到妻子好像格外平静，她一只手举着吊瓶，用另一只手不经意地把羽绒服的帽子往上一拉，把脸转向了窗外。

由于灯光昏暗，妻子做得天衣无缝。那位方便的中年男子，做梦也不会想到，在男卫生间里，曾有过一个秘密：一位女性，以她的睿智与聪慧，不动声色地避免了一场突如其来的尴尬，维护了自己作为女性的尊严。

这件事情会永远镌刻在我的心头，温暖着我的记忆：某年某月的某一天，一个由母爱出发而带来的温暖的秘密。

做一辈子快乐大厨

也许自小潜移默化沿袭了爸爸的习惯，受他的影响，认定“衣来伸手，饭来张口”是男人所必须享有的生活。在我眼里，爸爸是个不折不扣远离庖厨的君子。而妈妈作为女人，一日三餐辛苦地劳作，无怨无悔，这一切仿佛顺理成章。但发现妈妈每天都乐此不疲，甚至做饭时还哼着小曲。这样不公平的分工，让我百思不得其解。

在我的印象里，爸爸仅为我下过一次面条，因为那次妈妈回姥姥家探亲去了。那顿面条，成了爸爸厨艺生涯中的绝唱。

妻是大学生，但对于庖厨之事，几乎一无所知，除了煮稀饭，别无所长。因此，婚后“生活的重担”一下子全压在了我的肩上。我终于认定一条真理：没有生下来的天才，所有的天才都是后天逼出来的。

妻在幼儿园上班，下班时间没有固定，因为时常有小孩的父母因为加班或有事，她要在校等父母接孩子。所以她一般很难准时到家。这就更加为她的懒性提供了充足的土壤和理由。

有个著名的人物说过，做一顿饭并不难，难的是做上一辈子。有一天她下班回家，我把这句著名人物的话告诉了她。她听出了端倪，冲我说道：“下一步，我也想学做饭。”孺子可教啊。一个周末，我把她拉到厨房，教她一道糖醋鱼的做法。整个程序看完，她惊讶了半天：“就这么简单?”

简单好啊。第二天我就去市场买回了一条鱼，让她如法炮制。不久，我在书房就闻了鱼煳的味道——她忘记加水了。

从那后，我尽量让她远离厨房。

到机关上班后，我经常外出应酬。每每在酒店吃到一个新鲜菜，我总会在第二天备好材料制作出来。每次都赢得她的喝彩。我说：“下辈子，我们调个个吧?”她说：“调个个，怪费事的，就这样挺好。”

天，还没完没了了?

前不久一起看《非诚勿扰》，有位男嘉宾说他是一名厨子，没有地位，没有金钱，唯一能做到的就是对方想吃啥，做啥；想啥时吃，啥时做。那一刻，我瞄了一旁的妻子，看到她的眼角隐隐有泪光闪动。她不好意思地看了我一眼，然后用手轻轻握住了我的手。她没有说话，我觉得她的内心其实有万语千言。

那一瞬间，我的内心溢满了幸福。我想我会做一辈子快乐大厨，让相伴一生的人幸福，这辈子，值了。

那年麦收

平生割过一次麦子，是在二十多年前。

那时，我刚刚上班，经邻居介绍，谈了一个女朋友，是幼儿师范毕业的，在本镇的幼儿园上班，老家是农村的。那时尤为讲究“门当户对”，我家家庭条件比较优越，是城镇户口，算是吃“公粮”的。那年月一个小中专，也该算是一名“大学生”了，她的户口自然也就“农转非”了。

我虽然没有文凭，但喜欢读书看报，上进心强，而且能写会画，一下子就把女朋友迷倒了。和她的关系确定下来后，一天晚上散步的时候，她说，我们幼儿园马上要放农假了，周末没事，去帮我家抢收麦子吧（后来我才知道，因为天有不测风云，在农村，麦收时节，还真就是“抢”粮）。

女朋友那么一说，我连忙答应下来。之所以立马答应，一来我知道她是单亲家庭，自小失去了父亲，作为男子汉，我有些“承担”的意思；二呢，对我来说，真正的农村劳动，只在书本上读到，想亲自体验一下，也是为了以后写作积累素材；三是没有理由拒绝，能为女朋友家做点事情，正求之不得，开心都来不及呢。

大约过了一周，放假回家三天的女朋友来我家了。那时候，也没有手机，通信不是那么方便。最主要的是，女朋友家我从未去过，她是过来带我一起去的。我带了几百块钱，买了点水果，就和女朋友出发了。

女朋友的家与我们乡相邻，离我们乡有十来千米的样子。我骑车驮着女朋友，沿途到处都是金黄的麦田，“田里稻穗飘香，农夫忙收割，微笑在脸上闪烁”，多少年后张明敏的《垄上行》传唱大江南北，虽然他唱的是稻香，但丰收的景象是相同的，那种情形，让我感到是那么熟悉，让我一下子回到了从前。

自然的风景，难掩我心内的忐忑。在路上，我的心里敲起了小鼓。我见过毛脚女婿上门，被人捉弄的情形。我在想象，女朋友的家是什么样子？她的家人好不好相处？她的亲戚、邻居会拿怎样的眼神看我？女朋友看出了我的紧张，就安慰我说："没事儿，我们家里都是老实人。"她越那样说，我心里越没有底。

到了她们村头，我心里的石头才终于落了地。

村子里是住家户，村外都是麦田。村民们往返穿梭运送小麦，大家都在农忙，根本没有人在意我这个新"贵客"。

到了女朋友家，刚好未来的丈母娘正推着一车小麦进院子。她看到我，脸上露出了笑容，她把小车往上一翻，麦子听话似的倒在院子里，齐整整的。未来的丈母娘说话倒挺干脆："先喝口水，就去地里吧。中午收工再唠。"话毕，从小推车一侧摸出一把镰刀递给我。

我接过镰刀，拿在手里装模作样比画了一下。女朋友在一旁"扑哧"笑了："左撇子，会不会使镰刀了？"

一句话，说得我满脸通红，尤其是当着未来丈母娘的面。我瞪了她一眼："吃饭是左撇子，我写字可不是啊。"

她家的地，好在离村不算太远，在庄西头。一共四口人，分得二亩四分地，地里的麦子全熟透了。

采一穗，用手揉揉，吹去麦皮，往嘴里一送，满口的清香。再采一穗，揉好了，送给女朋友，谁知她头一扭："人多，让人看见不好。"吃麦子有啥好不好的？太封建了，真是的！

俯下身子，还别说，我这左撇子，用起镰刀，还真是那么回事。第一次做农活，自我感觉良好。唰唰唰，镰起麦落，扭头看在后面捆扎的女朋友，她向我扬起了大拇指。

农活看起来简单，做起来其实还是有些技巧的。尽管我"冲锋"在前，可是没有多久，就被准丈母娘追上了。她看到我笑着说："别用蛮力，那样会累坏的。使镰刀不要直来直去，略微有点倾斜度，这样省力。"

我听后按方法试了试，果然省力不少。

约有一个时辰的时候，准小舅子来送水了。一个初中生，脸上生着青春痘，还戴一副眼镜。看到我，目光里有好奇，也有惊讶。眼神一直盯得我紧紧地，他心里大概一定在想，这个人，将来会叫“姐夫”吗？

准小舅子送来的是绿豆水。绿豆水防中暑，解渴，这可是一流的饮料。女朋友从桶里舀起一碗，递到我的面前。口干舌燥的我，强忍着口渴向她示意了一下，让她先给妈妈喝。女朋友的脸，一下子红了。女朋友端着绿豆水朝她妈妈走，擦过我身边的时候她一只手端着绿豆水，另一只手又向我举起了大拇指。

得到女朋友的认可，我心里比吃了蜜还甜。

四个人快马加鞭，十二点的时候，地里已收割了四分之三。

太阳的暴晒，加上不停地劳作，我头昏脑涨，浑身被汗水湿透了。我像一摊烂泥。从田间往村里返回的时候，女朋友搀着我，我怀疑我的腰断了。

由于事先知道我要来，虽是农忙时节，准丈母娘还是竭尽所能准备了好几个菜。印象最深的一道菜，是杀了一只自家散养的小公鸡。乡下散养的公鸡一般是养大了等贵客上门时才舍得杀的，准丈母娘或许是对我的表现比较满意，所以才毫不在意小公鸡还没长大，虽然只是简单的烹调，但那只鸡的香味，想起来，至今令人垂涎。

那天，由于疲劳加上我第一次上门，中午“被迫”喝了五瓶啤酒，那顿饭吃得真高兴。饭后，我就倒在床上不知不觉睡着了。

当我醒来的时候，天都黑了，女朋友家的麦子已全部收到了院子里。我感到十分不好意思。

那是我第一次做农活，半天时间的劳作，除了浑身酸痛，还有刻骨铭心的回忆。

那次割麦子回去，我在家里足足躺了两天才恢复过来。

两个月后，女朋友成了妻子，准小舅子成了亲小舅子，准丈母娘成了妈。

盘点菜园

每天下班后，最想做的事情，就是到菜园前站站，感受瓜果满园的感觉，对我来说，是一件最幸福的事情。

西红柿每天能红几个，那种自然红，令人满心欢喜。

或煲汤，或生吃，其味无穷。

大椒是同时买的苗，却不知为啥，竟是两个品种。

一种细长下垂，一种簇拥在一起朝天生长。不管它啥品种，只要辣就成。俺对辣椒的喜爱是不折不扣的。

大葱最让人省心。买来葱栽子，埋进地里就行了。

一场雨过后，侧着的身子，慢慢站立起来。最喜欢做饭的时候，那边支起锅，靠上油，这边匆匆去地里拔一棵葱。

娃娃菜，种上当了。买种子的那天，原本是想买小青菜的，结果卖种子的说，这是娃娃菜，非常好吃。他把那个“非常”二字撇得很长、咬得很重，就信了。结果按他说的，犁了沟，撒上种子。几天后，苗也出了，密密匝匝的，与我企盼中的娃娃菜相去甚远。间过苗，可总不见到娃娃菜的样子。

煲过几回汤，权当是小青菜吃了。

无花果，这是我菜园里唯一一棵木本的植物。买的那天，它被主人栽在一只小花盆里。主人说，别看它小，都四年了。我说，何以见得？主人说，你看，这几个关节。

我数了一下，果然有四个关节。买的时候，枝头有花苞，回家栽过不久，花苞不知何时褪没了。

让我望眼欲穿的还有苦瓜。去年栽过一棵，藤条缠满了窗棂，结瓜无数，惹得左邻右舍前来观望，皆赞叹不已。可今年死活不结，开出的花倒不少，可都是谎话，开过之后就悄无声息了，再也没有个结果。我认定苦瓜不是个诚实的孩子，是个撒谎精。邻居劝我说，别急，要到秋天才结呢。那就等吧。

荆芥可是个稀罕菜，第一次听说，也是第一次种植。

邻居给我种子的时候，说，这是“警戒”。可防感冒啥的，炒鸡蛋、做汤皆佳。我不知道是哪两个字，就把图片发到论坛，明眼人告诉我，这是荆芥。开始的时候做汤，大手大脚，按照青菜的做法，放足了荆芥。后来邻居告诉我，一碗汤，撒上几片就 OK 了。荆芥有些薄荷的味道。

我百度了一下，果然，荆芥还有个别名，叫大薄荷。

芹菜绝对受到邻居大嫂的影响。她把吃完的芹菜根埋在地里，不想却长得葳葳蕤蕤。“批”着吃，很方便的。她说得我心痒痒。当天我去了菜市，专找带根的芹菜买回了两斤。现在芹菜长势良好。

最有意思的是种的那棵南瓜。像老太太盼孙子一般的企盼中，那天早上终于发现结了一只南瓜，我兴奋极了，就差与左邻右舍奔走相告了。邻居大嫂对我说，南瓜和丝瓜、苦瓜不同，要插花的。没插过花的瓜，几天就没了。她的意思我明白，就是人工授粉。说白了，就是给南瓜“配种”吧。可是，我的南瓜花只有唯一的一朵。

邻居大嫂说，我家菜园里的南瓜花多得是，你采一朵吧。

我采了一朵对大嫂说，这也算是与你家的南瓜结亲家了。

说得大嫂哈哈大笑。

难怪古人都向往那种田园生活，原来是这般有滋有味。

“混”伞记

感冒发烧，请了假，在离小区不远的诊所挂了瓶盐水。谁曾想来的时候天气还好好的，这八月的天，就像孩子的脸，说变就变。这不，盐水刚刚挂完，雨水就像瓢泼的一样浇了下来。

左等右等，雨没有停的意思。

诊所的王大夫说："这雨，我看还早着呐。你要有事，我这里有雨伞。"说罢，他走到门后，拿了一把雨伞给我。

我还真有事儿。孩子放假，一会要送他去书法班。虽说小区离家不远，如果说跑着回家，一定会成为落汤鸡。我道过谢，打着雨伞回家了。

回家没有发现孩子，我给妻子打了电话。妻子说，在单位呢。她这一说，我有些着急，尽管外面下着大雨，可学书法，一堂课也不能落下的。

妻子让我去接送。我在家中找到了半天没找到雨伞。突然想起了单位里还有两三把。每次下雨，带一把走，回来时，天一晴，就忘了。不过奇怪，上次局里举办红歌比赛，奖的那把"天堂"伞，我是从比赛会场直接带回家的，怎么也没找到。

到了妻子单位，妻子不知从哪里找了把雨伞给孩子，我们一人一把，顶着大雨一同去了书法班。

晚上回来，雨还没停。妻子正在厨房做饭。我发现洗手间里晾着一把雨伞，分明是妻子打着回来的。

"这伞不是咱家的吧？我记得那把是粉色的。"我有些奇怪地问。

"这是单位看大门张大爷的。他看到我把雨具给了孩子，就把雨伞让我用了。"妻子说。

"我上次唱歌奖的那把伞呢？就是外面塑料包装，还没开封的那把。"我双手比画着，努力提醒妻子。

"使混了，分不清哪把是哪把了。上次，那谁……在咱家里玩，遇到下雨，我让人家打走了。反正不能让人淋雨啊。"妻子轻描淡写地说，"哎，你这把雨伞貌似也不是咱家的吧？"

我连连说对，这雨伞是小区门口王大夫的。

回答完妻子，咀嚼她的话："使混了。"这个"混"字，用在这里，用得真好！一瞬间，心里，竟有些小感动。小小的雨伞，在这个雨季，"混"得真好！

“逛”来的幸福

自从搬到新的小区以后，离菜市近多了。当初看房，选择这个小区，靠近菜市，也是购房的一个重要理由。

那时候，我正在家里“待业”，平时除了在电脑上码字，每天早起的第一件事，就是去逛菜市。对我来讲，逛菜市起码有两大好处：第一锻炼了身体，第二能买回最钟爱的蔬菜。

逛菜市与买菜不同，买菜的目的性很明显，到了菜市，买了就走。而逛菜市却大不同，它是一种闲庭信步，可买，可不买。我逛一次菜市的时间，大约花费一个钟头。算起里程，来回不下于两千米。

每天走进菜市，左顾右盼，看到熙熙攘攘的人流，各种不同的菜摊，眼睛都不够用了。去得久了，分得清哪些是菜农，哪些是菜贩。最喜欢看菜农前面摆放着的沾着露珠的蔬菜，看了让人心生欢喜；不喜欢买菜贩的菜，加了价不说，有的菜还会用水浸泡。

经常逛菜市，让我练就了一双“火眼金睛”。扫一眼，我就知道是不是“青瓢瓜”，哪种莴苣是香莴苣，因为莴苣身上早已写上标志——身上带紫痕的那种。所谓香葱，细长，短小，葱白不是太长。还有鱼新不新鲜，看看鱼的眼睛就知道了。

逛菜市，最开心的是能在菜市上“淘”得好宝贝。有一天逛菜市，看到一位菜农卖一种类似莴苣的菜苗，就很奇怪地说：“你这种莴苣苗不是这个时候栽种的啊。”菜农看了我一眼：“这不是莴苣，这是苦菜。”听这名字，就喜欢上了。想家里楼下有块地，就买回了十多棵。苦菜买回来，宝贝一样地伺候着。苦菜也争气，慢慢就长开了。我把图片发到网上，有人告诉我说，这种菜学名叫“莜麦菜”，盛产在四川。

最有意思的是逛菜市还逛出一位好朋友来。平时我喜欢吃虾，经常固定在一位摊点上购买。之所以固定，因为她的虾子是自家养殖的，而且都是鲜活的。我从不讲价，而她每次秤完，总要给我添几只。有次聊天，发现她竟然和我太太是同行。我邀她有空到我家玩，她竟答应了。现在和我太太成了好朋友，偶尔还相约逛街闲玩。

平常事，坚持做，慢慢就成了一种成绩。邻居们常常当着爱人的面夸奖我，说我是个难得的好老公。我听了以后，心里美滋滋的。尤其是每天逛逛菜市，买回钟情如意的新鲜蔬菜，家人吃着喝着，幸福感就会溢上心头。

每天逛逛菜市，这习惯，怕一辈子也改不掉了。

属于自己的东西

昨天搬家，发现家里原来有那么多的东西。一些东西伴随了我好多年，可更多的杂物像是鸡肋。这么多年来，发现唯一赚的就是一屋子的书。可书不是个原始股，如果要卖的话，也是个亏本的买卖。

床头柜。这些年，柜子的抽屉里收藏过我家最珍贵的东西。如房产证、结婚证、独生子女证、医疗证……床头柜由于用的年代久了，有的地方的漆已剥落。

台灯。结婚后我用了不下十个台灯了，唯有这个光亮如初。买的时候它最大的功能就是能调节亮度，我喜欢在床头看书。这么多年，我的眼睛一直保持在零点五的视力，不能不归功于它。

那套组合橱。当时流行鸭蛋绿。记得是妻子的一个同事的爱人帮助制作的。结婚的时候，这可是个大件。当时还和妻特意去同事的爱人家里看家具的制作过程。那种纯木的，现在仿佛很难找到了。

书橱。家里的这个书橱，是我仿一位朋友的书橱定做的，尺寸、颜色和我那朋友的一模一样。记得当初去量尺寸的时候，他们新婚宴尔。新娘子一身红，给我泡茶。我还祝福他们早生贵子。世事真的难以预料，最终他们还是劳燕分飞，各自重新组合了家庭。人生的组合，比起物杂，要多出多少的痛。

电视、冰箱、电脑……这些电器，从无到有，经历了多少变迁。它们的将来，仍然会被淘汰或更新掉。

除了妻子和儿子，在这个杂乱的空荡荡的房子里，没有属于自己的东西。身外之物，这一瞬间，我有了真切的体会。

想起张海迪有一次访谈节目中说的话："人的一生，属于自己的东西仅有四种而已。一是健康，二是知识，三是朋友，四是亲情。"

这个节目我看过很多年了，这句话，我想一辈子也不会忘掉。

养花记

乔迁后，朋友送了我两盆花，一盆是吊兰，还有一盆是常春藤。吊兰好养，放在哪里都能成活，我笑说这是懒汉草。那盆常春藤也不错，绿绿的叶子，随盆像瀑布一样"泻"了下来。我把吊兰摆放在茶几上，把常春藤摆放在客厅的冰箱上，给房间增添了不少生机。好多来我家的朋友看到后都惊羡不已。

有天早上，我猛然发现，常春藤的叶子开始泛黄了。而且，所碰之处，叶子随即凋落。

我不是个擅长养花的人。记忆里总感觉到花是和女人联系在一起的。虽然常春藤不是花，可是花花草草，总是一家，有内在联系的。

解铃还须系铃人，我打电话让朋友过来一趟。朋友养花多年，是真正的行家，无论什么样的花儿，她总能管理成最佳状态。记得她曾告诉过我，因工作的原因，她经常去乡下，只要看到驴粪，她就会兴奋不已。用塑料袋装回来，摊开晒干了，放到花盆的最底部。朋友说，那样的肥，没有“火”，不会烧着花草。以至于到后来，其他同事只要下乡，看到驴粪总会想到她。每每给她捎带回来，她总说是给她带回的最好的礼物。朋友和我静静地讲述，我却一直笑个不停。

“你就一直放在冰箱上面没有动过吗?”朋友问。

“是啊。它生长得不错，也挺省心，我就浇过一次水。”我好委屈。

“晕，你要识得花性。”朋友又道，“养花就像养孩子。你整天把它放在冰箱上面，它不能通风，又见不到阳光，你说它能健康吗?你看你，早晚还要出门散散步……做一个养花的人，要有足够的耐心，比如浇花，收集一些雨水最佳。再比如条件适合的话，经常让它们吃点露水……”

养花还有这么大的学问啊?听得出，朋友对莳花的每一个细节，是那么了如指掌。从她娓娓的叙述里，看得出她对花的挚爱。

朋友一席话，说得我脸红。平时很多时候，对待好多事情，我们往往注重的是结果，而忽略了美妙的过程。其实如果没有了因，哪里会有果呢?

世事万物，一个理儿啊!

游泳识水性，养花识花性。说到底，花性也似人性呢。

躲地震

前不久从网上得知台湾发生了6.7级地震，我和妻子看后唏嘘不已。想当年电视里播放的汶川地震的那一幕，仿佛就发生在昨天，至今令人心有余悸。人类在自然灾害面前是那样的无助，妻子说，以前有句话叫“人定胜天"，其实是不对的，我对妻子的观点表示赞同。

其实，小时候，我也曾躲过地震。

20世纪70年代初，那时，我们全家住在乡下。我六七岁，刚上小学。有天放学回家，看到爸爸带着好多人在院子里支帐篷。我好生奇怪。妈妈告诉我说，公社大喇叭喊了，最近要来地震了。

我不知道什么是地震。妈妈说，地震就是地球乱晃，能把房子弄倒了，妈妈边说，边用手指比画着。我一听，吓得哇哇大哭起来，房子弄倒了，那不把人砸死了吗？那我还能再去上学吗，还有，还能再见到我的好朋友小亮吗？

我在哭，妈妈却笑了："莫害怕，你爸这不正在请人搭帐篷嘛。"不管妈妈怎么劝我，我是死活不敢进屋。生怕一进去，就来地震了。妈妈想到我明天还有作业要交，万般无奈，就把我的小书桌搬到院子里，让我放心踏踏实实地写作业。

快吃晚饭的时候，帐篷搭好了。爸爸想得挺周到，还把堂屋的灯扯到了帐篷里面。

吃过晚饭，到新搭的帐篷里一看，还别说，睡惯了的床，一下子换了个新环境，新鲜感就来了。帐篷里面铺上稻草，放上席子，软乎乎的，跟席梦思一样，躺在上面真舒服。

我躺在帐篷里正美滋滋地乐呵，小亮来找我玩了。他看到我家支起了帐篷，羡慕得不得了。他说，临到我家的时候，他爸爸和他说了，他们晚上一家子要带席子睡在马路上躲地震。

小亮他爸爸是个残疾人，妈妈靠烙煎饼养家，家里穷得只有两间破屋。我说，要不，你就和我一起住我家帐篷吧。小亮摇了摇头说，他妈妈绝对不会同意的。

我和小亮聊了一会儿，就一起出门去玩了，令我没有想到的一幕出现了——马路上到处都是躲地震的人。有的铺上蓑衣，有的是凉席，五花八门。那时的马路上，全村也没有一辆汽车。躺在马路上躲地震，那是绝对的安全。地震如果真来了，该不会把路也晃倒了吧？

那时候没有电视，更没有如今的广场舞。但是满马路的人，自然也会有他们自己的消遣方式。有的几个人凑在一起喝酒，有的点着罩灯一起打牌，还有颇具文艺范的，搬个凳子，坐在上面拉二胡。

这么热闹的马路，弄得我心也痒痒的。我一下子不再喜欢那个帐篷了。正好家里有蓑衣，我和妈妈说，想和小亮一起睡马路玩，不想妈妈竟然同意了，不过她同意的前提是，让我一定要注意安全。

小伙伴在一起，自然睡不着。小亮的妈妈说，睡不着，我给你们讲个故事。

从前，有个小学生，学习不好。老师教了他一个字：钉。他总是记不住。老师从家里带来一只铁钉放在他口袋里，说，问你这个字叫啥，你想不起来，就摸摸口袋。这个学生同意了。后来，学生的家长来学校，老师自豪地对家长说，你儿子认得字了。于是在黑板上写了一个“钉”字，让学生念，学生急得满头大汗，就是认不出来，老师使眼色，让他摸摸口袋，这个学生摸过后说，小铁橛……

小亮妈妈肚子里的故事真多，几乎每晚都会讲好几个。只有这个“铁钉”的故事，四十多年了，我一直不曾忘记。

因为从未露宿过，面对夜空亮晶晶的星星，小亮妈妈告诉我，哪颗是启明星、哪条是银河，还有牛郎织女星……深邃的天空，美丽的童话故事，给我少年的心，多了几多的向往。

最有趣的是半夜期间，有哪位憋不住了，冷不丁在深夜放出个响屁来，会惹得静谧的夜晚，一下子躁动起来。

有天早上，我刚醒来，看到身上多了一件小褥被。我再一看，是自己盖过的。不知夜间什么时候，妈妈来过。我小小的心里升腾起了幸福的火苗，让我一下子感到了母爱的温暖。

印象最深的是有一天下起了小雨。

这下可好！遭遇地震和躲地震相比，哪一个更重要？明白人都会明白。到了夜晚，整条马路上支雨伞的、戴斗篷的，红红绿绿的一片。尤其是蓑衣，放在地上是床，披身上就是雨衣。现在想起来，要是去拍张图片，绝对是大片。

过了一周左右的某天夜里，迷迷糊糊中，我听到了急促的锣声。一睁眼，就看到小亮的妈妈火速站了起来，再看四周，人们已经乱成了一团。

“来地震啦！”不知谁喊了一声。喊这一声不要紧，整条马路上好像炸了营一般。

小亮的妈妈的脸色都变了，但是她一点不乱，显得极为从容。她让我们待在原地不要乱动，她说，她要在地震到来前，去把家里的东西“抢”出来。

我和小亮不知所措。东张西望间，我猛地看到妈妈拎着东西跑过来了，爸爸在后面，也抱着一大包东西。

说来地震，我却感到和平常一样，根本没有震感，只不过就是多了一些嘈杂的人群。

大约过了半个时辰，公社的喇叭响了：“大家不要惊慌，为了确保村民的安全，提高警惕意识，发警报没有通知大家，刚才只不过是一次演习！请大家谅解！”

原来是一场虚惊。

大家都被刚才的狼狈弄得不好意思起来，整条马路上，都是会心的笑声。

这样的日子挨到了第十五天，公社喇叭又响了：“接上面通知，地震警报解除了，地震不会再来了，大家可以放心回家睡觉。”

大人们听了松了一口气，可我和小亮的内心却大大地失落了，这代表“躲地震”愉快热闹的时光从此画上了一个句号。

不管怎么说，躲地震，如今已经成了我一生中最难忘的回忆。

第五辑

我和美食有个约会

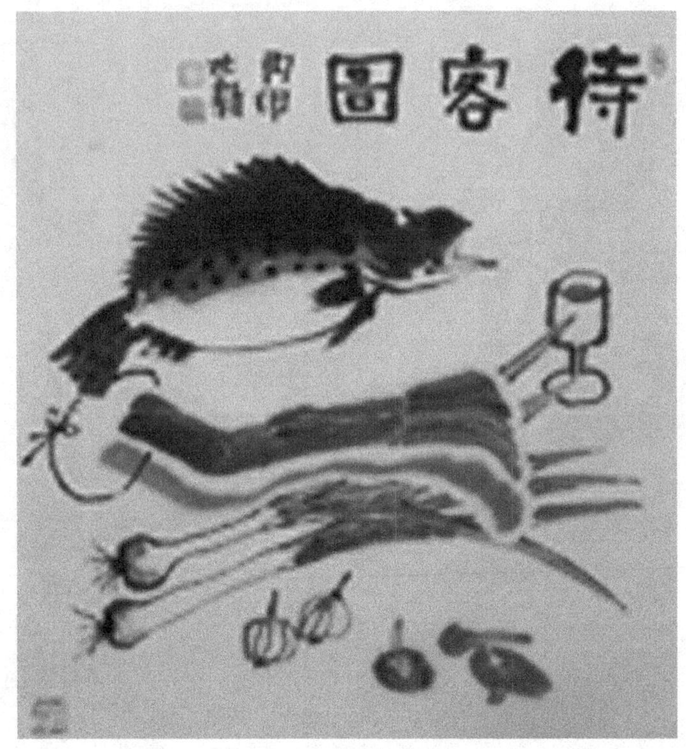

最美味的食物

大约每个人都有这样的经历，当你念及啖过的某道美味的食物时，再吃却怎么也找不到最初的感觉了。是口感发生错觉，还是菜的质量不如人意？

其实什么都不是，最美味的食物当属记忆里的。

提及美味食物，很多名家大都写过此类的文章，汪曾祺先生当首推第一，他的《故乡的食物》，哪个读后不馋涎欲滴呢？

我少时家贫，鲜见大米白面，更难见到悦目可口的点心，但小时候的一粒水果糖，却能甜到至今；锅贴饼子虽粗糙，但因为有了母亲的百般操劳及那份疼爱，至今余香袅袅……

前几年读梁实秋《饺子》一文印象颇深。当他郊游，饥肠辘辘之际，到一村夫家寻食，村夫待之一碗水饺，几瓣未曾剥皮的大蒜，吃得他满头大汗、惬意不已。纵观儒雅斯文的梁先生一生，这种粗俗的吃法怕只此一次！可仅这一次，却让他终生难忘！

那么说，最美味的食物当与第一次有关？

一次我到东海参加一次笔会，结束的时候，那顿午餐真是气派——竟有平日里见到也不敢问津的甲鱼，当时我是初食此物。现在想来，对于甲鱼的味道却一点记忆也没有了。倒是记住了笔会间的一些文友和笔会间的一些趣闻。

我有一友，脾性和我极为相投。有一年夏夜，我酒兴大发，骑车五里去他家里寻酒，朋友是单身，一个人居住，家中无菜，唯一壶烧酒和一盘榨菜，两人席地而坐，交谈接近通宵，最终“菜”毕酒空……

我永远记住了那盘榨菜的清香和友谊的芬芳。

食物的美味实在是与食物无关的。

那么说，食物的味美是在食物之外？

家乡的酒规

大约与山东接壤的缘故，我们赣榆人的言谈举止无处不具齐鲁遗风：粗犷与豪放。仅饮酒而言，那气度何其相似耳。

单想去搜集这样的酒规，会让人引为笑谈。乡俚习俗，如何成规？

不经历风雨，哪里有彩虹？我以身试“酒”，累计家乡喝酒时的举动，总结如下。

其一：酒杯斟上酒后，不能即刻就喝，需用筷子的另一端在酒杯里沾一下，然后在桌子上重重一点方可饮酒。点，“奠”也。表示祭奠过先祖了，此后开怀畅饮方可心安理得。

其二：第一杯斟上后，要满上。一般全体喝两杯为止。赣榆俗语“喝二盅”即出于此。

其三：酒场之上严禁“拉大网”。“拉大网”就是同时与几人同饮，这当然非豪饮者所为。此规出自赣榆民谚，“二人不赌钱，三人不喝酒”。若喝，行，当然必须一对一。

其四：途中上菜如果有鱼，鱼头与鱼尾相对的二人必须对饮。谁与谁对饮这当然全凭服务员的眼色行事。因为鱼头对的，常常是桌间年长的、有威信的、资格老的人。鱼头和鱼尾的酒饮过之后，别人方可下箸吃鱼。

其五：瓶中倒酒，适逢酒底，如果一杯未满，须另启酒。那么此杯酒必须干尽重斟，这叫喜气酒，取“喜不足”之意。但一般情况下，瓶末总是要余几滴，一溜边辈分的人喝就会把空瓶弃置一边，这叫押瓶底，以示气派。若同座中有长辈者，这瓶底酒就会倒入长辈的酒杯之中，以示尊重。

朋友看了我的酒规的文字，都说好。

赣榆风味三种

酥烧饽

说起赣榆最具特色的风味小吃，不得不提及酥烧饽了。一般说及酥烧饽，方言里只称：酥烧。那个饽只是个辅助音，可有可无。酥烧味道如何暂且不说，单瞧每日清晨酥烧饽摊前那拥挤的人流便知。这样的小吃，不由得令你刮目相看。

酥烧饽的外形呈球状，与普通麻团大小一致。但与麻团相比，酥烧饽是少了几分甜腻，多了几分的清脆酥香。

酥烧饽的工序极烦琐，但观看摊主去做则不同了。一来你不会为它的烦琐而担忧，二来却令你置身于一种传统文化的氛围之中。许是摊主做得太娴熟的缘故，发酵过的面和好之后，轻轻揉成一张薄薄的面饼。把备好的葱花精细均匀地摊放在面饼之上，渐次将面饼卷成筒状，每卷一圈，往上刷一层花生油，然后切成一段一段，再揉成团状，放在油锅里汆炸。汆炸的锅是那种平底的锅，就架在小吃摊前。酥烧在油锅里汆炸，那扑鼻而来的香气，容不得你不买上几只。

炸酥烧不宜大火，待到酥烧饽呈赭红色，这样就做好了。往往制作的制作，汆炸的汆炸，各司其职，井然有序。一切做得麻利又从容。

上好的酥烧饽不光色泽诱人，吃到嘴里更是百嚼不厌。

我一直在想，酥烧是一道菜，还是一种主食？我目睹有好酒者，早上携一酒瓶，倒上二两，要几个酥烧，吃得是津津有味。

试想，有精盐的咸，更有那油炸的酥，内瓤软嫩适口，那滋味，还容我再写下去么？

青　浆

倘若你是外地人，初来赣榆，说起青浆，你大概一下子会与“豆浆”“奶浆”之类的有营养的汁水联系起来吧？不哩，在我们赣榆，它其实是一道菜。

青浆的做法极简单，取材也极平常。一般讲究选七样：黄豆面，豆芽，萝卜，菠菜，荠菜，白菜，花生米。做时先将黄豆面投入水中煮沸，然后依次将菜放入，开锅后撒些儿细盐即成。吃时佐以大椒和大葱，不吃饭也能撑个半饱哦。

虽说青浆一年四季皆可做，但尤以春、秋两季为佳。春季的枸杞叶、荠菜，秋季的地瓜叶等都是做清浆的最佳材料。每到春秋两季忙过之后，人们便做一顿解解馋。逢做总是一锅，左邻右舍送上一碗。送者不感到寒碜，收者却感到浓浓的人情味儿了。但其结果常常是一场爽爽的哈哈：“哟，他二嫂，你瞧，我这锅里也正煮着呢……”

要说吃青浆的最佳时机，那还是在新年的初七。这一天，赣榆人称青浆为“仙人脑子”。

意寓大鱼大肉吃腻了，冷不丁来上顿青气，那滋味就如同吃了“仙人脑子”。

“仙人脑子”不知啥滋味，青浆倒是常吃，那滋味，绝了。

糊　涂

在赣榆，在萧瑟的严冬，谁家儿不会做上一顿香喷喷的糊涂暖身子呢？

糊涂，说到底，和粥差不多。却又不尽相同。

按品种分类，可分为“豆沫糊涂”“瓜干糊涂”“地瓜糊涂”“大米糊涂”等，若按口味又可分咸、淡两种。其实咸淡也只是根据材料而定。比方地瓜干做成的糊涂，就只能取其淡味，因为地瓜本身就含有糖分；黄豆、花生米一类，自然取咸为佳。

糊涂的主要用料是水、面、大米和黄豆，放一些碾碎了的花生米，糊涂就越发显香了。做时黄豆同水一起煮开，再放入大米、面。待到锅再次沸腾，再撒些儿细盐，这样，香喷喷的糊涂就做好了。

早些年，赣榆人几乎家家都吃“瓜干糊涂”。瓜干，就是山芋干。秋收后，村人闲了，将山芋切成片，摊晒干了，冬天里放在水中加面煮即成。那时候，锅里放花生米和黄豆的人家倒是不多。现在家家条件都好了，想怎么吃就怎么吃了。现在的早点大约是牛奶替代了糊涂，偶尔吃吃，也是因为吃个稀罕吧！

可是……可是……在一个冬雪的早上，手捧一碗喷香的糊涂，嘿嘿，人生还有什么所求呢？

美味香莴

又到香莴上市的季节了。我说的上市，是指纯自然生长的，不是冬天大棚里出品的那种。

记得还在海头的时候，退休的父亲在家门前垦了片菜园，种了好多莴苣。父亲当了一辈子干部，却不是一个好会计，没计算好收成，结果是常吃不败，最后那几垄莴苣大都送给左邻右舍了。

我喜欢冷拌着吃。把莴苣切成薄片，拌上蟹籽豆腐，再加上几段蒜薹，淋上麻油、醋、酱油，下酒的佳肴。那蒜薹好像着意要与莴苣在一个季节生长，它们搭配，真是不可分割的黄金搭档。

香莴炒鸡蛋，母亲在世的时候，是她老人家的拿手菜。

尤其喜欢香苣头尖的那几片嫩叶，用它下面条绝佳。

有天起了个大早，到菜市遇到一位大嫂在剥莴苣叶子。看到新鲜碧绿的叶子，舌下立马生津。我和大嫂说买点莴苣叶子。大嫂给我装了一大袋子哈哈一笑，拿去吧，不要钱。

中午那顿汤煲得可真有味道。

吃过一次亏。因为去皮很麻烦，有次买回来两棵大的莴苣。妻看到后说，这不是香莴。我问是什么？她说是洋莴苣。

果不其然，别说冷拌了，炒出来也没有香莴的清香。后来我略加观察，凡是香莴，上面必带有紫痕。看来，买香莴也要注意打假。

从前在墟沟的时候，到一个单位办事，看到一位亮丽的小姐，手拿香苣，如食黄瓜一般，第一次看到有人这种食法，令我大开眼界。

还是很早了，有一次在酒宴上，吃到一种冷菜，口感也好，一问，原来是苔干。不禁想起若干年前家父种的吃不了送人的莴苣。早知道能晒成苔干，干吗还拿去送人呢？

看医书，知道莴苣还有药效。小儿小便不便时，可用莴苣茎和叶，捣烂如泥，敷肚脐之上，小便可以渐渐通畅。又有一个办法，用葱数十茎，与莴苣茎十茎一同捣烂，加蜜糖或甘油调成泥饼状，涂在脐眼以上的肚腹部，亦能使小便通畅。

香莴好棒哦！

把所有的蔬菜家族罗列一下，如果它们是一群娃，那么我一定夸莴苣是个好孩子。

粽子闲话

早上去市场买菜，看到了那么多卖粽叶的，始知端午节马上就要到来了。实际上，很早以前市场上就有卖的，只不过没有形成气候，不像如今这样的如火如荼。

我们家乡每年包粽子，用的材料大都是芦苇叶，母亲包的大多是三角粽子。记得小时候，每逢过端午，我们企盼的倒不是粽子，是随粽子煮熟了的大鸭蛋！每每看到玩伴从家里带出来煮熟的鸭蛋，不光涂了颜色，而且还用一种尼龙线结就的网兜兜着，把它挂在腰间或悠荡着玩，着实令人艳羡。

记得每年端午，母亲就要用锅煮粽叶。生粽叶有点刺鼻，放到锅里煮熟了却是满屋的清香。小时候我曾去“打”过一回粽叶，不光采集了一些小叶片的，还遇到了一条蛇，当我们发现的时候，一群小伙伴随即作鸟兽散。有个大一点的，特别关照：“快跑，跑‘之’字路，因为蛇不会拐弯。”

母亲是山东人，小时候一直记得她不会包粽子。自随父亲迁至另一个乡镇，常要请本地的一位大娘来帮忙。大娘包的粽子可紧了，三绕二绕，然后用粽叶尾收尾，结结实实。大娘和我们家关系很要好，就跟我们的亲大娘一样。每次，她来我家，总要包上两个时辰。她每每看到我二哥，总会对我妈妈说：“你们家小二子，是个团长脸。”乐得我妈妈很开心地笑。二哥长大没有当兵，现在却也算个小款了。大娘此语不虚。

后来大娘过世了，每逢端午节，妈妈就用笨办法，包不拢，就用线扎起来。姐姐说，妈妈包的粽子好笨。可我吃起来，却是那么清香。

记得有一年端午节我带老婆孩子回家，母亲高兴得合不拢嘴。我们不光吃了那么多的粽子，回来的时候还带了一大提包。只是带回来的，后来遗忘在公交车上了。我懊悔得不得了，可终究没有和母亲讲，怕她知道了后又骂我没脑子。一直在想，那捡到粽子的人，一定是很有口福的人了。

后来我知道，粽子不一定只用芦苇叶包，还有用菠萝叶包的。只是那种像无花果的叶子难以成形，包的时候，一定要用线扎好。想到和妈妈的包法异曲同工，我心里对妈妈的埋怨即刻没有了。

粽子的馅也有意思。平常母亲包，都很传统，清一色的糯米，偶尔也放几只大枣。后来我去外地打工，有一年没有回家，却吃到了带肉的粽子。再后来我才知道，粽子里放什么都行呢。前两天翻报，始知北京推出了“宫保鸡丁粽子”“鸭肉粽子”“鱼香肉丝粽子”等，先前包粽子的本意早就背道而驰，相去甚远了。不过口味好不好，取决于市场。

偶闻南京有一种习俗，端午节后再包一种粽子，用绿豆沙做馅，可以用来消夏祛暑。这个我信，也倒深值得推广。

又到端午，回味粽子，回味母亲用线包扎的粽子，因为再也吃不到了。

母亲过世已五载了。

口　福

中国人的节日大都是和吃连在一起的。比如春节，比如八月十五，再比如刚刚过去的端午。仿佛只有吃，才能淋漓尽致地表达出内心的那种对节日的喜庆。

人生近不惑，能吃到的都吃了。虽不至于猴头燕窝，但吃过蛇，吃过龟，小时候，吃过一次鲸鱼。记得那次好像是那只鲸鱼搁浅了，有十余米长。又有传说是在海里犯了事，被龙王从海里开除了。总之，吃了好一大碗。鱼刺留了下来，切成段，系在钥匙上做了纪念。那刺，如手腕粗。现在早不知扔到哪个角落里去了。

喜欢某一食物，百吃不厌，方可称口福。

汪曾祺有篇小说，写他遇到的一个老人。一年三百六十五日，一日三餐不变：清水面，稍加佐料，每顿都吃得那么有滋有味。最后不得不叹服：“这真是一个活庄子。”

小时候家贫，每每早上看到母亲做糊涂地瓜就头痛。至今看了地瓜胃里犹泛酸水。这是特定时期的后遗症。可是小时候和伙伴们在田野烧地瓜，那种乐趣，那样的口福，城里的孩子是永远也体会不到的。

我有个朋友，在文化系统上班，我和他相识是一个朋友介绍的。我们真是一见如故。记得有一年夏夜，我顶着星光去他那里寻酒，创下了一包榨菜一头大蒜喝一瓶白酒的纪录！

口福不是你吃到了什么山珍海味，而是你能从简单平常的食物中体味出山珍海味来。

岳母是地道的农村人，一生受了不少的苦，四十多岁守寡至今。来我家里，每每吃饭，总不喜欢挟些鱼肉去吃，最多只吃些许的青菜。她今年快七十了，从来都是骑几十里的三轮车来我家。我一直在想，她是真正的粗茶淡饭，身体却是那样的健康，一定有某种秘诀在里面吧。直到某天我听了一堂营养课，方才了悟！人本来就是要七分菜一分肉的。岳母没有文化，不识字，可她的口福却与营养学挂上钩了。

后来又听老师分析，纯意义上的粗茶淡饭，对身体还是有一定的影响。要搭配均匀，而且要气畅。就是说，一个人，要保持最佳的心态。

我读懂了岳母看外孙子的眼神。

看到一篇小说，印象颇深。小说记述一个叫王淡人的医生，闲暇的时候，拎一只钓竿到河边去，带一壶烧酒，旁边支一火炉，钓上的鱼，随即在河边去鳞，放到炉上清炖。酒至微熏，收竿。

王淡人的生活源于生活，却又高于生活。那分洒脱，真是惬意，也最令人神往。

可世人谁又能学得来呢？

萝卜皮与白菜心

下酒的凉菜中，我一直以为萝卜皮与白菜心极佳。学了几天的营养学，方懂得人要七分素一分荤的。这样的搭配，才能吃出健康。饭前小酌一盅，调两个小菜，爽口又是养生，这感觉与我不谋而合。

新上市的萝卜尤佳。萝卜洗净，把萝卜皮削下来，放在酱油里呛着。余下的萝卜别丢掉，用来煲汤风味独佳。削好的萝卜皮经酱油呛过后少滴点醋，十分钟即可食用。萝卜自身的脆，大约是它受人欢迎的原因。

故乡还有一种近似萝卜的苤蓝。苤蓝形状如球，是甘蓝的一种，学名叫球茎甘蓝。苤蓝是介于大头菜和包心菜之间的蔬菜，可以拿来清蒸当作小菜，或切丝做成凉拌沙拉。它宜用盐长时间来腌制，冬天用它佐糊涂下饭，也是上品。可近来发现，由于人们生活质量的提升，腌制的东西对身体无益而且有害，已渐渐退出人们的视线了。

白菜心要选黄芽菜。把菜帮层层掰开，留下菜心。切成菜丝，切的时候要横刀，顺着菜的脉络，这样切出的菜入味快捷。再配上干红椒丝及葱丝、调少许酱油、醋，撒上鸡精，也有少放一点糖的。白菜心给人的感觉：甜，鲜，辣。大白菜的菜心不可做此冷拌，做出的味道不那么正宗，而且吃到嘴里发“骚”，骚是方言，就是味不正的意思。

白菜心熟拌味道也佳。将白菜心清洗干净滤干水，坐锅烧一大勺猪油，下豆豉煸出香味，然后用锅铲铲出丢弃，转大火，下白菜心快速翻炒几下，撒盐、鸡精拌匀即可。光那色泽也够诱人的。秀色可餐，可能就是指白菜心而言的吧。

好像是在一个帖子里，看到白岩松也喜欢吃白菜心。好东西，大家都是喜欢的。可惜人家是名人，不能当面“PK”一下，有点小小的遗憾呢。

薄凉粉

最撩人乡思的，还当属故乡的小吃。扳着指头细数下来，不下几十个品种。什么黄粉、豆沫糊涂、煎饼、酥烧……但尤令我难忘的是家乡的小吃——薄凉粉。

薄凉粉的主要原料是豌豆，加水泡一段时间后，再磨。以前是放进石磨，用人力磨；现在有专门的磨碎机。磨好以后，连同水，放进锅里熬，熬的时候要不断地搅动，防止沉淀，熬成糊状即可。薄凉粉的工序不是很复杂，复杂的是要细心，掌握好火候。

吃薄凉粉，一定要选择摊点，这一点很重要。这就如戴草帽、穿布鞋，这才相得益彰。“假干净”的人是无福消受的，倘若去星级的餐馆里也难寻到。一定要在露天近似大排档的地方，而且人群要密集。舀一勺薄凉粉，耳旁和着赣榆话，这样才正宗，品味之时，浓浓的乡情也就溢在其中了。

赣榆薄凉粉，正宗的那家，当属青口县城二道街那家子。二道街，过去是个繁华地界，貌似北京的长安街、南京的新街口。其热闹情形可以想象。每日清晨，天麻亮，薄凉粉就上市了。装粉的盆不是一般的面盆，要大上一倍还要挂零。这粉，说是粉，比一般的凉粉要薄，说是水，却比水稠。常言说“割”块粉吃吃，这里却用不上了，要用“舀”这个词。一个“舀”字，把薄凉粉形象地体现出来了。

光吃这粉，如果没有那调料，还体会不出真正美味。常常是有多少的粉相配多少调料，就是说一面盆粉，要一面盆调料！单瞧这调料的内容：有椒面，有韭花，有酱油，有醋，有鸡精。拌在一起，真乃天下一绝。

这样的美味，适宜与煎饼油条搭配。舀到嘴里的辣，刚好被油条的香冲淡，再加上煎饼，这样的一顿早餐，到中午断不会饿。所以，常吃薄凉粉的，常常会引发另一个爱好，喝茶。喝茶倒不是雅兴所至，却是用来消食的。

常常是那些去晚了的，看看空了的粉盆，一脸失望的神情，一脸的懊恼。而那些正在吃着的，脸上自有一份十足的惬意，呼啦呼啦一肚子，最后抹抹嘴，闪人。

偶尔出差，和同事唠起家乡美食，提及薄凉粉，就会满口生津。原以为是我自个嘴馋，没想到大家和我有同感。不禁想起一句老话：“故乡总和美食连在一起。”细咂咂，有些意思。

戏说猪肉

小时候上学，老师就讲猪浑身都是宝。比如猪毛可以做刷子，猪皮可以做鞋，猪肉可以美食，而它的粪便，可以用来做肥料。猪以它的无私，默默陪伴着人类。想起有个小学同学，忍不住就想窃笑，他被同学起了个绰号叫“约克霞”。开始他浑然不觉，接受得也坦然。后来才知道，那是一种猪的学名。

猪肉的价格行情，常常用来衡量市场跌涨的幅度。猪大概也没有想到，它竟然是这样的举足轻重。猪肉涨价了，老百姓的口袋紧了又紧，原来十块钱的肉，两顿都吃不完，现在一顿都不够吃的。

居家过日子，冰箱里常常会备一些冻猪肉，这也是因为工作繁忙所致。其实冰冻的肉，失了新鲜不讲，而且还滋生出一种细胞内寄生菌，对身体有害。吃肉，最好去买新鲜的。

菜分荤素两种。猪肉不幸被列为荤菜之一，好像赶了趟末班车。因为猪肉是平常人桌子上的极普通的菜肴。普通到三五个好友小聚，很少有人点猪肉这道菜，仿佛只宜在家中来做。只是在家中做了，就不经意了，不经意了，往往就会出现意外的惊喜。

猪肉大白菜，最家常不过，也最宜下饭，下锅时最好放几只八角提味。猪肉炖粉条，也吃着过瘾。这类菜，不要精肉，一定要肥瘦相当，才相得益彰。

抛开那些依附，有次我买回一斤精肉，回家洗净直接放到锅里白水煮了，取出后直接沾盐吃，儿子说这种吃法颇为新奇。后来再做了几次，口感就不如从前了。

东坡肉暂且不提，倒说说“长风肉”。长风是一个论坛里的坛友，她把做猪肉的一个秘诀毫不保留地贡献出来：新鲜的肉切成块，放在开水里焯一下，去掉猪腥味，然后热油倒入锅中，加水过肉，放八角、白糖、葱段、姜。煮半个时辰，开锅后即可食用。我尝试做过一回，味道真的不错。那个帖子沉了很久，忽有一天又被打捞上来，原来又有一位坛友想做“长风肉”，顶出来学习的。可见对美味的至爱，不止我一人。

喜欢年关家乡的扣肉。大都是肋条部分的，做出来是一碗一碗的，买回家，放在蒸笼上蒸一下即可食用。味香可口，肥而不腻。

常常会听人说一句俗语：“没吃过猪肉，还没见过猪跑吗？”我就一直想不通。比如我儿子，他就没有见过真正的猪跑。

看来，凡事不能绝对。

苦　瓜

一般形容一个人的外表，难听的说法，常常是：拉着个苦瓜的脸。

苦瓜的表层有一些疙瘩，说得不好听，和癞蛤蟆身上的一模一样。常见的苦瓜和我们苏北本地的丝瓜或黄瓜差不多。家乡有一种圆形的，被称为“癞葡萄”，说到底，其实也是苦瓜的一种。只是那种癞葡萄，要吃里面红色的甜甜的瓤子。有一年我试了一次，把癞葡萄的皮洗净了凉拌，除了少了些许的清脆，和其他的苦瓜的味道差不了多少。

夏天是吃苦瓜的绝好季节，苦瓜中含有独特的维生素和生理活性蛋白质，经常食用能提高人体免疫功能，可防癌。苦瓜还具有一种独特的苦味成分——金鸡纳霜，能抑制过度兴奋的体温中枢，起到消暑解热作用。苦瓜又称“君子菜”，如果用苦瓜与其他菜混炒，绝不“殃及池鱼”，苦瓜不会把自身的苦传染给别的菜。

我不喜把苦瓜弄熟了吃。我喜欢凉拌。把苦瓜洗净，一剖为二，去瓤，切成薄片，放在开水中焯一下，再放在凉开水中浸泡一会，捞出来，去水分，调上蒜、香油、酱油、鸡精。喜欢吃辣的，放一点椒丝，搭配上也好看。有时候苦瓜被开水淖过，苦味淡了一点。想吃原汁原味的，把切成薄片的苦瓜直接用盐腌制，滤出水分直接加调料装盘。

说起苦瓜，总想起一个故事。那时候，我们单位有个姓霍的同事，是部队转业的。平时喜欢和别人抬杠。有次我们在一起喝酒，上了盘苦瓜。不知为啥引起了吃苦瓜这样的话题，他叫饭店老板拿来整只苦瓜，他往一只大玻璃杯倒了有三两多的白酒。老霍说谁吃一根苦瓜，他一口喝下那杯酒。也真有较真的人，同事小徐当场把那苦瓜吃下了肚，老霍也一口干了那杯酒，最后瘫倒在酒桌前……

好像是十年前的事，想起来，如在昨日。单位倒闭后，我再没有看到过他们。

今年入夏以来，每周我都要吃上几顿苦瓜。

面对苦瓜，小儿从不动箸，在我的劝说下，也能吃上几片。可每次吃到嘴里，他的脸上，呈现的大都是一种苦相。

看到一则关于苦瓜的民谚：

人讲苦瓜苦，
我言苦瓜甜。
甘苦任君择，
不苦哪有甜。

也许苦瓜真正的味道，小儿还没到品出来的年龄。

黄花菜

早上和儿子一起晨练，回来须绕一点路才能到达菜市。想这天气越来越热，不如顺便捎带点菜回家，省得回头再跑一趟，也让儿子体味一下原生态的市井百态。

在一家摊位前，儿子一眼就看中了黄花菜。我看着也惹人爱怜，摊主说，采得不多，一元钱全部拿走吧。回家的路上，儿子兴高采烈，老从布兜里拿一朵放在鼻子上嗅。

黄花菜，连云的山上较多。有次和朋友去东磊，在那里也发现了不少。只不过看在眼里，已无心去采摘。那么美的花，开在那么美的山上，已让人生不得邪念。

一直喜欢吴昌硕。他的写意画里，萱花是他常画的体裁。小时候不懂萱花就是黄花菜，照着模仿，别人看了说好。我说好在哪里？他说你这牵牛花画得不错，心立马凉了半截。

我们常说的一句俗话：“黄菜花都凉了。”黄花菜为什么凉了？因为黄花菜本就适宜凉拌。做前要把黄花菜洗净，放在开水中淖一下，然后再放到凉开水中浸泡两小时。注意这个时间，只有两小时，才能把黄花菜中的毒素分解出去，然后加常用的佐料装盘。

黄花菜有较佳的健脑和抗衰老作用，这是由于黄花菜含有丰富的卵磷脂，对增强大脑机能有重要作用，同时还可清除动脉内的沉积物，对注意力不集中、记忆力减退、脑动脉阻塞等症状有特殊的疗效，故黄花菜又被誉为“健脑菜”。其所含的胡萝卜素甚至超过西红柿的几倍。黄花菜性味甘凉，有止血、消炎、清热、利湿、消食、明目、安神等功效，对吐血、大便带血、小便不通、失眠、乳汁不下等有疗效，可作为病后或产后的调补品。黄花菜常与黑木耳等斋菜配搭同烹，也可与蛋、鸡、肉等做汤吃或炒食，营养丰富。

黄花菜之美焕发出一种外柔内刚、端庄典雅的风采，教人感到亲切和蔼，赏心悦目，难怪古人把它比喻为慈母的音容。苏东坡曾赋诗曰：“萱草虽微花，孤秀能自拔，亭亭乱叶中，一一芳心插。”他所述的“芳心”，就是指母亲的爱心。白居易也有过诗云：“杜康能散闷，萱草解忘忧。”说到忘忧，其实这倒是黄花菜的又一个别名。古代有位妇人因丈夫远征，遂在家周围栽种黄花菜，借以解愁忘忧，从此世人称之为“忘忧草”，这个故事倒是十足的动人。

毛　蛤

一直向往汪曾祺先生的高论：河水煮河鱼。但对于那样的一种景况，仅仅也只是处于想象之中，从没有付诸实施。当我面对一锅毛蛤，脑海不禁会冒出这海里的物产，若用海水去煮该是怎样一种滋味的幻想来。

买毛蛤一定要选活的。死了的毛蛤千万别吃，吃了要拉肚子的。毛蛤买回家，放在盆里用盐水浸上一段时间，水里最好滴上几滴醋，以便于毛蛤把体内的泥沙尽快吐尽。

毛蛤最简易的做法，就是将吐尽泥沙的毛蛤，直接加葱姜和精盐用水煮了吃。煮的时候切记，开锅即可。毛蛤切忌煮老了，不光吃到嘴里肉发死，而且失了鲜美。记得有一年，我和同学秋生、吴刚三人在秋生家里吃过两盆水煮毛蛤。那时候，秋生刚刚新婚。她爱人穿了一身的红，喜庆得不得了。我们在那里吃啊喝啊的，开怀之极。秋生的爱人是北方人，对海物没有感觉，我们吃了那么多，最后看得她是目瞪口呆。

毛蛤精致的做法，是将肉剔出来炒青椒子。煮好的毛蛤不是个个开口，没有关系，取一枚一元硬币，在毛蛤背部轻轻一撬，用手一推，贝便开了。炒时宜强火，海味要加一定量的醋，去海腥。青椒毛蛤，鲜辣味美，是下酒的佳肴。

若干年前，曾和朋友去上海看望他的朋友。他们见我们是海边来的，特意去了海货市场买海鲜招待我们。有盘毛蛤，做法特别，只用开水烫了一下，就掰开了即食。放在盘子里，肉在壳里，壳里还漾着血水。各地食法不同，习惯使然。他们吃得津津有味，可我第一次面对这种吃法，实在难以下咽。

朋友一生一起走，那些日子不再有。因为各自的生活，和秋生、吴刚少有谋面。岁月真是如梭，想想那次吃毛蛤，都二十多年过去了。

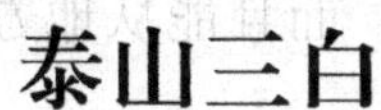

泰山三白

我一直有个习惯，在异地无论吃什么山珍海味，地方的小吃一直是不容错过的。

前几日去了泰安，晚上在饭店吃饭。同去的有个朋友说：“有道菜大家不妨品尝一下：泰山三白。”我想了《浮生六记》的作者，沈复，号就是三白。听名字颇有寓意，就让服务员上了一盘。

左等右等，服务员端上了一盘白菜豆腐汤。好在出门几日，清汤淡水，对胃有益。家乡有句话“白菜豆腐保平安”，况且这豆腐白菜乃家常之物，吃到嘴里，真让人产生思乡之情。喝一口汤，真的好香。

只一会儿，在大家一致的赞美声中，一海碗泰山三白已见碗底。

大家酒足饭饱。因我一直在思忖这道菜名的寓意，不是三白吗？豆腐白，白菜白，只有两白啊？我和大伙一说，大伙也想不通。于是喊来服务员。

服务员一听，轻描淡写地说：“不是还有白水吗？”

我一听，真的令人叫绝。

济宁甏肉

车到曲阜，临近中午，肚子呱呱叫开了。我们一行五人商议，是先用餐，还是先游三孔？最后大家一致声明，先把肚子填平了。看来，民以食为天，真是这个理儿。

靠近孔庙的地方，问过三家饭店，不是爆满，就是不合乎胃口。这样的五 A 级旅游胜地，“宰”客是没有商量的。于是，有人建议去街头巷尾寻地方风味小吃，不光便宜，而且能从地方小吃领略一下地方的饮食文化。

也许是冥冥之中有孔子相助，在孔庙门前不远的一条胡同里，我们看到了“济宁甏肉干饭”！说“看”到，其实是和“闻”同步的。

店主把锅摆到了店门外。锅旁边有一只像坛子一样的大罐子。锅里煮着满锅的肉，每一块用线扎起来，里面还有鸡腿、豆皮、海带、面筋、大椒。仅那香味就让人流哈喇子了。

不由分说，每个人买了一份。瞧那干饭，老天，真的像是珍珠哦，一粒一粒的，仿佛透明似的。那肉呢，尤其是肥肉，比瘦肉还香。那椒，柔柔的，辣得恰到好处。

不消半个时辰，个个肚大腰圆的，完全违反了当初仅填饱肚子的初衷。

我问店主，这甏肉的来历，店主说这甏肉有一百多年的历史了。最早的发明人叫赵克顺，创出了一种“老咬口”的品牌。他为人倔强，严守烹饪规矩，做到四不卖：火候不到不卖，色泽不亮不卖，面筋入味不透不卖，过了夜的倒掉也不卖。而且精选的猪肉必须是鲜嫩薄膘的五花肉。烹饪时，必须用宜兴产的深型砂罐——甏。那米呢，要选无锡产的圆头米，经过精心筛选，绝无杂物，凡半粒者皆剔除。如此上乘妙物，制作出来堪称一绝。

店主如数家珍，娓娓道来。当我们好奇询问甏肉的制作方法时，店主的婆娘在一边嘿嘿一笑：“这个啊，咱就不说了。怕你也跟着做，衬我们的行呢。”

寒　菜

冬季里一直喜欢吃寒菜。

喜欢吃它的原因，是因为它是冬季里自然生长的季节菜。虽然如今市场上的蔬菜已是应有尽有，可早已分辨不出季节了。那些大棚里种植的蔬菜，无论如何也不能和寒菜相提并论。

寒菜在雪霜之下，依然会萌生出一抹碧绿。

冬季赴菜市买菜，寒菜在街市上最是亮眼。哪次上街，如果市场上没有了寒菜，心里就会有一种失落。

今年的寒菜贵得令人咂舌。已涨到一块八一斤了。再贵，蔬菜也是生活中不可缺少的。

有次买寒菜回家，解开捆绑的稻草，好家伙，光稻草就有好几两呢。想起一个很雷人的说法："稻草不值钱，可是它要是捆绑上了螃蟹，也和螃蟹一个价。"说得真是贴切!

寒菜的做法多种多样，无论清炒、烧肉，抑或煲汤，样样令人如意。尤其是大鱼大肉之后，煲一锅寒菜汤，真是清香到家了。我喜欢买上一斤五花肉，切成肉片，过去不是很懂，还要油盐炸锅，现在直截了当放在锅内煮熟，再放一些寒菜，出锅前撒一点细盐，简单又轻松，吃得却是满嘴溜油。

岳母是地道的农村人，每每来我家，总会带点土特产来。年关里，又捎带了好一些寒菜来。她带来的东西虽不值钱，却是无价的。岳母告诉我，她们村的菜农，在菜里施了什么药，看了真的令人难以置信。岳母带来的，纯天然的、无公害的寒菜，常常在席间被一"抢"而空。

今生的终身大事，最得意的选择就是选对了一个从乡下出来的媳妇。

知冷知热，懂得疼爱。这是我一生的福气。

新年过后，天气转暖，寒菜渐渐稀少了。

难舍啊。可终究寒菜还是要离去，又有新的蔬菜闪亮登场。

季节变换着，四季轮回着，日子一天一天过去。

看到一篇文章，南方的人把油菜称作寒菜。一直弄不明白，那么他们又把寒菜叫什么菜呢？

三月荠菜香

我住的地方，往东走约三千米，有一片田野。开春以来，我常常一个人踱步过去，然后去地里挖一些荠菜回来。今年不同于往昔，雨水少得可怜，地上的荠菜也是隐约可见，不过总有收获。一次出行，挖一袋子荠菜是没有问题的。回家晚上用开水焯过，拌上麻油酱油，少撒点虾皮，下酒好极了。

听过一堂营养课，方才知晓，人每天大约需要四十种营养素，其间维生素就占十五种。而从市面上买回的蔬菜，大都经过了农药的浸淫，其维生素和矿物质已大打折扣。

荠菜无疑就真是老百姓的恩物。从地里挖回来，洗洗就可以入口，属纯天然无公害的那种。听说有人种荠菜去卖，他们是如何将荠菜的种子留存下来的呢？我想破头脑，也想不出个所以然来。

小时候，曾随我的一个同学去我们那里的造船厂挖过荠菜。造船厂是县级企业，外人是不许进去的，而我同学的爸爸是厂长。有年春天和同学去造船厂玩，在那些木船下面发现了荠菜“巨无霸”——一大棵荠菜——约有好几两。造船厂的土质太好了，多年的木屑腐烂，给了荠菜以养分。再加上没有人惊扰它们，它们就那么在木船底下静静地长啊长。不过那些采集回来的荠菜，其实已没有了野菜的味道，因为在大船下面，遮风避雨，营养充足，荠菜已长得变形了。

说来也巧，上周我还遇到了我的这位同学。多年不见，他变得黑了些，不过从他身上能感觉得到一种力量。以前曾听其他同学聊过他，说他好像命运一直不济，成家后，生了个小孩小脑偏瘫，而后又临下岗，后来一直靠蹬三轮为生。那天我见到他的时候，他正在路边候客。当他看到我手里的一袋子荠菜，不由得笑了。从我同学的脸上，感受不到命运对他的不公，只有快乐，后来我们又唠起了小时候的许多趣闻。想不到这么多年，他依然会记得关于我的许多往事。最后，我们相互交换了电话号码。说话间，有人要坐车了。我的同学向我打了一声招呼，打趣地说了一句："改天到你家吃荠菜饺子啊。"

"呵呵，当然可以。"我向他挥了挥手，看到他的三轮车从我的视线里慢慢变成一个点，直至消失……

是的，荠菜不光烫了好吃，用它包饺子味道也佳。割点五花肉，同荠菜一起切碎，放上葱花、姜，加入少许的盐。拌好的肉馅，放在鼻子上闻闻，真的香到心底去了。

红萝卜水萝卜

入夏以后，红萝卜就上市了。街面上随处可见菜农的小推车上摆满了红萝卜，屁股朝外，摆放得有条不紊，每只萝卜上带着绿油油的樱子，红绿相间，那色彩就很吸人眼球。这种萝卜一上市，不消一个上午，就会被一抢而空。

家乡人喜欢吃"头水"，就是食新鲜。像开春的春韭、香椿、枸杞头都是妙品。红萝卜，也叫水萝卜。买回家后洗净，切成丝，淋上酱油、香油，最是下饭。用它佐糊涂，能喝三大碗。如若饭后吃一两个，消食尤佳。

生呛萝卜皮，是家父最喜欢的下酒小菜。把萝卜洗净，削皮，放在酱油里呛制，少滴点醋，十分钟即可食用。萝卜皮自身的清脆，大约是它受人欢迎的原因。故乡还有一种近似萝卜的苤蓝。苤蓝形状如球，是甘蓝的一种，学名叫球茎甘蓝。苤蓝是介于大头菜和包心菜之间的蔬菜，可以拿来清蒸当作小菜，或切丝做成凉拌沙拉。它宜用盐长时间腌制，冬天用它佐糊涂下饭，也是上品。

红萝卜上市后，买回来切成片，放上盐腌上一个晚上，第二天即可送到阳光下暴晒，入冬的时候，用凉水泡一下，调上佐料，清脆可口。可近来发现，由于人们对生活质量的要求提升，腌制的东西对身体无益而且有害，已渐渐不受欢迎。

小时候劣顽，和小伙伴偷过一次水萝卜，被人找上家门，挨了父亲一顿暴打。

自母亲过世，父亲也逐渐衰老了。不仅仅是因为悲痛，而且岁月更是不饶人，毕竟是八十多岁高龄的老人了。父亲的牙掉了四五个，不能咀嚼生硬的东西。常在电视上看到一则广告："牙好，胃口就好。"说得是有一定道理的。有一次我去看望他老人家，午餐的时候，我亲自下厨，调制了一盘生呛萝卜皮，可父亲没动半箸。那顿饭吃得我真是五味杂陈。

我恨延绵不断的岁月！我嫉妒年年重生的红萝卜！

也算是一方水土育一方人吧，红萝卜默默地用它的色彩，点缀着家乡的夏天。

鲥　鱼

鲥鱼价格便宜，口味正。它同黄鲚子、青鲚子属同一鱼科，大都长不大，每只一两左右。由于我们家乡临近黄海，每到吃鲥鱼的季节，家家户户都会买上一些，清蒸或红烧。多余的，洗净，码上盐，摊晒干了留在冬日里下酒。

家乡有句话“清明前后打杂鱼”，杂鱼里就包含鲥鱼。鲥鱼肉细嫩，烧鲥鱼忌去鱼鳞，由于鲥鱼鳞片富含脂肪，故烹调加工时不用去鳞，以此来增加鱼体的香味。更何况鲥鱼鳞有清热解毒之功效。小时候我曾被热水烫过，妈妈用鲥鱼鳞涂在伤处，过了几天就好了，而且也不会引发水泡。

鲥鱼是很娇嫩的，据说捕鱼的人一旦触及鱼的鳞片，它就立即不动了，苏东坡曾称它为“惜鳞鱼”。鲥鱼不能离开水面，出水即亡。活鲥鱼是很不易吃到的，除非在渔船上捕鱼的渔民，他们口福不浅，也算是干一行赚一行吧。

说到鲥鱼，还有个笑话。西乡老家有个大姐夫来我家走亲戚。他们地处山区，没见过鲥鱼。临走爸爸把家里晒好的鲥鱼当作贵重礼物让他带走。不想大约一年后爸爸到他家，看到那鲥鱼还在。问他支吾半天不会烧制，而且嫌那鱼有鱼腥味，扔了可惜，就一直留着。最后爸爸宝贝样又捎了回来。从爸爸唏嘘不止的言语里，好像感觉大姐夫在暴殄天物呢。

烧制鲥鱼方法有很多种，我一般热油，放葱、姜片、红椒丝，加水和酱油，开锅后放鱼。烧至二十分钟，开锅撒少许香醋。这样烧制的鲥鱼香、辣。越香越辣，越辣越香。不过吃鲥鱼需要心细，小时候妈妈一直告诫吃鱼时不能回头，以防鱼刺卡喉，因为鲥鱼细刺较多，这也许就是它味美的原因之一。

从小至今，我一直被爱包容着。鲥鱼的味道，不啻来自于它的本身，也来自母爱的味道。想想母亲已过世八年，心里陡生痛楚。

不过，鲥鱼真的好吃得要命。

偶翻闲书，发现张爱玲曾经提到人生的三件憾事：一恨鲥鱼多刺，二恨海棠无香，三恨红楼梦未完。足见鲥鱼的美味程度，堪比花中海棠，书中红楼。

农家饭

去乡下采访，在一家庭院前，看到一群鸡仔正在院落的草丛里刨食，同行的朋友打笑道："这才是正宗的草鸡，吃起来一定很香。"我听了，一下子想起了前不久吃过的农家饭。

我们是去一个景点旅游的。景点在乡下。到了景点门口的时候快中午了，大家议论着乡下会不会有饭店，而且是不是贵得吓人。正徘徊之际，一起旅游的小张突然前面一指，好像是峰回路转，一处草棚搭就的"农家饭"豁然入目。

进来看菜单，全是农味儿。像什么蝉蛹，白菜豆腐，清炒米豆，最有特色的是大盆草鸡。那些草鸡们正在院子里刨食，看好哪只逮哪只，当场宰杀。再一问价，还算地道。本来想多点几个，主人看我们点过四个了，问了问几个人，她说道："够你们吃的了，点多了会浪费的。"

第一次遇到开饭店怕大肚汉的店家。

进入草棚，主人泡上了绿茶。坐定，众人才观赏起这四周来，还别说，景观还真的不错。四周被树环绕，有蝉鸣不断，仿佛置身在若干年前的某一天里。四周的树，再细看，原来是缀满桃子的桃树。立马勾起了众人心里的馋虫。问主人可不可以品尝？主人说只可以吃，不可以摘了带走。

众人来了兴致，纷纷都去摘桃子了。那桃，缀在枝杈上，隐在树叶间，怎逃得过这帮人的眼？只一会儿，众人就摘了一大抱，洗净后品尝，果然是山里的妙品，又脆又甜。一桌子的欢笑，不绝于耳。

吃罢桃子，菜也上桌了。不光上了我们点的，还上了几根洗净的大葱。不知是饥肠辘辘了，还是菜的味道鲜美，先前上的两个菜，几分钟就一扫而光。店主上菜的空当儿，看到我们杯盘狼藉，笑着对我们说：“别吃得太急了，留点肚子待会儿吃草鸡啊。”

果然如店主所料，最后上来的那盆草鸡，令众人齐声惊呼——那不是一盘，也不是一海碗，是一面盆！而且，随着店主端上来，那香气早已俘虏了众人。

肚里饱了，眼里没饱。

这个饭店的生意做得真好，从我们进来，已经有五六拨食客入席了。

开个饭店，不是起一个名字，就可认称“农家饭”了。有一份质朴，有一份掉渣的“土”，再加上一份宾至如归的感觉，这样才相得益彰。

土　豆

曾经收到过一条短信，大意是：土豆出嫁，改名马铃薯，后出国留学取名洋芋。回村见到东邻二奶奶，二奶奶说，俺以为是哪个洋妞，原来是地蛋回来了。接到这条短信的时候，俺的肚皮要笑爆了。

我喜欢吃土豆。小时候，没有其他零食，找一个土豆，放在草灰堆里烘熟，吃起来也是津津有味，最后落下的是满嘴的黑。

据说德国人吃土豆无论是数量还是吃法都在世界上是首屈一指的，一日三餐至少两餐离不开土豆。说起来有意思，德国人最初见到土豆时把它误认为是一种水果，一次一户农家不慎失火，结果发现熟土豆比生土豆更好吃、更香，之后这家人便靠吃熟土豆度日。附近许多农户也都效仿着拿熟土豆当饭吃。

广东的早茶，食品也以土豆为主，做成各种类型的小点心，每样数量虽少，但花色品种很多，再加上一两盘切成薄片的灌肠和火腿或少量牛肉、鸡肉、鱼肉及青菜，吃得真是过瘾。

一次我去南方见一个朋友，他请我在一家餐厅吃了一顿土豆餐，这是一种套餐形式。首先是每人上了一盅土豆羹，用羹匙一勺勺吃来，细细品尝，味道酸甜鲜美，根本吃不出土豆味。接着是小巧玲珑、造型各异的土豆点心，由于里面加了果酱和蔬菜汁，煞是好看！一顿饭过后，真的是令人回味无穷。

前不久喝喜酒，吃了盘冷菜，挟起来，面条一样长，放在嘴里，清脆。问同桌，答："土豆。"心疑世上怎么会有这么大的土豆，久不出门，便感叹起时代的日新月异来。一桌子的人大笑："人家是旋转削下来的。"

我做土豆的方法简单极了，通常是热锅放油爆炒。后来我在博客上看到一个朋友的做法与我不同，就偷学过来。他的做法是先把土豆切成丝，放在有醋的水里浸泡半个小时，热油后，放入花椒，待出味后捞出，然后放入椒丝和葱丝，最后放入土豆丝，出锅前撒少量的盐。这种做法挺合我的胃口，并一直沿用至今。

苤　蓝

大约因为产量的原因，苤蓝在我们赣榆，种植的不是很多，菜市上偶尔露个脸，也如凤毛麟角一般。虽说不上是稀罕物儿，但毕竟市场上并不多见。往往菜农把苤蓝一挑到菜市，就会被抢购一空。

入冬之后，刚好是收苤蓝的季节。苤蓝是扁圆形的，形似微缩的荸荠，但比荸荠大得多，大概有普通的青萝卜那么大。其实苤蓝只是植物的茎，像火龙果一样长着突出的"翅"。过去不懂，买苤蓝只买茎，一般人买回家后，都把叶子扔掉了，殊不知那叶子也是含丰富维生素的绝妙菜肴，现在觉得很可惜。人们靠习惯生活多少年了，一时改变不了，与习惯相比，靠知识生活，显得是多么的重要。

苤蓝可以切丝腌制咸菜，口感极脆。还可以伴肉红烧，没有特殊的气味和味道，跟白萝卜似的。我一般喜欢凉拌：把苤蓝去皮，切成丝，拌上辣椒油，盐和香菜，如果放上点虾米，这是一盘不错的下酒菜。如果用它来佐粥，“呼啦，呼啦”能喝三大碗。苤蓝炒时要大火快炒，这样才会减少维生素 C 的损失。

那天上街，偶然就发现了苤蓝，不由分说，就买回了好几斤。回到家后，调制好了一盘，并和儿子说出了一些苤蓝的营养。儿子对我赞许苤蓝的话半信半疑，他上网一查，果不其然。我在一边观看，也大长知识，苤蓝不仅是可口的蔬菜，还是一种营养水果呢。它又称玉蔓青，含水分 93.7%，在气候干燥、水果缺乏的地区，如沙漠地带，可以做水果吃，以补充人体需要的水分。苤蓝所富含的维生素 C 是苹果的 5—10 倍，是普通梨的 40 倍，大大高于广柑、橙、橘，所以苤蓝不是水果、胜似水果。

有天晚饭后和儿子散步，远远地看到小区新广场的花坛里，五颜六色的花卉排列得那么美。尤其在灯光的映照下，有一片紫色的花，当我们走近一看，不是花，原来是紫色的苤蓝。这种蔬菜不光可以入口，还可以用来观赏，这倒是出乎我的意料。

闲话豆角

四季豆又叫豆角，也叫米豆。

烧豆角宜放猪油。和猪肉放在一起红烧，真的拉馋。最后余下的汤，浇在米饭里，能吃两大碗。小肚子撑得溜圆。豆角如果和土豆放在一起烧，也是一道真正的美味。先准备好姜末、蒜末、盐和酱油。把土豆洗净，去皮，切长条；豆角择洗干净切段。炒锅上火将油烧热，放入姜末、蒜末爆香，倒入切段豆角翻炒至变色；倒入土豆条继续翻炒，酱油，加水盖上锅盖焖至土豆和豆角熟烂，最后放盐即可。

和朋友外出吃饭，有道菜必点，那就是干煸四季豆，开胃又下饭。做这个菜，有的放郫县豆瓣，有的不放，但这是川菜中的名菜，还是放豆瓣的才算正宗。菜端上来，最后的结果，是四季豆吃没了，只余盘中红得吓人的大辣椒。

豆角最简单的做法是直接放在水里煮。开锅后，捣上蒜泥，拌上酱油和香油。一人就能吃一海碗，吃了真是过瘾。

自搬至县城近二十年，再也吃不到那种新鲜的豆角了。

二十年，多少世事沧桑。母亲过世已八载了。

偶翻医书，发现豆角还有医药效果。中医认为，豆类蔬菜的共性是性平，有化湿补脾的功效，对脾胃虚弱的人尤其适合。大部分人只知道它们含有较多的优质蛋白和不饱和脂肪酸（好的脂肪），矿物质和维生素含量也高于其他蔬菜，糖尿病患者由于脾胃虚弱，经常感到口干舌燥，平时最好多吃扁豆，哺乳期妇女吃了，还有助于增加奶量。

这真是一个惊天大发现。

盘点童年零食

邻居张大妈在小区内追着小孙子一路小跑，路过我身边的时候，停住了，好像要让我打抱不平，对我说："这小子不听话，平时不怎么吃饭，今天倒偷钱去商店买了一大堆垃圾食品。"我冲张大妈笑了笑："现在的小孩子，无论如何，也吃不到我们小时候的食品了。"

掀开记忆的一角，童年的记忆如金子般粲然显现。回忆童年，其实就是回忆在脑海挥之不去的童年的零食，似乎那些可口的美味重又席卷而来……那些零食，让我们记住的，不仅仅只是美妙的味道，更多的则是一些成长的印痕。

炸蝉蛹。夏天到来的时候，也到了我们这些孩童“疯玩”的季节。在树下，常常就有小小的身影，手里握着一只罐头瓶，在那里寻寻觅觅。捉蝉蛹黄昏时和雨后尤佳。蝉蛹常常在出洞之前，掘一个小口借以通风，发现后，只屑用手指轻轻一抠，洞口便豁然开朗。有时候洞深捉不到，到树上折一只树枝伸进去，蝉蛹看到有物扰它，就用大钳死死钳住，往上一提，一只蝉蛹就到手了。捉回的蝉蛹回家交给妈妈，晚上就有香气逼人的“油炸蝉蛹”可以食用了。那可是油水匮乏的年代最可口的食物。有一年星期天和大哥去学校挖蝉蛹，带了只面盆，天黑后捉了足足半面盆蝉蛹，可过足了瘾。捉蝉蛹要的是美餐，可捉的过程也让人兴奋不已。

挑乌钱。如果童年能像VCD倒放一遍，你会惊奇地发现那时孩童的身上都别有关针，它就是专门用来挑乌钱的。乌钱是海里盛产的，当属最小的螺类吧。五分钱三盅子，放在口袋里哗哗作响。掏一个，用关针挑出乌钱的肉，鲜得要命。记得小时候，我们班上有个同学叫张小亮，他家很穷，我每次吃乌钱总会分享一些给他。他无以为报，就从家里带干巴枣给我吃。干巴枣就是红薯煮熟晒干而成。吃在嘴里，滋味悠长。张小亮现在已是一家部门的领导了，那段时光不知他还记得否！

摘龙葵。龙葵，我们小时候叫酸溜，学名是长大后从书上得知的。它黑黑的，像微型的葡萄。成熟的龙葵发紫，吃在嘴里酸酸甜甜的，如果一不小心弄到身上，洗也洗不掉。那时候，县里有个企业在我们公社，是一家造船厂，管理相当严格，不许外人进入。那时，我有个好朋友的爸爸在船厂当会计，认识门卫，我们可以大摇大摆进去看造大船的。有一次，我们进去瞎逛，在一只废弃的旧船旁边发现了好多成熟了的龙葵，那个大，难以想象。现在终于明白龙葵之所以那么大的原因，是因为造船的木屑发酵都变成了肥。看到大龙葵，几个人不由分说吃开了，最后小嘴巴都吃成紫色了，大家看后相互大笑不已，真叫那个过瘾啊！

拔茅针。茅针，我们这个地方叫“榨”。刚好在春色宜人的时候，几个伙伴相约去田野踏青。榨一般乡下田埂最多，这也是家长最喜欢让我们去游玩的活动之一。一来可以呼吸新鲜空气，二是可以去品尝大自然所赐的原汁原味的“恩物”——榨。拔出的“榨”，放在嘴里咬，细甜。一般同去的伙伴，拔出的榨会放在一起，回家前平分。现在回想真觉得庆幸，大自然中的童年是多么纯净。

爆米花。每每听到街上有“砰”的一声巨响，就知道是炸爆米花的人又来了。围在大人身边，眼神里满满的都是渴望。妈妈佯装不见，左扯扯，右缠缠，妈妈终于忍不住从布兜里掏出五角钱，往我面前一递，顺手用手指点我的小脑门，轻轻地责骂一句：“小馋猫!”然后用干瓢从米袋里挖出大米或玉米，让我去炸爆米花。到了街上，看到炸爆米花摊前排着长队，就在旁边看着，最后挨到我，眼睁睁地看着炸爆米花的把我递给他的粮食倒在一个黑罐罐里，然后边烧火边摇那个罐罐，等他看到那个罐罐旁的压力表差不多的时候，就开始启罐。这个时候，我就要捂着耳朵跑老远。印象中，那个罐罐该是我见到过的比较神奇的物件。怎么那么神奇，白花花的大米，一会工夫在那黑乎乎的机器里，就变成美味的零食？如今很少见到这样走街串巷爆大米花的人了，偶尔碰上，也没有了小时候的那份心情了。

棉花糖。第一次看到棉花糖，让我惊奇不已。背着大人，我偷偷买过一回。刚吃的时候，粘了一脸。急不可耐的样子，把那个卖糖人笑个半死。那个时候，我就想长大了一定也买一台做棉花糖的机器。如今年过半百，小时候发的誓也早忘记了。

摘榆钱。摘榆钱最有意思。到了榆树开花的季节，也就到了我们男孩子大显身手的季节了。因为榆钱结在树上，常常令那些好吃的女孩子望“树”兴叹。往往放了学，男女同学结伴回家，总会有女孩子要求我们男孩子上树摘榆钱给她们吃。摘榆钱不能白摘，女孩子们付出的代价是次日帮助我们把作业写完。开了一半的榆钱最佳，老了也就没有了味道。榆钱吃法有很多种，最简易的是生吃，或洗净后沥去水分，再搓上一层面粉，放在锅里蒸着吃。蒸好的榆钱浇上蒜汁，香而不腻，韧而不糙，是不可多得的美味。我叫它童年的味道。

回忆儿时的零食，用现在的一句话总结：那真可谓是低碳的生活。

如今的孩子身边的零食早已更换了内容，大多是一些膨化食品。比起他们，我倒是感觉自己的童年真的幸福多了。只是那些酸甜的美味，那些童年的快乐，如今再也找不回了。

马齿苋

马齿苋，家乡人唤它“马菜”，它叶青、梗赤、花黄、根白、子黑，故又称“五行草”。入夏之后，尤在农村，田头地间，仰首皆是。用手掐下来，回家用开水焯一下，调上酱油、蒜泥、麻油，实乃佐饭妙品。

小时候，妈妈讲的马齿苋的故事，好多年了，一直不曾忘掉：说原本天上曾有过十个太阳，每每它们一起出来横行，所照的地方庄稼都被烧焦，老百姓的生活苦不堪言。有个叫羿的射手，不负众望，用弓箭射掉了天上的九个太阳。有一个偷偷藏在了一棵马齿苋下才幸存了下来。后来，太阳为了报答马齿苋，无论多么热的天气，太阳都不会把马齿苋晒死。

这个美丽的传说，在我幼小的心里，对马齿苋充满了敬仰之情。

长大后了解了医学，知道马齿苋还是常用中药。据南北朝《名医别录》、唐代《食疗本草》、明代《本草纲目》等古医书记载，马齿苋具有“清热解毒、散血消肿、止痢”之功效。我国民间常用鲜马齿苋与水煎液来治疗急性肠炎、痢疾、腹泻等，它素有“天然抗生素”之称。

马齿苋既是良药，又是天然的绿色食品。民间食用方法较多，如炒食、煮食、凉拌等。我最喜欢的是凉拌，省时又省心，而且口感极佳。

记得刚认识她的那年，晚上妈妈做了好多的菜，其中有一盘就是凉拌马齿苋。当我刚要动筷子，被妈妈当即拦下：“别吃这个，待会儿你不是要和人家散步吗？”

爱永远是点点滴滴的关怀。妈妈怕我吃了马齿苋，嘴里有蒜泥的味道。

少时懵懂，读书多年，常常读到马齿苋这个词，一直对它向往不已。当有一天知道了马齿苋就是我们家乡的“马菜”时，真是五味杂陈。身边的最美好的事物，亦最易被我们忽略。

我爱马齿苋。

茄子杂说

茄子是夏季里一道不错的美味蔬菜。

提及蔬菜，大都是绿色的。茄子是为数不多的紫色蔬菜之一，也是餐桌上十分常见的家常菜。它的紫皮中含有丰富的维生素 E 和维生素 P，这是其他蔬菜所不能比的。

小时候，父亲在庭前院里种了好多茄子。成熟了吃不完，妈妈就会把它们放在水缸里。我和小弟跑到水缸边，把一只只茄子按下去，再看它浮上来。

第一次吃凉拌茄子印象尤其深。那年放暑假，当教师的姐姐不知在哪里学了一道菜，晚上把茄子切几刀放在锅中煮了，捞出来用冷水激一下，然后调好了蒜泥、酱油、醋，浇在上面。哇，真的是难得的美味！

茄子能做好多种菜，油焖茄子一直是我的拿手好菜。像什么鱼香茄子、青椒茄子、红烧茄子都是生活中不可缺少的。平常炒菜，茄子切成块或片后，由于氧化作用会很快由白变褐。如果将切成块的茄子立即放入水中浸泡，待做菜时再捞起滤干，就可避免茄子变色。

有一天，我和几个朋友去一家餐馆小聚。服务员端上一盘菜，白白的，上面浇了一些蒜泥和辣椒。大家都说是豆腐。可当夹到嘴里的时候，才发现比豆腐硬多了。因为被辣椒和蒜泥“掩盖”，一时品不出味道来。朋友说，这盘菜是这家餐馆的招牌菜——凉拌茄子。其间有个朋友大为不解，茄子不是紫色的吗？他问完自己也乐了，对了，茄子是可以去皮的。

李时珍在《本草纲目》中说：“茄性寒利，多食必腹痛下利。”世间美味甚多，不光茄子，什么美食也不可贪吃。

以前开会合影照相，摄影师会对大家交代：“一起说‘茄子’！”后来好像改了，变成了摄影师问：“银行里有什么？”大家异口同声：“钱。”省略了一个字，不过好像俗气多了。

辣椒饼

写下题目，舌下生津。

每到红辣椒上市的季节，我们赣榆乡下的农村里，就开始做辣椒饼了。

辣椒饼的做法很简单，把麦子、黄豆放锅内煮熟，用石磨磨成糊状，加盐、姜和红辣椒，用手团成一个圆圆的饼子，贴到墙上。待风干了，即可食用。因为辣椒饼里含盐，不容易坏，易于保存。一般的辣椒饼吃上半年没问题。常常是一次做好几斤，左右邻居走动，送上几块，那人情味儿，就足足的了。

吃辣椒饼需要勇气，一如春节小孩子放鞭炮，既怕炸着手，又渴望听响。咬一小口，先是豆香溢舌，继而舌尖似有针在扎，火烧火燎。没待下咽，汗早已沁出脑门。

我说的，是那种喜欢食辣的人做的。如若想辣味淡一点，制作时少放辣椒就行了。可是少放了，又有什么意思呢？

第一次吃辣椒饼，是在我第一次走丈人的时候。上门女婿，招待一定不错。席间小舅子端来一盘红红的东西，问我敢不敢吃。我问是啥？他狡黠地一笑："你吃了就知道了。"当时我并没有在意，夹过一块往嘴里一扔，当时鼻涕眼泪一大把，立即把辣椒饼全部吐了出来，引得众人哈哈大笑。窘得我坐在那里不知所措。倒是她，看到我被弟弟捉弄，使劲用眼睛瞪了他一下。看到我狼狈的样子，她的脸也红了。

后来才知道，吃辣椒饼，不能狼吞虎咽，只需少少吃上一点就行了。那种吃，貌似"舔"一般。虽然我只吃过一回，可那种香辣，真的是令人回味悠长。

前不久，岳母来我家，聊天聊到了辣椒饼。我问她，现在这季节能不能做啊？她说，现在村上，早没有人做了。我问为什么？她说，那是过去人穷，好歹弄个下饭的菜。

岳母的回答，让我听了心酸。穷人过日子，总有他们的打算。辣椒饼，浓缩了村人的智慧，实则该申请一个专利的。

说归说，辣椒饼却真是佐饭的妙品。尤其喝粥，伴着辣椒饼，三碗粥，小意思。

如今，好多年没有回家乡了，也不知道是不是如岳母所说，不再做辣椒饼了？即便不做了，我想永远也不会淡出我的记忆。

家乡的黄眼蟹

家乡有一条河，叫龙王河，绕我们村后，直通大海。顾名思义，龙王河是一条曲折的河。当退潮的时候，河两岸的淤泥里，爬满了小河蟹。小河蟹分两种，一种叫"骚趴子"，身材扁扁，浑身黑乎乎的，尽管满河沿都是，可也没有人无聊到去捉这类小河蟹，因为没有吃头。还有一种叫

“黄眼蟹”，比起“骚趴子”，它饱满丰腴。黄眼蟹的色泽有点像淡了又淡的淡墨，看上去却分明又有些光泽，尤其那一双大钳，里面的肉肥得要命。虽说小，但它的味道倒足可以与大螃蟹抗衡。

捉黄眼蟹是我儿时夏季里每天的课题。每当来到河滩，两岸的泥滩上布满了黑压压一片小河蟹。可当临近，那一片小河蟹瞬间无影无踪，纷纷钻到洞里去了，仿佛在和你捉迷藏。我们自有办法。捉黄眼蟹，首先需要准备好了泥巴，团成团。瞅准一只，打过去，打中了，黄眼蟹就被泥巴裹住，脱身不得，只能乖乖束手就擒。从泥巴里取黄眼蟹也有技巧，不要心急，用手慢慢在泥巴里试着，小细钳乱伸的，一定是带大钳的那一面，翻个个，这样才不会被黄眼蟹大钳钳住手。虽然黄眼蟹的大钳不那么锋利，可被钳一次，也会让你龇牙咧嘴的。

一个人捉黄眼蟹，远没有众人一起捉来得有意趣。可众人一起捉也有个坏处，怕就怕瞅别人捉多了，最后捉红了眼。大家互不服输，最后直到夜幕降临。这个最终结局，已经注定了是个悲剧，回家挨顿打，是跑也跑不掉的。因为虽然带着战利品回家，但浑身弄得像泥猴一样，虽说挨顿打倒不至于，但一顿训斥是躲不掉的。

不管怎么说，毕竟黄眼蟹带回了家。妈妈看着，总会过来打个圆场，止住纷争，说话间就把那黄眼蟹放在生水中洗净了。妈妈做黄眼蟹有两种做法，一是油炸，二是生呛。油炸其实很简单，由于黄眼蟹长不大，体积小，炸起来很容易。锅里放些油，待油热后放入黄眼蟹，炸至红褐色即可。吃起来清脆可口，香味清幽。生呛黄眼蟹可就不同了。因为是活物，必放姜末、醋，用来杀菌，最好浇上一点老酒。有次吃多了，有些醉意。我不知道是被黄眼蟹里的酒的美味熏醉了，还是因为美味本身让我陶醉了……

好多年过去了，我搬到城里二十余年了。有次回家乡去办事，去小时候的河滩看了一眼，如今河道已改，过去的所有的景象全然不复存在了，可捉黄眼蟹的情景却一直浮现在我的脑海里。

暴晒萝卜干

没有哪一道菜，能像萝卜干那样有劲道，吃在嘴里“咯嘣咯嘣”。大概因为它的脆，才是好多人钟爱它的原因。

俗言：“冬吃萝卜夏吃姜。”入冬后，在赣榆的大街小巷，总会见到各家各户在门前摊晒萝卜干。有用红萝卜腌制的，也有用青萝卜腌制的，虽然称不上五颜六色，看上去，也是一幅美丽的市井画图。

腌制萝卜的方法很简单。买回的萝卜，切成片，用盐把水分杀去，放在阳光下暴晒就行了。待干后，找个袋子扎起来。吃时，用冷水浸泡，把盐分去掉，切成丝，加酱油、醋，拌上葱段和辣椒丝，也有放上香油的。这盘菜，无论下酒或下饭，都是上品。

以前从没自己制作过萝卜干，大都是从市场上买来的。有次浸泡萝卜干，一时心急，用了热水，制作好了吃到嘴里不脆。后来岳母来我家，她告诉我，做萝卜干一定要用冷开水浸泡，这样才有嚼头。

今年入冬后，我买回了十斤萝卜，制作的效果很好。不几日，吃了快一半了，后来又去市场买回了二十斤。自己腌制的萝卜干吃着也放心。

近日浏览博客，发现河北沧州作家齐凤池也是萝卜干爱好者。他的做法是首先将水萝卜切成四条，用盐杀出水分后，用白线串起来挂在阴凉地方晾干，等晾得半湿不干的时候，再用温水洗净，切成小块。然后用味精水将水萝卜干发起来，放入一个盆里，用蒜末辣椒油拌匀，装入一个罐里封存几天，等萝卜干进去味道就可以吃了。

他的这种做法我不敢苟同，为什么要背阴呢？我弄不清楚。用蒜末辣椒油我挺喜欢的。还有，用味精我真的难以接受，因为我不食味精已经好多年了。

赣榆三月“吃头水”

“吃头水”的习俗在赣榆由来已久，这是由于县城特殊的地理位置决定的——东依海州湾，海产品极为丰富。这里所述的“头水”，不是指香椿、春韭之类，更不是指地里的野菜，而是指清明前后从海里捕捞的海物。

“清明前后打杂鱼。”禁海结束，渔民们便出海捕捞了。最早上市的是黄鲚子，这种鱼是季节鱼。黄鲚子长不大，买回家后，用盐抹了，稍晾一下，放在油锅里煎。也有和面加鸡蛋汆炸的，鸡蛋一发，炸出的黄鲚子就变得厚重，小孩子比较喜欢。吃黄鲚子其实就是吃一种感觉。经过一冬，好久没有尝到海味了。有了黄鲚子，聊胜于无。不过黄鲜鲚子刺多，吃过头水的人，很少有人再去买它。

八带鱼到底是不是鱼，我到现在也稀里糊涂。因为它有八条腿，腿上都是吸盘。清明前后，正是八带鱼带籽的时节，八带鱼的籽，人们叫它“大米”，因为和米粒一样，吃到嘴里既鲜又面。一般在酒店里上一盘生呛八带鱼，是道比较上档次的菜。

狗腿鱼的头如果按比重的话，恐怕比身子还要重。赣榆人常说：“除头完货了。”不过狗腿鱼的腮部，有两块肉蛋蛋，其鲜无比。红烧狗腿鱼一定要加蒜薹，蒜薹不能烧老，七成熟就行，吃在嘴里脆、辣、鲜。

还有一种“拉腿虾”，比起纯正的海洋虾，虽说低了一个档次，可把“拉腿虾”放在盐水中，放上葱、姜煮熟了，捞出来，仅那鲜味，保证让你一不小心，吃个锅见底来。

除了这几样海物，像什么丁仔鱼、沙光，都摆不上桌面了。

“吃头水”吃的是味道，也是感觉。

前不久日本核泄漏，妻子屡次警告，早晨买菜，不要再买海物，以防核辐射之类。我却不管，但心里有数：如果问题严重，国家早就禁止捕捞了。哪里还谈得上“吃头水”呢？

不管怎么说，吃到肚里才解馋。

香　椿

想起香椿，嘴里就流口水。

小时候，家里的庭院中就栽有几棵香椿树。春寒褪尽，一抬头，不经意间，就会发现香椿已冒出了嫩芽。

香椿不仅是春天的信使，也是一道难得的美味佳肴。采香椿是我和弟弟最热衷的“游戏”。用竹竿绑一把镰刀，伸到香椿树上，轻轻一拉，地上就落满了香椿芽。

香椿放在水里洗净，用来炒鸡蛋，是最常见的一种吃法。香椿拌蟹黄，是一道名菜，但因为蟹黄价格不菲，离老百姓有些距离。香椿拌豆腐效果也不错。还有一种吃法，洗净的香椿直接用酱油生呛，给人一种生猛的感觉。妈妈做香椿更是简单明了，直接用盐拌上。发酵后的香椿满屋溢香，吃到嘴里，更是唇齿留香。但大多时候，等不到发酵，那盐制的香椿早已落肚了。

对于香椿，历史传说早在汉朝就已食用香椿，曾与荔枝一起作为南北两大贡品，深受皇上及宫廷贵人的喜爱。宋苏颂盛赞：“椿木实而叶香可啖。”皇上都喜爱的东西，当然是好东西了。

我自搬至县城后，几近每年都能收到妈妈捎来的香椿。每次盐拌香椿，吃到嘴里，已不仅仅是香椿的味道，我感觉已融进了款款母爱。后来母亲过世，父亲到大哥那里住，老家的房子被政府收回去了，那棵香椿树也只好留在记忆里了。

昨天在街上，看到一位卖菜的大嫂用布摊在地上，上面放了一小扎一小扎的香椿芽，就试着问了一下价格。大嫂说："三十块一斤。"我感喟香椿近乎天价，不想大嫂快人快语："吃的就是个稀罕。这香椿是纯正的绿色食品，它值这个价。"

大嫂的话一下子让我想起了老家的香椿树。

如今物是人非，那棵香椿树可能早已和老家一样，不复存在了吧？但我相信它永远会盘踞在我的记忆深处。

后　记

二十几万字的文稿呈现在我手上的时候，心中竟有一种说不出来的感受，激动抑或感动？仿佛都有一些。这些我用业余时间敲出来的小文，时间跨度竟长达二十余年。面对它们，我心里真是五味杂陈。都说时间是一把杀猪刀，让我们慢慢走向衰老。可文字却把光阴像摄影一样定格下来。字里行间，我好像一下子回到了从前。

接触文字有三十多年了吧，那时候上班之余喜欢读书，后来迷上了投稿。最欣慰的是看见有样报或样刊寄来，接下来的时间里，会收到零星的稿费。工资偏低的年代，对家庭也算是个小小的补贴，兴趣也由此大增。这样的日子一直平静而稳定。生活在我眼里就像一条大河，我在河边像一个嬉戏的孩童，掬出的永远是长河里欢乐的浪花，呈现给世人的永远是真善美。

随着年龄的增长，不惑之年的我竟对绘画和摄影产生了浓厚兴趣。一个人的爱好，我感到可以从任何时候开始。接触摄影短短几年，自感成绩比写稿子突出好多。绘画方面也有了明显提高。有爱好相随，日子才有滋有味。其实每个人原本都应该有很多爱好的，只是他们没有机缘开发出来罢了。

收入集子中的一百六十七篇短文，大都是我在生活中的体验。不敢说字字珠玑，但让读者会心一笑总有可能的。我一直崇尚体验写作，只有经历过的，下笔才更从容。能够从生活中去捕捉文章，这就要靠平时的学识、修养和见地。就像欣赏一幅书画作品，内行的人一眼就能看出他的功底。我圈子比较多，很多时候，不敢妄自尊大，常常在写作圈子里说自己是个摄影的，在摄影圈子里说自己是个画画的。常常思忖毛主席的话：“谦虚使人进步。”

十分感谢我的启蒙老师李惊涛先生，百忙之中给小书作序，给小文溢美。

也十分感谢我的泰安笔友王举芳女士，利用闲暇时间，从我的博客、网络中搜到我的文章，并整理成书。

快五十岁了，人生到底还有什么爱好会让我欲罢不能？好像绝不仅是写作、摄影与绘画，一定还会有什么别的爱好呈现出来，我在慢慢期待它的到来。

是为记。